Elle est redevenue verte, ma vallée

RICHARD LLEWELLYN

Elle est redevenue verte, ma vallée

Traduit de l'anglais par Léo Lack

PIERRE BELFOND

3 *bis*, passage de la Petite-Boucherie
75006 Paris

Ce livre est paru sous le titre original
GREEN, GREEN MY VALLEY NOW
chez Michael Joseph, Londres

Si vous souhaitez recevoir notre catalogue et être tenu
régulièrement au courant de nos publications
envoyez vos nom et adresse en citant ce livre
Éditions Pierre Belfond
3 *bis*, passage de la Petite-Boucherie
75006 Paris

ISBN 2.7144.1102.9

Pour Mama
et pour ses sœurs si jolies

Cet ouvrage a été écrit
sous l'égide du Welsh Arts Council.
Je tiens à remercier
le président, colonel Sir William Crawshay,
le directeur, M. Anevrin Thomas,
le directeur adjoint, M. Meic Stephens,
et tous les membres du Council
pour leur aide.

On doit éprouver un sentiment très fort en quittant des lieux que l'on aime. Aussi, quelle émotion s'empare de nous lorsqu'on y retourne !

Cependant j'y suis revenu. Une vague d'étonnement, de stupeur m'envahit, me submerge, plus intense que les mots ne pourraient le dire.

Je domine la vallée. Mes yeux parcourent des formes connues du petit garçon que j'étais. La montagne, là-bas. La montagne, à l'horizon. Mais, là où il y avait une autre montagne derrière notre maison, il n'y a plus que du ciel vide, la rivière qui coule au milieu de la vallée, large et limpide, et l'herbe sur ses berges. Serais-je devenu fou tout à coup ? Lorsque j'ai quitté ces lieux pour la dernière fois, on n'y trouvait guère que des flaques noires et des déchets, qui luisaient légèrement comme si les démons dansaient à la vue de tant de laideur enfantée par les hommes.

Le puits s'en est allé au cours de ces années et, avec lui, notre maison et toutes les autres maisons de la colline, écrasées, ensevelies sous les scories. Et aussi la chapelle, le terrain de football et les petits carrés si bien alignés des jardins potagers, que l'été éclaboussait toujours de taches de couleur ; je me souviens être descendu chercher mille et un bouquets pour décorer les tables des tentes dressées pour le thé, quand l'on donnait des fêtes autour de la chapelle, et aussi pour notre maison. Mama aimait avoir des fleurs chez elle, surtout dans la cuisine, pour alléger son travail, bien que, j'en suis sûr, elle n'eût jamais considéré une seule fois ce qu'elle faisait comme un travail. Mon père et mes frères travaillaient. Elle se contentait de tenir la maison, cuisiner, laver et frotter pour douze, mais si vous aviez tenté de lui en parler elle aurait tourné vers vous ses yeux gris en colère, et vous aurait dit : « *Taw sôn* *, garnement, allez, file ! »

Aujourd'hui, on dit beaucoup de choses sur les femmes, mais je ne sais trop ni pourquoi, ni quand, les temps ont changé. Notez bien que ces choses devaient être dans l'air bien avant d'être parmi nous. Certains expliquent cette évolution en disant que les femmes sont venues très vite aux avant-postes en commençant à travailler avec les hommes pendant la Première Guerre mondiale. Chez nous, en réalité, les femmes travaillaient au puits bien avant ; elles faisaient du bon travail comme les hommes et gagnaient autant que les meilleurs. Notez qu'elles ne travaillaient jamais à la taille, parce qu'il faut de solides épaules et des tripes pour balancer le pic ; cependant, beaucoup d'autres tâches leur incombaient, qu'elles exécutaient sans se plaindre. Elles ne quittèrent le puits que lorsque le pétrole commença à supplanter le charbon, que les hommes furent congédiés et que les mines fermèrent. Ce furent des années atroces, disait ma mère, et, bien que je ne m'en souvienne que fort peu, une bribe par-ci, une bribe par-là, je reverrai toujours mon père assis dans la grande chaise, les yeux fixés sur le foyer, disant : « Les hommes remontent. » Ma mère joignait les mains et nous tournait le dos pour dire : « Oh ! Guillaume ! » et lui répondait : « Oui, mon amour, mais il n'y a rien à faire, non rien ! »

Je me creusais la tête pour savoir d'où les hommes remontaient ou bien pour quelle raison, mais je n'osais poser de questions de peur que ma mère ne me dise : « *Hisht* ** », et de ne pas fourrer mon nez partout. Elle était intransigeante quand quelque chose ne nous regardait pas. Mais je l'appris assez tôt par les frères. Quelle surprise ce fut pour moi ! Ils formaient des piquets de grève, m'expliqua Gwilym en chuchotant comme s'il m'apprenait de vilains mots. Mais le mot piquet fait songer à bâton et je me demandais ce qu'ils pouvaient en faire, sinon s'en servir pour défoncer quelque objet. Comme c'est

* Veux-tu te taire !
** Tais-toi.

drôle la façon dont un petit garçon voit les choses ! J'étais sûr, après maintes réflexions, qu'ils allaient défoncer la tête de ces bons vieux Anglais et, plein d'audace, une nuit, je posai la question à Owen.

« Sauve-toi, garnement », dit-il. Il ajouta en riant : « Alors, selon toi, nous sommes une bande d'assassins ? Il s'agit de piquets de grève ; le mot vient de piquer qui veut dire subtiliser, effacer ; nous avons effacé le mot travail de la liste de ce que nous devions faire jusqu'à ce que les torts soient réparés. Pour commencer, nous demandons des salaires plus élevés. Va-t'en maintenant, et ne lâche plus tes livres, tu auras besoin de ce qu'ils contiennent. »

Quel merveilleux prophète c'était ! Si toute ma vie s'est limitée au marteau, au ciseau, à la scie et au rabot, je le dois seulement à M. Gruffydd et à ces après-midi passés sur le chantier, à apprendre l'usage des outils et les vertus du bois. Seule la bonne chère semblait parfois plus alléchante que ces rondins et ces planches fraîchement coupés. Oui, d'accord, il y a aussi les femmes, les bébés et les fleurs. Mais ils appartiennent à un tout autre domaine et on ne peut les comparer.

Je me souviens bien de Donato Urrisbiscaya, mon associé basque en Patagonie, un bon gars ; je me rappelle cette nuit où il arriva au milieu d'une tempête de neige glaciale pour livrer des charrettes pleines de pins de Cordoba et entra dans la tiédeur de l'atelier. Je revois notre stupéfaction, le matin suivant, lorsque, dans la chaleur des feux allumés pour la forge et pour faire chauffer la colle, nous respirâmes le merveilleux, fort et vrai parfum du pin des montagnes. C'était dommage de couper ces arbres. Nous sauvâmes une de ces merveilles en taillant ses branches à la hauteur des nœuds et en l'accrochant avec des chevilles au grand mur. Il était toujours là lorsque je m'en allai et nous offrait encore une odeur digne des rois. Lorsque Plethyn John, le charretier, rapporta des Andes chiliennes un chargement de cèdres si important qu'on aurait pu construire le Temple de Salomon sans épuiser le stock, nous étions si attachés à ce pin que nous décidâmes d'empiler le bois de cèdre contre le mur de la grange principale, de l'autre côté, pour ne pas le blesser dans son amour-propre, car ce bois de cèdre renfermait aussi des parfums célestes ; le matin, nous prenions toujours le café là-bas, pour le seul plaisir de rêver. Le dimanche, nous y lisions la Bible, tant nous pensions que le temple devait embaumer d'un arôme tout semblable, et cette idée nous réconfortait.

C'est curieux de voir ce qu'il est advenu de la Bible. Quand j'étais petit garçon, nous connaissions le Dr Johnson, Shakespeare, Dickens et quelques autres, mais le seul livre, la seule charpente de notre vie, était le Verbe et peu songeaient à le discuter. Aujourd'hui, en remontant les vallées, je suis choqué, plus qu'on ne le pourrait dire, de voir tant de chapelles fermées et plus d'une transformée en entrepôt ou en atelier. Je ne sais pas ce qu'aurait dit mon père. Mais la nuit dernière, à l'hôtel de Cardiff, s'adressant à une douzaine d'entre nous, mon agent raconta une histoire à propos d'un prédicateur, une histoire pas très propre, et si j'apprécie les histoires drôles, je trouve très malsain de tourner en ridicule des gens qui ne sont pas là pour se défendre et je le leur ai dit. Peut-être pensez-vous que j'aurais dû leur coller mon poing dans la figure. Mais aussitôt ils se mirent tous à parler. J'écoutais l'un, puis l'autre, puis tous à la fois ; ils disaient tous que la chapelle, les prédicateurs, la Bible avaient provoqué notre chute en tant que nation, en nous demandant d'être humbles quand nous aurions dû bondir et nous battre pour la défense de nos droits.

— Bon dieu ! vous êtes parti trop longtemps, s'écria Mostyn Price en m'envoyant des postillons dans les yeux. Cette satanée Bible, c'est du poison. Aimez-vous les uns, les autres, c'est ça ? Qui nous aime ? les Anglais ? Écoutez, monsieur l'étranger, je vais vous dire : nous étions les nègres de l'Empire. Maintenant nous sommes les Asiates du Marché commun, ça se vaut. Et nous n'en voulons pas de ce satané Marché commun. Tenez-vous-le pour dit.

— Nous ne sommes rien, moins que rien, et l'on nous considère de moins en moins, dit Powis Humphrey en portant son verre à la bouche. Nous voulons notre Sénat, notre Chambre des Communes et un président aussi. Une trentaine d'imbéciles pour représenter deux millions et demi de gens ? Cette plaisanterie a assez duré, elle ne me fait plus rire du tout.

– Regardez, ne serait-ce que le puits, continua Gilbert Jones, si tous les gars étaient au travail et s'ils avaient installé les machines ces années-là, aurions-nous besoin d'importer du pétrole ?

– Les machines, naturellement, approuva Cynan Morse, sur une bonne lampée de bière, mais vous voyez ils ont saboté le travail bien avant cela.

– Comment saboté ? lui demanda Powis d'une voix pointue.

– Eh bien ! en créant les salaires fixes, les heures supplémentaires, les heures doubles et des heures par-ci et par-là, dit Cynan. La vieille méthode était bien meilleure. Chacun extrayait ce qu'il pouvait et on le payait au poids, et rubis sur l'ongle. Ainsi, vous aviez tout le charbon qu'il vous fallait et, voyez-vous, tout le monde était au chaud et la bourse bien remplie.

– Nous allons aborder l'an 2000, reprit Idris Evans, tandis qu'il caressait son gilet boudiné et examinait la couleur du cherry à la lumière du bar. Je ne crois pas que les gars du pétrole, des banques et de la Bourse nous laissent jamais revenir au charbon. Le pétrole brasse des milliards, les milliards rapportent des millions à l'intérêt, à l'emprunt et aux tractations immobilières. Où sont les milliards du charbon ? En quoi fait-il marcher les affaires ? Avez-vous songé au transport maritime, à tous ces cargos immobilisés ? On ne recourt au charbon qu'en dernier ressort. Voilà pourquoi ils ne paieront jamais les mineurs.

– La troisième phase, avec la semaine de trois jours, fera la ruine des syndicats, ajouta Cynan. Tel est leur but. Et tout dépend combien de temps ça va durer, bien sûr !

– Tout repose sur la force des syndicats unifiés, remarqua mon conseiller juridique, Douglas Gough, en promenant son coude sur le bar. Les Tories ne prendront pas de mesure importante tant qu'il n'y aura pas de véritable agitation. J'arrive à l'instant des régions du Nord, je suis allé à Glasgow et suis redescendu. C'est le mécontentement partout. Il suffit d'un rien. Les mineurs, les mécaniciens, les ouvriers, les fonctionnaires, tous protestent !

– Baratin ! dit Cynan en vidant son verre d'un air sceptique.

– Je crois qu'il a raison, dit Idris en faisant un signe au garçon : "Tu me remets ça, s'il te plaît." Oui, c'est vrai ! Une bonne révolution nettoierait l'atmosphère, c'est sûr. Mais on n'y arrivera pas. Vous pensez bien, ils ont leur petit confort, le squintbox, le foot et de quoi se payer un verre ou deux. Laissons tomber. On n'y fera rien de plus. Avec le temps peut-être...

Combien de fois, depuis mon retour, me suis-je tu pour écouter les conversations dans les bars ; je ne les compte plus. Tout le monde peut expliquer le mal mais peu connaissent le remède. Encore moins nombreux sont ceux qui ont le cran et l'énergie de tenter quelque chose. C'était cela, le manque d'ardeur, qui m'attristait.

Il se passait la même chose en Argentine, à l'autre bout du monde, dans la ville de Trewlew en Patagonie, et plus au nord à Mendoza, et plus loin encore à Cordoba et Buenos Aires. De même au Chili et en Uruguay, partout où j'avais monté des affaires et employé plusieurs milliers de gens à la construction de routes, de ponts, puis à la réalisation de grands ensembles, de bureaux et de magasins. Si, au début, c'était très rentable, avec les années, cela le fut beaucoup moins. Les prix grimpèrent, on ne sait trop pourquoi ; il fallut augmenter les salaires, ce qui n'étonna personne ; il fallut réviser les contrats, ce qui entraîna pendant des mois l'interruption ou le retard des travaux. L'armée détenait partout les pleins pouvoirs : les militaires étaient pourtant les derniers à s'y connaître en affaires. Un bilan les affolait, ils étaient atterrés à la vue des chiffres, ils refusaient d'écouter les conseils de leurs comptables personnels qui n'étaient certes pas bien malins, mais qui avaient assez de bon sens pour distinguer le profit des pertes et conseiller de nouveaux crédits pour éponger les frais et, surtout, faire face chaque semaine au paiement des salaires.

– Voyons, señor Morgan, restons calmes, disait le colonel Lopez Bravo du ministère des Finances (c'était à Buenos Aires, un vendredi après-midi). J'ai devant moi un rapport vous concernant. Vous avez largement de quoi régler les salaires, et ce pendant des années. Vous savez, le pays est actuellement dans une situation pour le moins dramatique, on peut le dire. L'Argentine s'est montrée généreuse envers vous. Vous n'êtes jamais devenu citoyen de notre pays.

Vous avez d'énormes responsabilités et vous ne trouvez aucun remède ? Pourquoi n'utilisez-vous pas tout votre argent pour payer vos employés ?

— Si vous vouliez bien avoir la gentillesse d'examiner ce rapport de plus près, vous verriez que nous pouvons encore tenir cinq semaines et qu'ensuite c'est la faillite.

— Vous ne seriez pas le premier, dit-il, tandis qu'en un long rituel il procédait à l'allumage d'une cigarette brune et renvoyait dans un « pouah ! » la fumée qu'il venait d'avaler et dont je sens, aujourd'hui encore, la puanteur. *Ach y fi, a'r diâwl* * *!* Comprenez que chacun doit y mettre du sien. Vous avez du bétail, des moutons, des champs de blé et de canne à sucre, des vignobles, des scieries et des chantiers navals. Et bien d'autres activités encore. Tout cela rapporte de l'argent. J'ai les chiffres sous les yeux, c'est impressionnant, il faut bien le dire. Mais vous ne pouvez pas faire face aux salaires ?

— Bétail et moutons n'ont aucun rapport avec la construction d'immeubles, de ponts ou de routes, dis-je. Les contrats portent sur ce dernier point et rien d'autre. Le projet nucléaire et les barrages n'ont rien de commun. Mais on a fondé ces deux contrats, comme tous les autres, sur les prix en usage au moment de la signature. Aujourd'hui, ces prix ont augmenté de plus de cent pour cent. Je désire qu'on augmente pareillement les prix contractuels. Autrement, nous cesserons les travaux.

— Ce serait un désastre, répondit le colonel, très à l'aise, en tout cas pour vous. Votre acte ne serait pas accueilli comme un geste très amical ; de nos jours, on espère que chacun saura faire un sacrifice.

— Sauf vous, les militaires, dis-je sans plus de gêne. Il me semble que votre paie augmente chaque fois que vous le jugez utile. Et vous parlez de sacrifice ?

— Le coût de la vie augmente, répliqua-t-il en lâchant un autre « pouah ! ». Nous ne sommes pas tous des millionnaires. Souvenez-vous qu'un acte aussi préjudiciable au pays pourrait avoir de sérieuses conséquences, surtout pour vous !

* Que le diable l'emporte !

— Je les subis déjà, dis-je. Rien n'est plus nuisible que les rumeurs d'une fermeture prochaine, si personne ne prend une saine décision.

— Nous avons le droit de vous exproprier, affirma-t-il en regardant sa cigarette. Devant un sabotage délibéré, comme celui-ci, des intérêts du pays, je ne pense pas que l'état-major se montrerait particulièrement compatissant.

— Les hommes doivent toucher leur paie et les paies ne se font pas sans argent, répondis-je. Consultez vos supérieurs. Ils doivent être avertis à temps. Soit les contrats reflètent les prix actuels, en tenant compte des salaires, soit ils sont annulés pour manque de liquide. C'est mon dernier mot.

— Le dernier pour vous peut-être, señor, dit-il, s'enfonçant dans sa chaise avec un sourire. Pour nous, ce n'est qu'un commencement.

Comme on devine les nuages derrière un ciel de neige, je compris ce que cachait cette entrevue. Bien sûr, il y avait eu des rumeurs, mais cela ne m'avait jamais atteint, ni dans ma vie personnelle, ni dans mon travail.

Ils avaient l'intention de m'exproprier en vendant mes affaires au plus offrant et de m'allouer une piètre compensation, afin que tout paraisse réglé selon les usages et dans le respect de la justice. Mais ce n'était pas tout ; la meilleure offre serait faite par une personne qu'ils auraient désignée eux-mêmes, si bien que la plus vaste des propriétés serait achetée au plus bas prix. Plus tard, les gardiens de la discipline, de la loi et de l'ordre national, autrement dit les services publics d'un secteur ou d'un autre, « achèteraient » ce qui était ma propriété pour trois fois rien. A dater de ce jour, ils régneraient sur des hectares de terres riches, assainies par la sueur et l'argent de quelqu'un d'autre. Il suffirait d'expulser les péons et leur famille et de mettre à leur place des pensionnés de l'administration. Quoi de plus facile ?

L'histoire ne date pas d'hier, elle témoigne de la mauvaise foi des hommes. Elle est la même partout, car les fonctionnaires ne sont pas moins cupides que les autres et, si l'on considère que les hommes de loi devaient avoir leur part et pas la moindre, tout cela était en ordre : tout était bien rédigé, timbré, plusieurs fois scellé comme l'exige la loi.

Ceux qui avaient mérité d'être de vrais propriétaires par la naissance, la sueur et l'argent étaient frustrés de leurs droits, escroqués, volés. Mais cela se passait longtemps après l'époque de Perón. Ils n'avaient même pas cette excuse.

Je me suis rendu aussitôt et sans plus de cérémonie chez des amis banquiers ; je leur ai dit ce qui était arrivé. Ils étaient bien trop puissants pour qu'un petit soldat puisse se mettre en travers de leur route. Ils traitaient leurs affaires sur le marché international et, comme chacun sait, l'armée a besoin d'armes, la marine de navires, l'aviation d'avions. Je leur ai raconté ce qui s'était passé et, en quelques heures, j'eus liquidé tout ce pour quoi j'avais peiné en Argentine et au Chili, mais pour un bon prix en dollars, marks, francs, lires, livres sterling et schillings.

C'était exactement ce que je souhaitais. J'en avais assez de voir un merveilleux pays déchiré par des chiens déguisés.

Sûs et moi, nous étions mariés depuis presque deux ans et ce fut peut-être la période la plus heureuse de ma vie ; ou, pour être plus franc, après les longues et sombres années qui avaient suivi la mort de ma première femme Lal, j'avais l'impression de vivre dans un rêve doré et j'en remercie le Seigneur.

Les nurses de Sûs – qu'elles fussent tehuelche ou mapuche – ne lui avaient guère enseigné la politesse et encore moins les bonnes manières, mais elle apprit très vite à mes côtés. Cependant, si quelque chose l'irritait, elle retrouvait son naturel et je m'en amusais beaucoup ; elle cognait ses poings sur ma poitrine et proférait des jurons indiens qui n'étaient pas des plus raffinés ; je riais encore plus fort et elle ne tardait pas à passer ses bras autour de mon cou et à rire avec moi.

Elle savait aussi cuisiner. Les plats indiens grillés, rôtis ou bouillis n'étaient pour elle qu'un jeu d'enfant, bien qu'ils ne soient pas si faciles à préparer ; elle possédait sur le bout du doigt la cuisine galloise de grand-maman, si bien que tous les jours de l'année notre table était digne d'un roi. Il lui suffisait d'un prétexte, et nos anniversaires en étaient toujours un, pour qu'elle demande aux péons de creuser un trou de quatre mètres de large ; là, sous sa surveillance, ils déposaient des pavés en cercles bien ordonnés. A la fin, cela formait une roue de pierre concave et peu profonde. Par-dessus, ils empilaient de grosses bûches qui dégageaient une fumée blanche en brûlant et donnaient de bonnes braises ; ils les laissaient flamber toute la journée, ou du moins jusqu'à ce que les pierres soient aussi chaudes que le feu. Sur les braises débarrassées de la cendre, ils déposaient une épaisse couche de branches vertes qui répandaient un parfum merveilleux ; par-dessus, ils posaient les dindes, les poulets, les canards, les oies, les légumes, les fruits et toutes les autres bonnes choses qu'on voulait cuire. Ils couvraient le tout de feuilles de chou puis d'épaisses branches élaguées ; au sommet, ils plaçaient une toile qui recouvrait la roue dans sa totalité et sur laquelle ils disposaient une couche de terre destinée à retenir la vapeur. Trois heures plus tard, on retirait la toile en la roulant pour contenir la terre à l'intérieur ; on sortait les branches devenues toutes jaunes, les feuilles de chou, jaunes elles aussi, puis on choisissait parmi toutes ces délices ce qu'on désirait manger et dont le goût n'est obtenu par nulle autre cuisson ; la plus âgée parmi les convives était invitée à se servir la première. Généralement, elle préférait l'oie, et ce n'était pas moi qui l'en blâmerait — je n'ai jamais mangé d'oie ou quoi que ce soit d'autre dont le goût et la consistance lui soient comparables ; quelque chose à la fois d'aussi tendre et d'aussi ferme, baignant dans son jus naturel.

C'était son franc parler que j'aimais le plus en Sûs. Jamais elle ne proféra de mensonges, jamais elle ne tergiversa ou s'excusa. Elle n'était pas du genre à tourner autour du pot ; ce qu'elle avait à dire, elle vous le disait tout net : mettez cela dans votre poche. Bien sûr, c'est une habitude qui peut aussi attirer des ennuis et, plus d'une fois, il m'a fallu regretter qu'elle n'ait pas eu un peu plus de diplomatie, si ce mot convient pour désigner les paroles d'apaisement et les menus mensonges. Mais je n'ai jamais ignoré qu'un mensonge léger de trop ouvre la voie au mensonge grave. C'est pour cette raison que je me suis toujours tu pour la laisser parler à sa guise; je ne l'ai jamais regretté. Même pas la fois où nous sommes allés au Chili et où, quand les douaniers ont ouvert nos bagages, j'ai dû l'empêcher de les griffer. Heureusement qu'aucun n'a eu droit au langage tehuelche, car nous serions encore sous les verrous. « Voleurs ! criait-elle, sales voleurs, fils de voleurs, qui portez des uniformes pour cacher le sang souillé du ventre infâme qui vous a pondus. » Bien sûr, plus elle criait, plus ils défaisaient les valises et plus ils fouillaient, persuadés, je suppose, que nous faisions de la contrebande, mais ils regrettèrent amèrement d'avoir perdu leur temps. Quand nous quittâmes les lieux, nous laissâmes derrière nous la plus pitoyable bande de chiens battus que j'aie jamais vue.

— Vous auriez pu nous épargner cela, dit le conducteur du car, furieux d'avoir été retardé par la fouille. Quelques pesos à chacun, un baise-main, et le tour était joué.

— Un coup de pied au derrière, ça oui ! lui répondis-je.

— *A'r crŵt, yn wyr* * *!* beugla Sûs.

Elle répétait ce que j'avais dit en gallois, mais en des termes plus grossiers. Un couple de compatriotes très bavards éclata de rire au fond du car et ne cessa de ricaner jusqu'à notre arrivée à Puerto Montt. C'était Leslie et Jane Rowlands qui nous invitèrent chez eux, dans le Sud, à Punta Arenas où ils avaient une bien belle ferme, avec environ deux cent mille moutons : un troupeau de bêtes noires de pure race; ils en avaient d'autres à Tierra del Fuego.

Leslie était venu dans le pays comme courtier en laine, avait instauré la nouvelle tonte et acheté des actions en Argentine.

— Ils deviennent ingrats, dit-il, le sentiment national a pris de telles proportions que je me demande si je ne vais pas repartir. Notez, pour quoi faire ? J'ai plus qu'il ne me faut. Mais même ici les choses empirent. Sous peu, tous les étrangers seront jetés dehors. Beaucoup ont été chassés de leur ferme. Ici, nous avons la chance d'avoir l'armée et la marine tout près. Mais nous n'avons plus guère le temps. Vendre et rentrer chez nous, voilà où nous en sommes !

* Ah ! oui, un bon coup de pied au cul, c'est sûr !

— Le plus vite sera le mieux, répliqua Janie. Je ne veux pas rester ici une seconde de plus. Les pauvres de Macchi, ça me suffit !

— Ils ont été brûlés dans leur ferme et tous les animaux ont été volés, ajouta Leslie, mais ils habitaient très loin au nord, une ferme isolée. Il faut dire que ce ne sont pas les seuls, non plus. Le meurtre et le vol font rage. C'est nouveau pour nous. Ça n'est jamais arrivé auparavant, n'est-ce pas ?

— Pourquoi en est-il ainsi ? demanda Janie, tout va bien et, soudain, ce n'est que vol et meurtre.

— Ils ne peuvent pas ramener chez eux de quoi nourrir leur famille. L'argent est la source des malheurs présents. C'est la même chose pour nous. J'ai eu de la chance, j'ai toujours payé mes employés conformément au coût de la vie. Et, en agissant ainsi, je me suis rendu impopulaire auprès d'un tas de gens. Augmenter les salaires est un crime pour certains. Mais je ne me suis jamais inquiété jusqu'à maintenant. J'ai vendu et je vais tout vendre dans ce pays. Nous voyagerons un peu et nous irons au pays de Galles où, pour changer, nous nous installerons dans la paix et la tranquillité. Ces dernières années n'ont pas été très bonnes. Les prochaines seront pires.

— On n'a pas encore eu d'enlèvements ici, constata Leslie en me versant un whisky. Assez ?

— Merci, dis-je. Ça viendra, soyez-en sûrs, ce genre de brutes existe dans tous les pays. S'ils peuvent brûler et tuer de sang-froid, les enlèvements sont pour eux des jeux d'enfant.

Je me rappelais fort bien le choc de cette couverture jetée sur ma tête à cinq heures du matin, alors qu'il faisait nuit, et la pointe d'un couteau dans mon dos. J'avais la chance de porter la large ceinture de gaucho. Je fus ficelé dans le style indien, les poignets attachés aux chevilles dans le dos, plié en deux, jeté dans un camion et emporté sur une vieille route cahoteuse. Mes poignets me faisaient atrocement souffrir, et la douleur, dans les heures qui suivirent, gagna tout le reste du corps.

Ces garçons étaient stupides. Ils auraient dû savoir que j'avais un veilleur de nuit dans une propriété de cette importance. De fait, j'en avais trois : des Tehuelches, métis mais excellents, depuis longtemps à mon service et pleins de loyalisme à l'égard de Sûs parce qu'elle pouvait leur parler dans leur langue. Elle, était encore couchée, naturellement. Après m'avoir donné mon petit déjeuner — elle ne laissait pas les servantes toucher à quoi que ce fût, car elle aimait cuisiner —, elle se remettait dans le lit chaud et dormait deux heures de plus. Mais elle eut tôt fait de se réveiller et de sortir avec les huit Indiens et les chiens.

Personne au monde n'est meilleur pisteur qu'un Indien et aucun chien n'a plus de flair que le dogue d'Argentine, dressé à débusquer un sanglier ou tout autre animal et à livrer bataille.

Le dépistage fut donc aussi simple que de suivre un sentier, me dit Sûs plus tard.

Ils se dirigèrent sans hésitation. Aucun tournant, aucun crochet brusque ne les déconcertaient, pas même la traversée de deux ruisseaux peu profonds. Les Indiens, les ayant franchis, retrouvèrent la piste, se remirent en route et nous rattrapèrent vers quatre heures de l'après-midi. Je fus le dernier à le savoir, encore détenu dans le camion et complètement engourdi.

Tout à coup, le bruit d'une lutte se fit entendre ainsi que des cris humains. Silencieusement, les chiens avaient sauté dans le camion et mordaient les ravisseurs entre les jambes. Rien n'eût pu leur faire lâcher prise. J'entendis alors, croyant rêver, la voix de Sûs. Elle avait grimpé dans le véhicule et coupait mes liens. Je n'ai jamais été le témoin d'une telle fureur.

Tandis qu'elle frottait mon corps traversé de fourmillements, les Indiens châtiaient les hommes à leur manière, c'est-à-dire par une flagellation qui leur laissa le dos et d'autres endroits sans une parcelle de peau, et des entailles allant du front au nez et au menton et, au-dessus du nez, d'une joue à l'autre. Puis ils leur brisèrent les épaules, les coudes, les poignets, tous les doigts, les genoux, les chevilles et les orteils. Si je n'avais imploré Sûs, ils leur eussent arraché les yeux. Nous les laissâmes tel un tas de membres déformés, gémissant à fendre le cœur. Sûs dit aux ravisseurs que s'ils voulaient prendre la peine de revenir ils en recevraient davantage. Les chiens les eussent dévorés tout crus, mais Sûs les rappela et, comme par miracle, ils obéirent. Nous n'avons jamais su si les malheureux survécurent et rien ne parut dans les journaux.

— Pourquoi ont-ils fait ça? me demanda Sûs plus tard. Avaient-ils une bonne raison?

— Pour de l'argent, lui dis-je. Ils m'auraient caché et t'auraient demandé un million de pesos ou davantage.

— Jamais! affirma-t-elle avec un rire guttural. Pas un centavo. Tu n'es pas de la viande qu'on achète. Moi non plus. Plutôt mourir que t'acheter!

— Même si ça devait me sauver la vie?

— Pour de l'argent, non! répliqua-t-elle, se mettant en colère et parlant très fort.

— Mais l'argent n'est que du papier. Une vie est une vie!

— La vie vaut beaucoup plus que du papier! hurla-t-elle. Comment peux-tu attribuer la même valeur à la vie et au papier? Pas pour un million de chevaux! *Jamais!*

A maints égards, en montant à cheval ou en disant ce qu'elle pensait, Sûs était foncièrement indienne: elle détestait l'injustice, les procédés déloyaux, les sournoiseries et tout ce qui est malhonnête. Il en est ainsi de tout Indien de race pure. Il ne perd jamais son intégrité. Le type inférieur de métis copie, bien entendu, nos manières et, trop souvent, devient menteur et voleur. Nous le jugeons et lui faisons une mauvaise réputation. Mais c'est nous qui en sommes les artisans, car il nous prend pour exemple, ce qui est bien dommage.

En tout cas, Sûs était impatiente de partir et, dix jours plus tard, la maison étant vendue, nous avions fait nos bagages et nous nous étions mis en route. Je pensais que nous pourrions passer une semaine à Rio, mais non! Il fallait que Madame gagnât le pays de sa grand-mère et, de plus, la maison où celle-ci était née plus de cent ans auparavant. Elle en avait l'adresse et, une fois à Londres, parvenir au pays de Galles était facile. Pour trouver le cottage, il suffirait de poser question après question, parce que la maison avait changé deux fois d'occupants et porté des noms différents. Mais l'avoué la découvrit grâce à la police. Nous nous y rendîmes dans une voiture louée, délaissant la grand-route et longeant un sentier plein d'ornières, entre des haies chargées de mûres et de chèvrefeuille. Le cottage nous apparut enfin entre deux buissons de houx magnifiques et des herbes folles plus hautes que nous.

— La maison est inhabitée depuis plus de trente ans, dit l'avoué. On la dit hantée. Mieux vaut que je vous en avertisse.

— Fort bien, dis-je, obtenez-en un prix de maison hantée !

Je dois le confesser, je fus surpris de la somme demandée pour le cottage et les quinze hectares d'excellente terre arable, un verger de pommiers, de poiriers, de cerisiers, de pruniers retournés à l'état sauvage et une mare pour des canards et des oies. Ce n'était pas le quart de ce que j'avais escompté. Selon Douglas Gough, l'avoué, cela était dû à la somme de temps et d'argent nécessaire à la restauration, la plupart des gens n'ayant ni l'un ni l'autre.

— En premier lieu, cela pourrait coûter deux mille livres pour construire la route, dit-il en essuyant ses lunettes. Puis le défrichage des bois et le drainage réclameront facilement cinq cents livres. Si vous voulez avoir un jardin tel que Mme Morgan me l'a dessiné, il faut ajouter mille autres livres au moins. De nos jours, un toit d'ardoise n'est pas bon marché. Et réparer les chevrons, remplacer les parquets des chambres... Non, je ne crois vraiment pas que vous ayez fait une si bonne affaire !

— On démolira la maison pour en bâtir une neuve, répondis-je. Quand elle sera finie, elle sera pareille à ce qu'elle était en 1500... et quelque, plus le confort de notre époque. L'arrière-grand-père de Mme Morgan a quitté ces lieux en 1865 pour aller en Patagonie. Il est enterré là-bas avec toute la famille, sauf elle. Je rends cette maison à la famille. Peu m'importe ce qu'elle coûtera. Elle sera belle, c'est tout. Et si nous parlons de prix et d'occasions, ou, en un mot, d'affaires, eh bien, quand tout sera terminé, la propriété vaudra deux fois au moins ce que je l'aurai payée. N'est-ce pas vrai ?

— Je dois l'admettre, mais les premiers débours seront durs.

— Pas pour moi. Chaque penny dépensé sera un cadeau !

Il leva les bras au ciel comme s'il avait affaire à un fou, et je l'étais vraiment. Cela me tenait à cœur. J'aurais donné n'importe quoi pour emmener Sûs en bas, dans la vallée, et y construire une maison pour elle ; mais à quoi bon lui montrer d'immenses crassiers et tenter de lui expliquer que, lorsque j'étais enfant, tout était vert. Voyant pour la première fois l'endroit tel qu'il était maintenant, elle eût pu me prendre pour un menteur. Pour cette raison, et peut-être à cause de ma honte à venir d'un aussi sombre lieu, je ne dis rien.

Si la chose lui est jamais venue à l'idée, Sûs ne m'en a jamais parlé. Elle se bornait à se délecter de la ferme. Je n'avais jamais connu le vrai sens du terme « se délecter » avant de la voir s'emparer de cette friche et essayer de l'imaginer telle qu'elle la désirait. Tous les matins, elle se levait pour regarder les hommes drainer les terres et poser des conduites neuves. Elle suivait les ouvriers chargés des bordures de haies pour voir comment ils taillaient les fougères arborescentes et les ronces qui couvraient les murs entourant les champs, comment ils nettoyaient les fossés et réunissaient les branches coupées en un gros tas au beau milieu de la propriété pour les brûler : la hauteur du bûcher prenait l'aspect d'un ancien volcan. La cendre fut ensuite répandue ; elle enrichit le sol, de sorte qu'au bout de quelques semaines nous avions des champs dont nous pouvions être fiers. Lorsque les hommes vinrent couper les nouvelles pousses, nous eûmes un stock suffisant pour nourrir vingt têtes de bétail durant l'hiver.

A vrai dire, nous étions loin d'être heureux de séjourner en un tel lieu et cherchions encore un architecte. Plusieurs d'entre eux étaient venus nous voir, certains avec des croquis, mais Sûs n'en trouvait aucun à son goût et je n'étais pas de ceux qui font fi de l'instinct ou de l'intuition et qui opposent un « non » catégorique à cette petite voix que personne n'entend.

Ni l'un ni l'autre, nous n'aimions les hôtels ou les auberges. Nous étions accoutumés à avoir de l'espace et une salle de bains personnelle. Pendant des années, Sûs s'était baignée dans le tub de zinc de la maison de ses nourrices indiennes. En Patagonie, j'avais une bassine dans la cuisine, où l'on versait l'eau provenant de bouilloires chauffées sur le fourneau. Là, à cette époque, nous étions heureux et aucun de nous ne se souciait du mode de vie de l'autre. Mais, dès que

Sûs vit une vraie salle de bains dans ma maison au bord du lac, à Little Looking Glass, il ne fut plus question de tubs de zinc ni de bouilloires. Dans la maison à Buenos Aires, il y eut une salle de bains pour chacun de nous, et nous en prîmes l'habitude. Mais les salles de bains de l'hôtel et les douches minuscules n'étaient ni à son goût ni au mien. Puisqu'il n'y avait rien d'autre, il fallait s'en accommoder, en attendant mieux. Sûs regrettait sa cuisine et j'aspirais aux plats préparés par elle.

Quand j'y repense à présent, je me dis qu'on aurait pu nous prendre pour une jolie paire de faiseurs d'embarras. Ce n'était vraiment pas le cas ; nous aurions pu continuer ainsi si, un soir, la salle de bains de l'hôtel, au-dessus de nous, n'avait été inondée, si le plafond n'avait failli nous écraser et si nous n'avions été trempés par l'eau tombant en cascade. Sûs descendit l'escalier en riant comme une folle, drapée dans deux couvertures sèches et s'essuyant les cheveux avec une serviette. Dégouttant d'eau, tout le monde se mit bientôt à rire avec elle.

— Nous serions mieux dans une tente, dit une voix dominant le bruit des balais et des seaux.

C'est alors que me vint une idée.

— Allons, dis-je à Sûs le lendemain matin, nous partons pour Londres.

Elle aimait Londres, ses rues, ses magasins, ses musées, ses cinémas, et l'Opéra, car elle adorait entendre chanter. Elle appréciait moins le théâtre. Elle parlait le gallois le plus pur, bien meilleur que le mien, et environ cinq dialectes indiens, tous très différents les uns des autres, mais son anglais était presque inexistant, tout simplement parce qu'elle n'éprouvait aucune sympathie pour les Anglais, mais une haine qui, je le suppose, lui avait été insufflée par la famille de son père et bien d'autres.

Nous avons, je le sais, souffert en tant que nation pendant des centaines d'années. Personne ne soupçonne combien de dizaines de milliers de nos compatriotes sont morts dans les chambres de torture et les cachots des châteaux, ni combien de femmes ont été violées, ni combien d'enfants ont grandi dans l'esclavage, ou, ce qui ne vaut guère mieux, combien d'entre nous ont perdu leur patrimoine au profit des Romains, des Saxons et des frères du Bâtard normand et de leurs fils, tout cela jusqu'à ce que, avec le temps, ils se fussent qualifiés d'Anglais.

Nous n'avons jamais été autre chose que des Gallois. Comme les Irlandais, nous n'avons jamais abandonné l'idée d'un gouvernement autonome. C'est pour cette raison que l'arrière-grand-père de Sûs et tous les autres gagnèrent le désert de Patagonie, simplement pour parler leur propre langue, pratiquer le culte de leur choix et vivre en liberté, avec leurs familles.

En parcourant les rues de Londres, je lui dis que la plupart des gens qu'elle croisait étaient des Anglais et que s'ils se livraient au meurtre ou à la torture ils seraient sévèrement punis. Elle se contentait de fermer les yeux à demi et de hausser les épaules comme si cela ne faisait aucune différence. Je compris qu'il me faudrait attendre un certain temps avant qu'elle m'écoutât.

Nous allâmes chez un fabricant de tentes de la Cité, un bel endroit plein de cordes et de grosse toile qui avait une agréable odeur de mer. J'achetai quatre grandes tentes comme celles que nous avions pour les goûters de la chapelle, mais de meilleure qualité, avec un double toit, un emplacement pour la cheminée et un plancher de bois.

De là, comme deux enfants, nous nous rendîmes en taxi dans un magasin où l'on vendait des cuisines tout équipées. Nous avions passé des heures dans la soirée à consulter les catalogues et Sûs savait ce qu'elle voulait. La vendeuse nous montra la cuisine qui répondait à nos goûts : elle était parfaite, bien plus belle que celle que nous avions à Buenos Aires.

Puis ce fut le mobilier et, là encore, Sûs savait ce qu'elle voulait. Au bout de dix minutes, nous avions acheté deux fauteuils de cuir, un grand canapé, des tapis pour le sol et pour les murs, des lampes, et Dieu sait quoi d'autre. La vendeuse nous dit que le tout nous serait envoyé en gare dans la semaine et que nous n'aurions plus qu'à le faire prendre.

Sûs acheta une batterie de cuisine en cuivre dans une petite boutique de Soho. A voir la collection qu'elle avait choisie, on eût pu croire qu'elle allait cuisiner pour la tribu de Sem, mais elle avait raison, tout s'avéra utile. Après cela, ce fut la vaisselle, puis le linge de table et les torchons, la literie et les couvertures. Alors qu'elle était en train de choisir les couvertures, Sûs me regarda, les yeux écarquillés et la bouche ouverte.

— Le lit ! s'écria-t-elle assez fort pour faire fuir les clients du magasin. Et le lit ?

Nous allâmes donc ailleurs acheter le lit et il nous fallut changer les draps et les couvertures pour avoir les dimensions voulues. Nous pensâmes alors que cela suffisait pour une journée. A chaque jour suffit sa peine...

C'est alors que je pensai aux couples du monde entier qui tirent le diable par la queue : comment font-ils pour vivre s'ils n'ont pas suffisamment d'argent ? Cette idée ne m'était jamais venue à l'esprit et je me demandai pourquoi elle me frappait à ce moment. Mais c'était assez clair. J'avais dépensé des centaines de livres sans me soucier du lendemain, parce que j'avais une ample provision d'argent pour affronter l'avenir, mais les garçons et les filles de familles qui n'en avaient pas assez se privaient ou s'en passaient complètement.

Sûs était loin d'être frappée par cette idée. Elle avait vécu de la vie austère de l'Indien qui est riche lorsqu'il possède le nécessaire, mais elle avait partagé mon mode de vie à Little Looking Glass et à Buenos Aires. Lorsqu'elle me dit qu'elle pourrait retourner au mode de vie qui était le sien, je la crus, car je savais que je pourrais vivre plus qu'à l'aise dans ma première maison en Patagonie, qui était rudimentaire, c'est le moins qu'on puisse dire, à quelques lieues de Trevelin. A tel point que j'avais souvent la nostalgie des lacs, des grands mélèzes et des amancays * en fleur illuminant les versants des collines, des vols d'ibis, de l'étrange et émouvant appel des agamis planant au-dessus de nos têtes et du bétail sauvage beuglant dans les collines à l'époque des amours.

* Grosses fleurs d'un jaune orangé, plus grandes que des crocus, et dont la floraison est de courte durée. On ne les trouve qu'au Pérou et au Chili. (N. D. T.)

Certes, nous devions être reconnaissants d'avoir plus que nous n'en puissions demander. Mais les Indiens étaient toujours en nous.

— Si l'on peut avoir de l'argent, c'est très bien, dit Sûs. Sinon, qu'on *attende* !

— Attendre ne sert pas à grand-chose. Les gens ne sont-ils nés que pour attendre et ne rien avoir ?

— S'ils vivent, c'est bien suffisant, répliqua-t-elle, surprise. Un Indien en a-t-il davantage ? En a-t-il besoin ?

— Ce ne sont pas des Indiens. Ils ont de plus grands *besoins* que les Indiens. C'est une autre vie. Il leur faut nourrir les enfants, les habiller et les envoyer à l'école. C'est pour ça qu'ils travaillent. Mais ils n'ont jamais assez d'argent.

— Ils n'en auront jamais assez ! Plus ils auront d'argent, moins ils voudront travailler. Ils ne voudront que jouir de leur argent, comme les pires des Indiens : travailler, avoir de l'argent, acheter du vin et se soûler pendant trois semaines, puis travailler de nouveau. Et, plus ils ont d'argent, moins ils veulent travailler !

— Attends un peu ! dis-je, me sentant ébranlé. Ils ne sont pas tous ainsi.

— Ils sont nombreux, beaucoup plus nombreux que les bons Indiens, affirma-t-elle, non sans vérité. Les bons achètent du gros bétail et des moutons, clôturent leur terrain, ont de bons chevaux et font des cabanes en rondins avec un toit de mélèze. Ils ont quatre ou cinq femmes pour s'occuper d'eux et des vêtements neufs à chaque tondaison. Ne vivent-ils pas mieux que les plus favorisés d'ici ?

— Attends ! Cette vie n'a rien à voir avec celle d'ici. Ils sont à l'autre bout du monde. Il n'y a rien de commun entre eux !

— Sauf le travail ! Chacun ne doit-il pas gagner sa vie par son travail ? C'est le travail qui procure de l'argent à l'Indien. Avec de l'argent, il achète ce qu'il lui faut. N'est-ce pas la même chose ici ?

La réponse à faire eût découragé l'archange Gabriel lui-même.

— Écoute, dis-je avec patience. *Là-bas*, il y a du bétail, et des moutons, et de la laine, et tout ce que tu veux. Mais *ici*, à de rares exceptions près, ce sont les machines. Les machines forment l'industrie, ça, tu le sais ?

— Ah ! oui, *Dûw Anwyl* * ! Je le sais ! dit-elle avec une douceur à vous faire grincer des dents. Comme tes merveilleux mécaniciens à Cordoba ? Brisant en morceaux les machines qui rapportaient de l'argent et t'obligeant à fermer l'usine ? La même chose à Mendoza ! Et à Buenos Aires ! L'industrie, n'est-ce pas ? De quoi se soucient-ils ? Ils veulent de l'argent, mais ils démolissent l'outil de travail. As-tu jamais vu un Indien détruire le bétail ou les moutons ?

— Oui, ils volent et massacrent.

— S'ils sont affamés. Mais combien sont-ils ?

— Nous faisons fausse route. Les Indiens vivent dans leur monde et les gens d'ici dans un autre, absolument différent. Ils ont besoin d'autres choses que de chevaux et de bétail.

— Et moins de temps pour le travail, mais plus d'argent, n'est-ce pas ? répondit Sûs en hochant la tête. Allons donc !

Elle parlait avec la voix des gens d'un autre monde, plus honnêtes, tant à leur égard qu'à celui des autres, travaillant toutes les heures du jour non parce qu'on le leur commandait, mais parce qu'ils le voulaient, et non pour une somme fixée, mais pour ce qui leur échoirait. Eh bien, peut-être cette époque est-elle révolue et, avec elle, les hommes de ce temps-là, remplacés par une populace dont chaque membre possède une carte de syndiqué, une carte d'immatriculation aux assurances sociales, un téléviseur, un appareil de radio et, parfois, une auto, une machine à laver, une hypothèque sur une maison, tous aussi stupides les uns que les autres, ne pensant pas à ce qui va arriver, croyant le savoir, mais ne le sachant jamais, ce qui est pire, et, lorsqu'un drame survient, désemparés et sans un sou.

Sûs ne prenait aucun intérêt aux nouvelles du jour. Je lui lisais les journaux, mais elle ne s'émouvait que si des hommes et des femmes étaient accidentés ou des enfants brutalisés, si des avions s'écrasaient au sol, ou si des gens étaient renversés sur la route. Pour tous ceux-là, elle éprouvait de la pitié. Mais la politique la laissait indifférente. Pour les Français, elle avait des qualificatifs peu flatteurs parce que tout le monde savait ce que Gallimard, le coiffeur,

---

* Grand dieu !

installé autrefois à Trelew, disait de son pays. Il semblait injuste de le répéter parce que c'était un exilé politique, mais, d'après ce que j'ai vu depuis, ce qu'il affirmait toujours était vrai, et cela suffit.

A moins, selon lui, d'avoir un papier signé et l'argent en banque — à *votre* banque — ne vous fiez jamais à un Français. En revanche, à l'égard de ses compatriotes, il louvoiera et prononcera les paroles qu'ils souhaitent entendre, mais il agira tout autrement à son profit...

Nous discutions souvent et nous étions toujours un peu intrigués à l'idée qu'un pays pût vivre avec des imbéciles pour dirigeants. Dans n'importe quelle affaire, ce serait la faillite, mais, parce que c'était un gouvernement, personne ne pouvait leur dire : « Arrêtez ! » et personne ne pouvait examiner les livres de comptes. Les vociférations continuaient et on n'en était pas plus avancé.

— Peuh ! la politique ! dit Sûs. J'ai mes propres soucis : toi, la maison et la ferme. Allons, viens ! La pluie a cessé. J'ai une furieuse envie d'être là-bas !

Les carrés de brique rouge pour l'assise des tentes et les passages plus étroits étaient secs. Tout était fin prêt. Les tentes arrivèrent par camion. Mais ce ne fut que grâce aux hommes, qui avaient aplani à la bêche les profondes ornières glaiseuses de la chaussée et y avaient disposé des branchages, que le véhicule put être amené jusque-là, car ces tentes représentaient un poids considérable. Il n'est rien de tel que de voir un bon ouvrier se mettre au travail. Sûs m'appela pour prendre du thé au rhum.

Pendant mon absence, les tentes furent montées et fixées par des cordes. Les menuisiers dressèrent des murs de bois pour briser la force du vent du nord-est et les autres installèrent un parquet en planches.

Alors Sûs, ôtant ses bottes de caoutchouc, esquissa une danse, puis une autre, et se mit à chanter à plein gosier ; les hommes riaient et chantaient avec elle. Nous eûmes là un bon chœur sans façon. J'eus alors le sentiment que j'étais presque chez moi.

Douglas Gough était devenu un excellent ami. Il connaissait tout le monde et nous procurait tout ce qu'il nous fallait. Il obtint le permis de construire pour la route et les contrats pour les travaux, que je signai et accompagnai d'un chèque pour montrer ma bonne volonté.

— Et maintenant, dit-il en refermant sa mallette, dehors, dans la voiture, j'ai laissé Lys Machen. Elle est architecte. Elle a eu la médaille d'or de sa promotion et, depuis lors, un tas d'autres prix. Elle est spécialisée dans la restauration des bâtiments anciens. Elle rentre des États-Unis, où elle a fait d'importants travaux ; dès que j'ai appris son retour, je lui ai téléphoné et l'ai amenée ici. Puis-je la faire entrer ?

— Mais naturellement, répondis-je. Il est regrettable qu'elle soit restée dans la voiture pendant tout ce temps. Qu'elle vienne !

Lys, avait, je pense, environ trente-cinq ans. Elle était mise avec soin. Ses cheveux étaient clairs, presque blancs. Elle n'avait pas un joli visage, mais elle avait en elle de la beauté. Un rayonnement émanait de tout son être. Sûs s'attacha à elle comme à une sœur. Au bout d'un certain temps, je les quittai pour aller en ville avec Douglas voir les entrepreneurs chargés des travaux de la route. Quand je revins, la maison avait été esquissée au fusain sur de grandes feuilles de papier. Nous la vîmes alors telle qu'elle serait. La sobriété du tracé me donna la certitude qu'elle serait plus belle encore.

— Ces marches devraient être déplacées, transportées à l'arrière de la maison et partir de la cuisine ; j'ai justement un escalier de la même époque qui conviendrait beaucoup mieux, avec une large rampe et des balustres joliment sculptés et patinés, observa-t-elle. Je sais où il y a un grand vaisselier, parfait pour la cuisine, et des meubles de ferme d'époque qui seront vendus aux enchères dans une dizaine de jours : des bancs à dossier, des fauteuils, des tables, etc.

— Achetez tout ce que vous jugerez bon. Nous irons à n'importe quelle vente. Mais nous ne voulons pas de camelote !

— Ça, il y en a des tas, dit Lys en riant, et des tas de meubles maquillés. Mais je ne crois pas que mon acheteur s'y laisse prendre. Il a de la bouteille et cela fait partie du métier. Et, à propos, il y a des artistes gallois, des peintres et des sculpteurs. Vous pourriez avoir quelques pièces dans ces grandes salles ?

— Nous achèterons tout ce qui est de qualité. Pas de cochonneries !

— Je comprends, et je crois que vous ne serez pas déçus. Je suggère du parquet dans le vestibule et dans le salon, dans les couloirs et dans les chambres à coucher. Du dallage dans la cuisine, dans l'office et dans le garde-manger, ainsi que dans le jardin jusqu'au puits. Et, à partir de là, des briques pour les allées.

— Merveilleux ! Quelle femme intelligente vous êtes ! dit Sûs. Faites voir !

— Le plan et la plus grande partie des croquis seront prêts dans une dizaine de jours. Pendant ce temps, si vous le voulez, les ouvriers pourront enlever l'escalier, gratter la peinture des chevrons et des solives de la toiture et nettoyer les poutres et le plâtre extérieurs. Je soupçonne qu'il y a du salpêtre. Cela devrait leur donner assez de travail jusqu'à ce que je sois prête. Monsieur Gough peut-il préparer mon contrat ?

— Avec le plus grand plaisir. Vous serez ici au moment voulu !

Les jours qui suivirent furent calmes et le devinrent de plus en plus, car les travailleurs de la voirie mirent deux mois à prendre des mesures, à planter des repères et à manier le théodolite, puis rien d'autre ne se passa pendant des semaines. Enfin, le chef des travaux vint nous montrer les tracés des assises de la route, du système d'égouts, de la surface de macadam et de l'allée circulaire qui menait des deux côtés à la porte d'entrée. Nous n'aurions jamais cru qu'il y avait tant à faire sur une simple petite route.

A ce moment, les calques de Lys donnèrent aux maçons et aux menuisiers tout un tas de mesures. Rhodrick, le conducteur des travaux, dit qu'il n'avait jamais rien vu de mieux.

— Avec ça, on ne risque pas de se tromper. Je croyais que nous aurions des difficultés avec ce mur de soutènement, mais voyez ce qu'elle a fait ! Elle est intelligente !

Nous allâmes à plusieurs ventes et nous absentâmes pendant cinq jours, mais ce que nous achetâmes enchanta Sûs. L'acheteur de Lys dit que toutes les pièces étaient authentiques, n'avaient pas moins de deux cents ans et étaient l'œuvre d'ébénistes de grand renom ; de plus, tenant compte des cours actuels, chacune d'elles était une affaire.

L'acheteur était un homme de petite taille. Une mèche de cheveux longue mais peu fournie lui tombait continuellement sur le nez. Il s'adressa à nous d'une voix grêle.

— Ils sont en train d'écumer le pays. Dans quelques années, il ne restera rien pour rappeler quelle sorte d'artisans nous étions, ou que nous avions des artistes spécialisés dans le travail du bois ou autres matériaux. Ce sera une époque pareille à celle du pillage romain. Tout fut pris par les Romains et, quelques années plus tard, les Saxons en firent autant. Ne parlons pas des Normands. Ils ont fait pis que Hitler en Pologne, en France, en Italie et ailleurs. Maintenant, c'est le pillage par l'argent. Les gens sont trop égoïstes, trop ignorants. Deux beaux fauteuils, voyez-vous, avec des glands sur les bras ; et admirez, je vous prie, ce brocart. Parfaits pour regarder la télévision. Des heures, des années de réconfort après une journée de travail. Donnez-moi cette vieille table en échange. Oh ! oui, prenez-la et merci, sir ! Ces pauvres idiots ne savent pas que la table vaut pour le moins deux cents fois plus que les fauteuils !

— Si vous découvrez quoi que ce soit qui en vaille la peine, faites-le-moi savoir, dis-je. Ou achetez-le. Vous pouvez vous fier à moi. Mais qui se livre à ce pillage ?

— Les Américains, répondit-il. Des bateaux entiers. Et un tas de meubles maquillés. Ce sont cependant de bons menuisiers. Un ébéniste digne de ce nom n'y mettrait pas la main !

Tous les sols furent mis à nu. Le dallage dans la cuisine fut changé et le grand salon parqueté de neuf. Nous pûmes marcher avec sécurité dans les lieux, comme des chrétiens, disait M. Rhodrick. Pendant tout ce temps, les chevrons sous le toit étaient grattés et huilés, ainsi que les grosses poutres transversales, les lourdes portes tournaient en douceur sur leurs gonds. Un beau matin, lorsqu'on enleva le fouillis inextricable de broussailles dressé contre les murs des côtés et de la façade de derrière pour arrêter les vents et la pluie, nous découvrîmes notre maison près de deux fois plus grande que nous ne l'avions imaginée. Quelle surprise ce fut pour nous !

De nouvelles poutres de bois vieilli vinrent remplacer celles de la cuisine et du salon qui demandaient à être changées. Lorsque Lys arriva, ce mercredi-là, elle désigna des emplacements sur le mur extérieur du salon. Selon elle, la pièce était autrefois spacieuse et probablement utilisée pour le cardage et le filage de la laine, mais elle ferait un charmant cabinet de travail, pour lequel elle avait les panneaux, les rayons pour les livres, le bureau et un tas d'autres objets, tous d'époque.

— Eh bien ! dit Sûs, il y sera à l'aise. Et n'auriez-vous pas une cheminée ?

— Une vraie beauté, répondit Lys. Je l'ai vue et l'ai achetée. Dans une vieille ferme qui devait être un ancien manoir. Quelle vie terrible ces gens ont dû avoir ! La cheminée et deux autres pièces, fort rares, se trouvaient sous deux mètres cinquante d'ossements et de décombres. Il y a encore quelque chose d'autre, mais c'est un secret. Mon acheteur vous en parlera.

Pendant ce temps, nous vivions sous les tentes. Personne ne se sentait plus à l'aise et plus heureux que nous. La salle de séjour, avec ses tapis aux couleurs tendres tissés sur des métiers gallois, ornant le sol et couvrant les murs, semblait mettre des bras autour de nous. A la porte voisine, il y avait la salle à manger et la cuisine ; les couleurs en étaient différentes et plus brillantes. La lessive se faisait dans la tente la plus petite, un peu à l'écart. Puis venait la chambre à coucher, avec un grand lit et deux tables de chevet sur lesquelles reposait une lampe, et, ensuite, une grande salle de bains. Tout allait à merveille.

Sûs était aussi heureuse qu'un poisson dans l'eau. Sur le grand fourneau émaillé et étincelant, elle confectionnait des plats de rêve. Douglas Gough disait qu'il regrettait de ne pas avoir rencontré autrefois une Patagonne.

— Il y en a des tas, dis-je. Allez en choisir une !

— Ma femme est plus forte que moi, répliqua-t-il. Elle me tuerait !

Nous avions fait l'acquisition de deux chevaux pur sang. Tous les matins, les montant à cru, nous parcourions les champs et longions les bordures de haies pour voir ce qu'il y avait à faire, et le travail ne manquait pas. Derrière nous, il y avait une douzaine de bons terrains qui montaient vers le sommet de la colline, mais je n'y avais jamais vu un animal et je demandai à Douglas s'il y avait une possibilité pour les acheter.

— Cela représente environ de huit à dix hectares, dit-il, regardant le haut de la colline. Vous auriez alors environ vingt-huit hectares. Ça vaut la peine d'essayer. Le propriétaire est un solitaire. Il a perdu sa femme et ne sort jamais. Cela remonte à des années. Nous verrons si notre proposition l'intéresse.

Le prix que nous lui offrîmes lui convint. Nous nous retrouvâmes dans le bureau d'un autre notaire. Je signai le contrat et libellai le chèque.

L'ex-propriétaire entra tandis que la secrétaire se rendait à la banque. Il me fit de la peine. Son visage et ses mains étaient rubiconds. Il portait un bonnet de laine dépenaillé d'où sortaient ses cheveux, un imperméable noir déchiré, des bandes molletières et des chaussures qui lui tenaient à peine aux pieds.

Je regardai Sûs, elle comprit. C'était l'effet de l'alcool dénaturé. Cela nous rappelait la déchéance de certains Indiens.

— C'est une bonne ferme, dit-il.

Puis il ajouta d'une voix morne :

— Je n'ai pas le cœur de m'en occuper. Rien n'en vaut la peine. Si vous voulez acheter la ferme, pour moi, c'est oui.

— Je l'achèterai, dis-je à Douglas. Veuillez me soumettre un chiffre. Je l'examinerai et en déciderai.

C'était un cottage du début des Tudors, mais dans un tel état de ruine que l'on se demandait comment même un animal pouvait vivre là. L'étable était pleine de fumier séché presque à hauteur du genou. Une infecte odeur de vétusté régnait partout. Là où il logeait, il y avait une montagne de peaux de mouton qui n'étaient bonnes qu'à être brûlées, de la cendre de bois entassée depuis des années, des tas de boîtes de conserve, d'ossements et de papiers.

— Inutile de parler des Indiens, dis-je à Sûs. Nous n'avons qu'à regarder près de nous !

Elle ne répondit rien. Elle était déjà fixée.

J'achetai à bas prix le cottage et huit autres terrains, tous plus grands que de l'autre côté et en triste état ; néanmoins, avec un peu de travail, on pourrait en tirer quelque chose. J'y envoyai des ouvriers ; ils en furent ravis, car ils croyaient leur tâche terminée. Mais voici qu'ils avaient encore de l'occupation pour deux mois au moins, et ils se mirent à l'œuvre.

Lys alla voir les terrains. L'on ne saurait croire l'aspect différent qu'ils offraient après quatre jours de labeur.

– Voilà qui pourrait faire une bonne maison pour un régisseur de ferme.

– Je crois bien ! dit-elle.

Un sourire illumina ses yeux gris et elle reprit :

– Restaurée comme il faut, vous pourriez la vendre pour un parfait cottage d'époque, Henry Ier ou Henry II, dirais-je. Il me faudra creuser un peu. Vous ne pouvez savoir combien notre pays est riche, surtout ici, dans ces régions isolées. Autrefois, des routes allaient partout, jusqu'à ce que les Normands eussent pris les terres. Vers l'époque des Plantagenêts et des Tudors, les choses s'apaisèrent, mais pas sur ces collines. Les routes traversaient les vallées. Seul le bétail montait jusqu'ici. Et les gardiens de troupeau achetaient les terres qui s'y trouvaient. Ces paysans moururent et leurs fermes tombèrent à l'abandon. Les cultivateurs vont là où il y a de l'argent. C'est ainsi que le meilleur cottage peut tomber en ruine. Il faut des gens comme vous pour les restaurer. A propos, savez-vous qu'avant dix jours vous pourrez vous installer dans votre maison ?

Ah ! Si vous aviez vu Sûs ! Elle dansait de pièce en pièce et je la suivis. Partout, les travaux de finition étaient bien secs ; le moindre objet participant à la décoration se révélait ancien, bien que parfaitement nettoyé et patiné.

Nous nous assîmes sur le plancher de la chambre à coucher et arrêtâmes le projet d'un *assado* pour tous les ouvriers et leur famille et tous ceux qui nous avaient aidés, de la téléphoniste aux hommes qui avaient branché les fils du secteur à la maison, aux travailleurs de la voirie, aux plombiers et aux électriciens. Ils s'élevaient à une centaine. Nous comptâmes un mouton pour cinq bouches, plus dix autres en cas d'imprévu, et toutes les menues choses pour le gril : saucisses, foies et autres. Nous choisîmes l'espace au-delà de l'écurie parce que tous les arbres y faisaient office de brise-vent. Il nous fallait deux tonneaux de vin rouge et diverses boissons.

Cet après-midi-là, les moutons noirs arrivèrent. Nous les mîmes dans les champs les plus bas, près de la rivière; plus tard, des cygnes à col noir et des oies furent libérés des caisses à claire-voie, puis trois douzaines de canards de races différentes. Avant qu'ils n'eussent pris avec des coin-coin le chemin de l'étang arriva un grand camion avec la volaille. Les couleurs des jeunes coqs étaient un enchantement; les poules étaient aussi jolies malgré leur plumage plus discret. Tout était prêt pour les recevoir. Ils gloussaient bientôt, comme s'ils avaient toujours connu leur poulailler pourvu de pondoirs, leurs petits tas de foin et les balles de céréales qui leur permettaient de picorer. Il n'y avait pas de cages pour l'élevage. J'aime qu'une poule se promène en liberté, fasse ce qu'elle veut, s'accroupisse à l'endroit de son choix et ponde un bel œuf avec un jaune orangé et une coquille café-au-lait. Un tas de gens disent que les œufs blancs et les œufs café-au-lait sont pareils.

Pas moi.

J'aime un œuf café au lait.

Le revêtement de la route conduisant à la maison nous valut, dans les semaines qui allaient suivre, des désagréments nocturnes. Au début, nous nous demandions ce que signifiait ce bruit de conversations et de petits rires. Puis nous découvrîmes de quoi il s'agissait. Les gens du pays parquaient leur voiture des deux côtés de la chaussée et s'offraient un festin d'amour. Je ne suis pas de ceux qui aiment à gâter un brin d'amusement, mais, quand une grande partie des voitures restèrent jusqu'à quatre heures du matin, que tous, lançant des plaisanteries, mirent leur moteur en marche, je décidai d'y mettre fin. Il n'y a pas de bruit plus irritant que celui que fait un idiot en laissant tourner le moteur de sa voiture pendant plusieurs minutes tout en vociférant.

Je fis poser une barrière avec cinq barreaux de bois solide et une fermeture.

Nous eûmes la paix pendant près d'une semaine, puis un camion heurta la palissade en marche arrière. Les montants furent brisés et la barrière mise à bas. J'allai en ville, achetai une grille de fer bien lourde et la fis poser, renforcée par du ciment. Ce fut de nouveau la paix, mais pas pour longtemps...

Douglas Gough apparut un après-midi avec des papiers de couleur.

— Vous êtes sommé de comparaître devant le tribunal pour avoir condamné un ancien droit de passage pour piétons, dit-il, posant une carte sur la table. Ce document est daté de 1615. Voyez !

— J'ouvrirai une barrière pour les piétons. Ceux qui étaient dans les voitures n'étaient pas des piétons. Jamais de la vie ! C'était un fléau ! Il y avait là une vingtaine de voitures des deux côtés, surtout pendant le week-end. Et quel bruit ! A toute heure. Et pas de place pour passer au milieu.

— Oui, répondit Douglas. Ils ne sont pas aussi discrets que nous l'étions. Nous, nous devions l'être ou nous faire un mauvais renom. Ceux d'aujourd'hui ? Ils s'en moquent. Ils crient par-dessus les toits. En tout cas, je vous représenterai. Un portillon à deux barres ira très bien. Mostyn Price a étudié l'assurance sur la maison et son contenu, les bâtiments et les animaux, et il viendra cet après-midi. Bien entendu, la prime est salée parce que la maison est loin de la caserne des sapeurs-pompiers de la ville et que l'eau est un sérieux problème.

— Les ouvriers sont en train de monter une pompe qui desservira cent cinquante mètres de tuyaux partant de six bouches d'incendie. J'ai fait poser des groupes d'extincteurs à neige carbonique en divers endroits. J'ai également deux veilleurs de nuit pour procéder au nettoyage des bêtes et à la première traite matinale. Je crois être suffisamment en sécurité. En outre, un directeur de la compagnie de M. Price sera là pour le week-end. Votre petit doigt ne vous l'a-t-il pas dit ?

— Il vous en saura gré. Il m'a affirmé que la ferme était sans protection et serait réduite en cendres.

— Montrez-moi les cendres, dis-je.

Le contrat d'assurance n'était pas prêt cet après-midi-là, mais le fut deux jours plus tard. La prime était étonnamment modérée après ce que j'avais entendu. Il semblait y avoir quelque considération chez M. Price et je les invitai, sa femme et lui, à l'*assado*.

— Qu'est-ce donc qu'un assado ? demanda-t-il.

— Ce sont des moutons et des bœufs grillés entiers, et un tas d'autres choses. Venez et vous verrez !

— Monsieur Morgan, je crois devoir vous dire ceci : les gens vous qualifient d'étrangers, votre femme et vous. Cette histoire d'assado ne fera que souligner la chose.

Je ris de bon cœur.

— L'arrière-grand-mère de ma femme est née dans cette maison. Je suis né à Glamorgan. Parlez-vous gallois ?

— Non ! Il faut que je traite mes affaires en anglais.

— Ma femme parle le plus pur des gallois. Je ne le parle pas aussi bien. Du moins puis-je la comprendre. Qui donc est l'étranger ?

— Oh ! vous savez ce que sont les gens. Je le ferai savoir, ne vous tourmentez pas !

— Et faites savoir que j'attends tout un chenil de chiens de garde. Ils dédaignent de s'attaquer aux bras ou aux jambes. Ils vont droit aux couilles. Vous comprenez ? Voilà ce qu'il faut répandre.

— Vous voulez dire que ces animaux sont *dangereux* ? demanda M. Price, une petite lueur d'alarme passant dans ses yeux bleu pâle. Alors ils attaquent, sans qu'il y ait eu d'avertissement ?

— Aucun, et ils ne s'arrêtent que lorsqu'ils ont craché vos couilles sur le sol. Il est alors un peu tard !

Pendant tout le mois, je pris deux demi-pages d'annonces dans le journal local invitant à l'assado tous ceux qui avaient de la famille ou des amis en Patagonie s'ils en pouvaient faire la preuve.

Je fus pris au dépourvu et me félicitai d'avoir demandé à Evans, le boucher, de me fournir dix agneaux supplémentaires. Il me fallut envoyer la camionnette en chercher d'autres. Plus de cent soixante-dix personnes avaient des lettres, des papiers, des photographies, des albums, et Sûs connaissait de nom la plupart d'entre elles. Elle était en larmes, je ne valais guère mieux. Ce fut un assado mémorable. Sûs leur montra la façon de découper la viande qui, en vérité, était encore meilleure qu'en Patagonie, parce que les pâturages gallois bénéficient de plus de pluie et sont les plus riches. Il y avait de quoi se lécher les babines et remercier le ciel. Il y eut ensuite des tartes au cassis de trois doigts d'épaisseur avec une pâte au beurre, du café, du cognac, puis des cigares.

— Je vois que vous savez vivre, monsieur Morgan, dit le juge, M. Soper Reynolds, un petit homme replet, chauve, portant des lunettes à monture d'écaille et pourvu de cinq ou six mentons. S'il bougeait, il en avait un de moins. S'il bougeait de nouveau, il en avait deux de plus. Je n'ai jamais su où ils disparaissaient.

Je pris le temps de mastiquer.

— C'est chez nous chose courante, soit à Trelew, sur l'Atlantique, soit du côté opposé, dans les Andes, répondis-je, m'écartant un peu de la vérité, mais sur une moindre échelle. Il y a de petits assados pour la famille, puis pour la famille et les amis, et il se peut que plusieurs familles donnent un assado comme celui-ci. Ce n'est pas un dérangement. Il y a là tout ce qu'il faut.

— Mais c'est coûteux !

— Nous ne songeons pas à la dépense. Avec les amis, jamais. D'abord, nous n'avons pas à acheter les moutons. Ils sont à nous. Quant au vin, nous l'avons dans la cave. Ce n'est pas coûteux !

— Puis-je savoir où vous avez trouvé ce pain merveilleux ? demanda-t-il, regardant les paniers presque vides.

— C'est ma femme qui l'a fait. Sa grand-mère le cuisait dans cette maison, dans le même four, il y a de cela plus de cent ans. Aimeriez-vous en emporter une miche ?

— Oh ! je ne veux pas vous importuner ! dit-il, certain de le faire.

— Elle sera dans votre voiture.

Dès que tout le monde s'en fut allé, je sentis, tout en étant incapable de l'expliquer clairement, qu'une détente s'était produite. Les gens semblaient plus cordiaux, les amoureux avaient cessé leurs bêtises ; si nous allions en ville, les gens nous faisaient signe de la main ou traversaient pour nous inviter à un pique-nique ou à un dîner à la fortune du pot. Nous constations toujours que le pique-nique était en réalité des plus fastueux et que la préparation du repas à la fortune du pot devait avoir pris des heures. Bah ! pour le cas où quelque chose serait raté, les gens aiment à se ménager une excuse. Nous le savions et leur en étions reconnaissants. C'était toujours bon et nous devenions de plus en plus expansifs et chaleureux avec eux.

Et pourtant...

Il y avait toujours, quelque part, une réserve, soit de leur côté, soit du nôtre. J'y pensais souvent. J'en parlai à Sûs, qui éprouvait la même chose.

— Oui ! dit-elle avec force et sur un ton qui n'admettait pas de réplique. Souvent, je ris avec eux et, tout à coup, j'entrevois les dents et les griffes et me demande pourquoi. Écoute. Ne sortons plus le soir, veux-tu ? J'aime passer mon temps près du feu et faire un peu de couture ou de tricot. Personne ne peut rien me donner d'aussi agréable. Sommes-nous d'accord ?

Comme les Indiens, elle éprouvait un plaisir infini à rester devant l'âtre.

« L'odeur de mon feu de bois est plus douce que le parfum de la femme d'un autre homme », dit une vieille ballade gaucho. Et c'est vrai. J'ai toujours vécu solitaire. Le soir, je faisais mes comptes ou arrêtais ce qui devait être fait le lendemain, toujours au coin du feu. Sûs a grandi, je crois, à huit cents kilomètres au nord de l'endroit où j'étais, chacun de nous ignorant l'existence de l'autre. Mais nous avions le même amour du coin du feu. Tout ce que nous faisions s'y trouvait subordonné parce que, sans cela, tout était insipide, la vie sans chaleur, sans réconfort. Un feu était presque, je suppose, quelqu'un de la famille, et toujours entretenu avec le plus grand soin, car dans ce pays, sans un feu, on peut bientôt mourir, et misérablement.

— D'accord. Mais, parfois, il nous faudra sortir. Sinon, on pensera que nous sommes un couple de vieux sauvages antisociaux.

— Qu'ils pensent ce qu'ils veulent et qu'ils aillent au diable, dit-elle, tirant violemment sur la laine comme si elle était comprise dans le blâme. S'asseoir à une table, et mastiquer, et dire des balivernes, qu'est-ce que ça signifie ? Je n'en comprends jamais la moitié. L'anglais me fait grincer des dents. *A'r diâwl* !*

— Ils ne sont pas tous ainsi, répondis-je, mais sans grande conviction. Et tous ne sont pas anglais.

— Ce n'en est que plus malheureux ! lança-t-elle, faisant voleter son crochet devant ses yeux. Ils sont comme les Indiens de bas étage. Ils ne font que copier les classes supérieures. Et qui sont-ils ? De bas étage. Ils achètent à Buenos Aires des vêtements à la mode pour faire de l'épate, puis en reviennent pour vivre dans une tanière !

— Allons, tu es trop dure !

— Va donc voir ces tanières ! dit-elle avec des lueurs dans ses yeux gris. Moi, j'ai eu le temps de les connaître !

— Pas tous. Ils sont inquiets et se demandent si une autre inondation ne les rejettera pas tous dans l'Atlantique. Pourquoi bâtiraient-ils et se meubleraient-ils s'ils doivent tout perdre ?

— Ils ont enfin ce grand barrage au haut de la rivière, fit-elle de cette petite voix qui était un avertissement. Les ingénieurs disent qu'il tiendra contre tout. D'autres prétendent que non. Mais, qu'il tienne ou non, ils achèteront toujours des choses à Buenos Aires pour faire de l'épate, pour revenir vivre dans une tanière. Nos compatriotes à Buenos Aires ont tous une bonne maison ou un appartement. C'est la ville qui fait la différence. Les citadins ne font jamais attention à ceux qui se donnent des airs. Seuls les Indiens de bas étage et ceux d'entre nous qui leur ressemblent sont ainsi. Faire de l'épate et vivre dans une tanière !

Il était inutile de discuter, car ce qu'elle disait reposait sur des faits. Il ne s'agissait pas de paroles en l'air. Ce jeudi-là, M. James Prosser, le premier clerc de Douglas Gough, se présentait à la porte, vêtu d'une jaquette presque en lambeaux. Il tenait une grande enveloppe où je vis le cachet du consulat argentin.

---

* C'est diablement dégueulasse !

— Monsieur Morgan, M. Gough est au tribunal, de sorte que j'ai dû venir. J'ai là une action intentée par deux citoyens anglais, une certaine Nelya Peninah Morse Elias et son mari, représentant soixante-dix-huit descendants d'un certain Wrann Corwen et réclamant des parts de trois domaines, plus des dommages et intérêts !

— Bien. Dites à M. Gough de s'en occuper.

— Mais, sir, l'affaire viendra devant le tribunal la semaine prochaine !

— Peu importe. Cette histoire est terminée depuis plus de quinze ans. Je n'ai rien à ajouter.

— Pourriez-vous me donner votre version ? dit-il, prenant un crayon.

— Juste les faits essentiels. Il y avait trois sœurs : Lal, Doli et Solva Corwen. Elles étaient cohéritières du domaine des Corwen, ainsi que de celui de leur mère, plus important encore. Lal, l'aînée, épousa un certain Matithiah Morse ; à sa mort, elle devint l'héritière de ce domaine. Je l'épousai et, au bout de deux ans, elle mourut. Sa part du domaine me revint. Doli, la sœur qui venait après elle, décéda et, de nouveau, les biens me furent assignés. Cela n'a jamais été contesté. Qui est le plaignant ?

— Un homme dont l'identité ne nous est pas inconnue, dit M. Prosser, tirant les pans de sa jaquette pour s'asseoir. Son nom est Elias.

— Elias. Nous l'appelions Face-de-Rat. L'allure et la substance d'un rat. Savez-vous, monsieur Prosser, il y a des Gallois que je déteste tant qu'il me suffit de penser à ce mot pour avoir la nausée. En avez-vous rencontrés ?

Il hocha doucement la tête en signe d'assentiment.

— Je regrette de le dire, sir, mais oui, j'en ai rencontrés. Pas beaucoup, en réalité, mais c'est déjà trop !

— Bien, fis-je, sentant que j'avais là un ami. Peut-être a-t-il l'impression qu'il peut faire annuler les décisions prises, il y a si longtemps, grâce aux changements dans le gouvernement argentin et aux militaires qui l'ont remplacé, ainsi qu'à un revirement des juges. Demandez à M. Gough de se mettre en rapport avec le consulat anglais pour prendre son avis. Je ne consacrerai pas une seconde à cette affaire.

J'avais donné mes parts dans ces trois domaines à Sûs, la quatrième sœur. Mais j'étais certain qu'elle était inconnue d'Elias. Lorsqu'elle était bébé, sa mère l'avait envoyée en territoire indien avec la domestique de la famille et avec d'autres filles, et elle y était restée jusqu'à ce que je l'eusse découverte, ce qui était un vrai miracle. Mais, à l'exception de la maison familiale et des terres de Maes Corwen, le domaine avait été vendu et le produit de la vente reconverti en monnaies de divers pays. Les acheteurs avaient vécu là depuis ; et Sûs conservait l'argent en actions et en espèces. Je ne voyais rien qui pût donner le moindre espoir à Elias Face-de-Rat, animé par la seule volonté de nous nuire.

Nous avions oublié qu'un rat qui sait ce qu'il veut continue de ronger sans fin. La première chose à faire est de le tuer.

Nous étions alors à la fin du printemps, et menions une vie merveilleuse. Debout à six heures, nous prenions notre café puis allions jeter un coup d'œil sur les animaux : les canards, les oies, les cygnes et aussi les poules — car les gens oublient que les poules aiment entendre un mot d'amitié qui les fait pondre mieux —, puis sur les fleurs du jardin. Nous avions des milliers de jonquilles et de narcisses et pouvions encore trouver des perce-neige et des crocus. Nous pensions avec tristesse au jour où ils disparaîtraient jusqu'à l'an prochain. Heureusement, les primevères et les violettes naîtraient bientôt. Je crois que nul mortel n'a écrit de poésie dont la beauté approche celle des primevères et des violettes poussant dans les pierres d'une haie. Il y a des choses, sauvages ou douces, qui dépassent la faculté d'expression des êtres ordinaires ; c'est pourquoi tant de beauté existe. Et Dieu merci !

Pendant près de douze mois, Elias nous submergea de papiers timbrés, nous procura une quantité de petits ennuis, et tout cela sans le moindre résultat.

— Sa rancune a dû lui coûter une fortune, dit Douglas. En tout cas, c'est maintenant fini, sans grands frais pour vous, et sans qu'il ait réussi à vous nuire.

Mais c'était sous-estimer Elias.

Un dimanche, à midi, on sonna à la porte. La servante vint nous dire qu'il y avait là un gros homme qui parlait un gallois bizarre. J'abandonnai mon journal et sortis. Il me fallut regarder le visiteur à deux fois.

C'était Ithel, fils de Wrann, demi-frère de Lal et, par conséquent, de Sûs. Je l'avais toujours tenu pour un brave garçon et, dès que nous l'eûmes installé à notre table, Sûs et lui parlaient en tehuelche.

– Demande-lui qui l'envoie, dis-je.

J'entendis le nom d'Elias. Le visage de Sûs se durcit.

– Elias lui a payé son voyage pour qu'il transmette sa réclamation. Il veut ce qui lui revient, à lui et à ses frères et sœurs, de l'héritage de son père. La loi est de leur côté, n'est-ce pas ?

– Continue à le faire parler, dis-je.

Et j'allai téléphoner à Douglas.

– Ah ! fit-il. Oui, c'est un peu embêtant. Encore M. Elias. Ne donnez en aucun cas d'argent à cet homme. Ce serait un précédent. Vous auriez bientôt chez vous, l'un après l'autre, les soixante-dix-huit demandeurs. Comment est-il entré dans le pays ?

J'en appelai à Sûs.

– Il est venu de Buenos Aires dans un cargo à bestiaux, me cria-t-elle. Il ne sait pas ce qu'est un passeport !

– Il *doit* bien avoir des papiers ? demandai-je.

– Que signifient pour lui des papiers ? répondit-elle en riant.

– Attendez, dit Douglas. Voilà qui est sérieux. S'il a pénétré dans le pays de façon illégale, vous pourriez être accusé de complicité. Je serai là dans dix minutes avec la police.

Cela allait à l'encontre de la tradition indienne ou de notre hospitalité patagonne ; je devais être prudent avec Sûs, mais, lorsque je lui expliquai que nous pourrions aller tous les deux en prison et qu'Elias avait misé là-dessus, la raison prévalut. Je lui demandai d'informer Ithel de ce qui allait arriver. Comme un petit garçon effrayé, il s'enquit de ce qu'on allait lui faire. Elle lui dit de ne pas s'inquiéter, car la police d'ici n'était pas comme la Gendarmeria. Il serait bien traité, ramené en bateau et expédié chez lui.

— Vous ne lui avez pas donné d'argent ? demanda Douglas, entrant avec un inspecteur, un brigadier et deux agents de police. Et vous ne lui en avez pas promis ?

— Rien du tout. Sûs, accompagne les agents et traduis les questions.

Douglas et moi bûmes un verre ; d'après lui, nous devions nous attendre à d'autres visites.

— De toute évidence, l'argent ne compte pas pour Elias et il est décidé à vous faire du tort. Quel genre d'individu est-ce ?

— Avisé en affaires, très riche, et un vrai rat. Un pur Gallois, je regrette de le dire.

— Je suggère que vous donniez à l'inspecteur dix livres pour les repas de cet homme et pour ses autres frais, jusqu'à ce qu'il soit entre les mains du consul d'Argentine à Liverpool. Et qu'il ne vous voie pas remettre l'argent !

— Je suis plus que désolé de le traiter ainsi. Nous sommes habitués à d'autres procédés.

— En agissant différemment, vous auriez amplement le temps d'être désolé, dit Douglas. Dix livres en cachette, pas plus !

Pour l'inspecteur, cela ne faisait aucun doute : le garçon avait resquillé en prenant ce bateau ; en termes strictement légaux, nous n'avions pas le droit de lui donner asile un seul instant. Nous risquions une sanction pénale. Il serait remis entre les mains du consul d'Argentine à Liverpool. L'histoire serait classée. Les propriétaires du cargo seraient frappés d'une amende, en guise d'avertissement.

— Je ne comprends pas comment il a pu arriver jusqu'ici, dit Douglas.

— Peut-être pourriez-vous jeter un coup d'œil sur ces papiers, sir, répondit l'inspecteur, en lui tendant un petit sac de cuir indien. Là, il y a l'adresse d'ici. Le reste est en espagnol.

— Que le consul s'en occupe, fit Douglas. Je crois que vous feriez bien de l'emmener.

Le regard que nous jeta Ithel lorsque les policiers le prirent, chacun par un bras, et lui montrèrent la porte eût attendri le cœur le plus endurci. Sûs éclata en larmes et monta l'escalier en courant.

— Quelle terrible journée ! dis-je à Douglas. Nous n'avons pas coutume de traiter un invité de cette façon.

— Oui, c'est ennuyeux. C'est pour ça qu'on vous l'a envoyé. Grâce à Dieu, nous avons limité les dégâts. Il vous faudra être sur vos gardes !

Le consul nous téléphona le lendemain, furieux, scandalisé : personne au bureau ne parlait le tehuelche, on ne pouvait rien tirer d'Ithel.

— Le pauvre homme a été parachuté pour courir après la lune, dis-je. Mais vous serez à même d'en découvrir davantage à Buenos Aires. Sans doute entendrez-vous parler d'un certain Elias. Un marchand de laine. Un millionnaire. Cuir, viande congelée, café, thé, céréales. Importateur de tous produits. Son commerce est situé dans un grand bâtiment à l'angle des rues Lavalle et Florida. Il a des dépôts dans les docks. Il se vante d'avoir l'armée, la moitié du gouvernement et tous les douaniers dans sa poche. Il prétend qu'on achète tout avec de l'argent.

— Je connais le genre, répondit-il calmement. Nous verrons !

Ce ne fut pas un grand réconfort pour Sûs et pour moi.

Ithel était le demi-frère de Sûs, si ce que croyait Lal était vrai. Nous l'avions traité comme le dernier des derniers. Notre hospitalité s'en trouvait remise en question. Un Gallois, ou un Patagon, ou un Indien, c'était tout un. L'Indien de race pure vous donne son cheval, sa selle et sa chemise, partage son dernier morceau de pain avec vous. Nous, nous avions renvoyé un demi-frère ! Je cherchais un moyen de lui faire parvenir quelque chose pour apaiser ma conscience et sécher les larmes de Sûs ; c'était difficile parce que, dans ces endroits isolés, chacun connaît les affaires des autres ; tout le monde serait vite au courant. Un murmure, et Elias l'entendrait. Derrière tout cela, je voyais les yeux bleus rusés de Nelya Peninah, sa femme, cette jument qui ne perdait pas le nord et n'avait aucune moralité.

Mais, ce matin-là, voyant les oies en train de couver et les canards passant la tête hors des roseaux, je me rappelai Dugald

McGrannoch et crus avoir trouvé un moyen de venir en aide à Ithel. Pendant de nombreuses années, Dugald avait mené une vie difficile. Sa femme était morte; il avait épousé une Indienne, c'était chose heureuse, car tous les braves Indiens, grâce à elle, vinrent aider à rassembler les bêtes, à les tondre, à clôturer le terrain et prirent part à tous les travaux que réclame un élevage de moutons. Quand je suis parti, il était sur la bonne voie; il plaçait maintenant, m'avait-il dit, de l'argent à la banque pour envoyer ses fils faire leurs études en Écosse; les filles iraient dans un couvent près de Buenos Aires.

J'écrivais à Dugald sans dire un mot d'Elias; je le priai d'obtenir, par l'intermédiaire des Indiens, une adresse où je pourrais atteindre Ithel. Six semaines plus tard, Dugald m'envoya une lettre de dix pages pleine de menus détails, qui me permit de constater qu'il avait encore fait du chemin. Toutefois, Elias lui avait acheté la totalité de sa tonte et avait placé en banque l'argent en surplus à un faible taux d'intérêt: deux et demi pour cent au lieu de douze à quinze pour cent. Aucune mention d'Ithel. Je ne savais plus que faire. Sûs, de nouveau, me donna une idée. Hywel Roberts, qui était issu d'une famille de pionniers, était un agent de la Lloyd's. Je lui écrivis et lui suggérai de réunir une table ronde de gens n'ayant que de faibles revenus pour faire connaître tous les avantages d'une bonne assurance; aussitôt après, il leur conseillerait l'investissement des fonds en surplus à des taux convenables. Un mois plus tard, je recevais sa réponse: il me remerciait de la suggestion et disait qu'il étudierait la question. Je lus entre les lignes. Elias était une puissance. Il disposait de beaucoup d'hommes de main pour exécuter ce qu'on leur ordonnait de faire: voler du gros bétail ou des moutons, brûler une grange, ou tout autre crime pour nuire à un homme, le dénoncer aux autres.

Je me sentais réduit à l'impuissance. Cela se passait à l'autre bout du monde, où les gens sont différents. Les mots, là-bas, ont une autre signification. Il y a partout des étendues de dizaines de milliers d'hectares sur lesquelles il n'y a pas un être vivant. Deux et demi pour cent était peut-être un taux équitable pour qu'on vous laissât tranquille.

Sûs, une fois de plus, me donna une idée. Solva, sa sœur aînée, avait épousé Oracio, un officier du premier régiment de cavalerie gaucho.

— Tu ne vas pas me dire qu'Oracio peut être acheté, dit-elle.

— Quelle idée splendide ! Écris donc à Solva pour lui dire que ce sale rat a acheté l'armée !

Ce n'est qu'alors que je découvris que Sûs ne savait ni lire ni écrire. Elle savait évidemment signer son nom, mais elle était illettrée, sauf par les yeux et le cœur. J'écrivis à sa place.

La réponse de Solva fut courte car, ainsi que tous les Corwen, elle aimait lire, mais non écrire ; néanmoins, la lettre était substantielle. Elle écrivait du centre de la province de Buenos Aires, un endroit solitaire, mais qu'elle appréciait. Elle avait cinq enfants, trois garçons, dont l'un portait mon prénom, deux filles (et il y avait peut-être un autre enfant en route). Elle avait parlé à son mari, le général, qui avait simplement dit qu'il allait s'en occuper. Elle transmettait les affectueuses pensées de tous et nous demandait de ne pas manquer de venir les voir, si nous revenions jamais là-bas.

En Argentine, les généraux, lorsqu'ils s'occupent de quelque chose, peuvent être très dangereux. L'effet ne se fit guère attendre.

Je reçus un paquet de coupures de *La Prensa*, du *Clarin* et du *Buenos Aires Herald*, rapportant l'arrestation d'Elias pour corruption de fonctionnaires, détournement de fonds publics et autres accusations non spécifiées. « Cela veut dire qu'il passera en prison les deux ou trois années à venir, au moins, jusqu'à ce qu'il comparaisse devant un tribunal, avait écrit Solva en marge. Cela lui apprendra à se vanter de pouvoir acheter l'armée. Je n'ai jamais vu mon mari dans une telle colère. Affectueusement, S. »

Si nous avions cru recouvrer un peu de tranquillité après cette nouvelle, nous avions compté sans Mme Nelya Peninah, du même acabit que son mari. Elle sonna à notre porte un vendredi matin. Tout en noir, elle avait l'air d'avoir mis les vêtements de sa grand-mère, mais mangés par les mites et non brossés.

J'étais déterminé à ne pas la laisser entrer ; je sortis donc et refermai la porte.

— C'est ainsi que vous me traitez ? dit-elle à voix basse. Après tout ce que j'ai enduré ? Mes maisons mises sous scellés. Mon compte en banque bloqué. Pas une loque à me mettre. Et pas d'argent. Oh ! Depuis quand sommes-nous des ennemis ?

— Vous n'avez rien à faire ici. Retournez là d'où vous êtes venue !

— Cette Indienne vous a changé ! cria-t-elle.

— Je ne connais pas d'Indiens ici. Mais je connais quelques agents de police. Ils seront là dans un instant et vous partirez avec eux.

— Je suis libre et je viens d'un pays libre ! hurla-t-elle encore de toutes ses forces. Je suis ici pour demander justice. Je vous ferai poursuivre !

— En tout cas, sortez d'ici !

Grâce à Dieu, j'aperçus la voiture de Lys Machen tourner dans l'allée.

— Ayez l'obligeance de téléphoner à la police, dis-je en la faisant entrer. (Lorsque Nelya s'avança, je la repoussai.) Il y a là une intruse dont je veux me débarrasser.

Nelya proféra d'une voix perçante les pires injures, mais en gallois. Lys se tourna vers elle.

— Même un voyou y regarderait à deux fois avant de dire ce que vous venez de cracher de votre bouche immonde, dit-elle en parfait gallois. (Ce qui m'étonna, car je ne l'avais jamais entendue s'exprimer autrement qu'en anglais.) Vous devriez avoir honte !

Lys entra. Stupéfaite, Nelya parut domptée. Peut-être avait-elle oublié que beaucoup de gens, au pays de Galles, parlent le gallois.

La sonnerie du téléphone retentit. Nelya se jeta contre le mur, se mit à pleurer bruyamment, puis à rire, puis à sangloter de nouveau. Mais je suis capable d'endurance, tout comme un roc qui reste insensible à la grêle.

— Pourquoi, exactement, êtes-vous venue ici ? lui demandai-je. Que désirez-vous ?

— C'est vous qui avez lancé les accusations qui ont envoyé mon mari en prison ! hurla-t-elle. Retirez-les. Qu'il rentre à la maison ! Il perd des millions. Faites enlever les scellés de mes maisons et que les banques nous soient ouvertes. Que vous avons-nous fait ?

— Aucune accusation de ma part ne l'a fait emprisonner. Je ne puis rien faire pour qu'il soit relâché. Cela, vous le savez. Que peut faire un étranger auprès d'un tribunal argentin ? Si vous, sa femme, n'y pouvez rien, que puis-je faire ?

L'arrivée du car de police fut une bénédiction. Le brigadier et un agent écoutèrent Nelya et consignèrent ses dires. Le brigadier lui demanda son passeport. Il était à l'hôtel.

— Bien, dit-il, en ouvrant la portière. C'est là que nous irons en premier lieu.

On ne peut imaginer de quelle façon elle hurla et se débattit entre ces deux hommes. Elle avait toujours été une femme forte. Aujourd'hui, comme une enragée, elle usait de sa puissance. Eux faisaient des esquives de boxeur pour être hors d'atteinte de ses griffes ; ils durent la rudoyer pour la fourrer de force dans la voiture, vociférante, au bord de la crise de nerfs.

— Elle ne vous ennuiera plus, sir, dit le brigadier. Nous allons examiner son passeport et l'inculper de tentative d'intrusion dans un domicile privé et de refus d'obtempérer.

— Pas de plainte à mon nom, fis-je. Surtout pas ça !

Lys et moi dûmes tout de même comparaître en qualité de témoins devant le tribunal, pour répondre par oui ou par non à quelques questions. Nous n'avons pas jeté un regard sur Nelya et nous sortîmes de la salle quelque peu déprimés par ses malédictions. Il y avait des irrégularités dans son passeport. Le consulat d'Argentine à Londres voulut la voir. Elle dit qu'elle n'avait pas d'argent. Je priai Douglas de s'en occuper. Nous étions tous scandalisés. Son mari avait des comptes en banque dans la plupart des pays d'Europe, dont un à Londres, qui était rondelet.

— Pas un sou ! dit Douglas. Mais qu'escomptait-elle obtenir de vous ?

— Que je fasse sortir son mari de prison. A partir du moment où il a l'armée sur le dos, que puis-je faire ? Les militaires détiennent l'autorité. Ce n'est pas comme ici. Là-bas, ils gouvernent !

citoyens de la localité, il fallait les attaquer sans gants. Et ils n'étaient pas la douceur même.

On me fit bon accueil. Je m'assis au fond de la salle avec plusieurs autres conseillers et j'écoutai. Tout ce que j'entendis me parut judicieux et rationnel, jusqu'à ce qu'il fût question de la plainte d'un fermier au sujet des nouveaux égouts installés sur la colline. Ils étaient au-dessus de sa ferme et ne contenaient pas tout le volume des eaux de pluie. Sa maison, ses étables et ses champs étaient sans cesse inondés. Il avait l'intention de poursuivre le conseil en dommages et intérêts.

— Il n'y a pas trois mois qu'ils ont été creusés et ils ne servent à rien ! affirma un petit homme près de moi, au bout de la longue table. J'avais dit qu'il fallait une canalisation de deux mètres de large. Non. Vous avez voté pour un mètre. Voyez le résultat !

— Vous n'y connaissez rien ! lança quelqu'un plus loin. Parlez de ce que vous savez !

— Pour moi, c'est assez clair ! répondit le petit homme d'une voix plus forte. Une erreur a été commise et elle nous coûtera des centaines de livres, peut-être des milliers ! Mais veuillez passer au vote. Le mien est contre !

La clochette retentit.

— Le rapport de l'ingénieur précise qu'un élargissement de la route a entraîné un agrandissement des fossés. L'excès d'eau n'a pas pu être pris en considération parce que, à ce moment, on l'ignorait complètement. La cause des dégâts se trouve dans le comté voisin !

— C'est un manque de coordination ! s'exclama le petit homme. Notre main gauche ignore ce que fait notre main droite !

— Vous n'avez pas besoin de mêler les Saintes Écritures là-dedans, dit quelqu'un, surtout sans la moindre nécessité !

— Nous parlions des égouts, répondit le petit homme, s'emportant très vite. Certains d'entre vous ne comprennent rien à de vieux termes. Pourquoi l'ingénieur n'a-t-il pas regardé autour de lui ? Pourquoi n'a-t-il pas trouvé d'où l'eau pouvait venir ? Dois-je vous le dire ? Le plan original de cette affaire a été établi au bar de Crossbow & Bolt, et j'ai des témoins !

— Pauvre femme, laissa tomber Douglas. On a dû lui donner un somnifère et la transporter en ambulance pendant tout le voyage. A l'hôpital, les médecins pensent qu'elle a l'esprit dérangé. Une folle !

— Nous l'avons toujours pensé, dis-je. Mais là, les symptômes sont généralement mal interprétés. Je suppose que nous sommes tous un peu fêlés ?

— Je suis de votre avis, répondit-il. J'en ai vu assez. Certaines des choses que j'ai faites moi-même auraient pu me valoir la cellule capitonnée. En tout cas, il faut que vous veniez vendredi à la réunion du conseil municipal.

— Pourquoi donc ? demandai-je, surpris.

— On vous priera probablement de représenter cette partie du comté. Vous avez un beau domaine, vous êtes un propriétaire foncier, avec un compte en banque bien garni. On ne saurait trouver mieux.

— La politique ne m'intéresse absolument pas.

— La question n'est pas tout à fait là, dit-il, repoussant les verres sur le comptoir. Ils savent que vous êtes ingénieur en construction mécanique.

— Pas tout à fait. J'étais entrepreneur et j'employais des ingénieurs. Mais j'aurais effectivement pu en remontrer à certains.

— Fort bien, dit-il avec impatience. Ne voyez-vous pas que le conseil a besoin de ce genre d'expérience ? Il lui faut décider des contrats, des prix, des priorités, des immeubles municipaux, des routes. Il a besoin d'hommes expérimentés. A quoi servent un tas de vieux épiciers et de quincailliers ? Sont-ils capables de lire un contrat ? Venez donc et faites votre devoir !

Cette séance fut l'une des plus drôles — sans qu'on y entendît un seul rire — et peut-être une des plus tragiques auxquelles j'aie jamais assisté. Tous étaient des hommes scrupuleux, conscients de leur devoir et de leur responsabilité, mais craignant de dire oui et ayant peur de dire non. C'étaient les fonds publics qu'ils dépensaient ; on les jugerait sur les résultats. Comme c'étaient tous des

— C'est une calomnie ! hurla quelqu'un en se levant.

— L'ingénieur peut me poursuivre en diffamation ; ça me permettra d'authentifier cette histoire, dit plus calmement le petit homme. J'ai un tas de témoins, ainsi que le patron du café et sa femme. Eh bien, qu'on intente une action !

La clochette retentit de nouveau.

— Procéderons-nous à une autre étude et à une estimation ? demanda la voix calme. Un vote à main levée ?

— Attendez ! coupa vivement le petit homme. Je connais la chanson. Nous allons voter oui. Oui à quoi ? Au même ingénieur ? Il ne saurait même pas faire marcher une machine à coudre. Pour moi, c'est *non* !

— Attendez ! fit quelqu'un d'autre. Si Monsieur Beynon intente une action, il nous faudra attendre la décision du tribunal. Avec l'argent dont nous disposons, nous pourrions acheter un petit autobus pour emmener les enfants à l'école. L'hiver est proche. Cela devient très dur pour eux. Rien ne saurait être dépensé plus utilement !

Tout le monde acquiesça. Un vote à main levée fit triompher le oui. Le président leva la séance.

— Eh bien, dit Douglas quand nous fûmes sortis et eûmes pris place au café, que pensez-vous de tout cela ?

— Tous peuvent dire ce qu'ils pensent et ne craignent personne. Ils ont tous conscience de leur responsabilité. Ils ont tous un cœur de bonne trempe. Je ne vois là rien de mal, au contraire. Certains pourraient les prendre comme modèles. Mais n'ont-ils pas tort de laisser accuser l'ingénieur en son absence ?

— Eh bien, peut-être, admit-il. Mais s'il a tracé un plan dans un café ?

— J'en ai tracé un grand nombre, et dans des cabarets indiens, dis-je. Il n'y a là rien de mal. C'est là que vous viennent les idées. Mettez-les sur le papier et gardez-les. Les idées ne viennent qu'une fois. Il faut se les rappeler, parce que Dieu ne vous les rend jamais !

— Vous avez raison, dit-il tranquillement. Dois-je vous proposer comme candidat sur la liste de vote ?

— Il faut que j'en parle à ma femme. C'est elle la patronne !

— Ah ! bien. J'en ai une toute pareille !

— Non, dit Sûs, faisant de la main un geste décisif dès que j'eus fini de parler. Voyons, ils te traitent d'étranger sans se soucier de ce qu'ils sont, eux. Je suis, moi aussi, une étrangère. Il leur est bien égal que je parle mieux le gallois que n'importe lequel d'entre eux, même les maîtres d'école. Veux-tu savoir ce qui arriverait ? Tu as l'habitude de décider. Tu as l'habitude de dire non, ou oui. Sans discussion. Que feras-tu parmi eux ? Veux-tu le savoir ? Ils te rendront fou, mon garçon. Et tu rentreras à la maison pour tout démolir !

— Je ne l'ai pas encore fait, et je ne crois pas que je le fasse !

— Il serait trop tard pour y réfléchir. La réponse est *non* !

C'était *non*. Douglas sourit et parut satisfait.

Mais je n'éprouvais aucun contentement.

Je savais que j'avais un devoir civique dont je ne m'étais jamais acquitté, car tout homme a un devoir envers les autres et doit les aider à édifier le monde dans lequel ils vivent. S'il peut par exemple dispenser des connaissances professionnelles, bénévolement, il doit le faire.

Je commençai donc à me tourmenter. Lys s'en aperçut lorsqu'elle arriva avec sa petite surprise.

C'était un sarcophage de marbre joliment sculpté avec des faunes et des nymphes courant tout nus. Il était surélevé par quatre marches, sous un dais soutenu par quatre piliers, au pied de la roseraie. On n'eût pu souhaiter rien de plus beau.

— Si quelqu'un vous pose des questions, il était là quand vous avez acheté la propriété, dit-elle. Quelques coups de bêche l'ont déterré. Et, maintenant, venons-en à l'autre cottage, qui est une vraie merveille. Il faudra encore une autre année au moins pour nettoyer le tumulus, mais je suis sûre que ce sera la découverte du siècle.

— Quelle découverte ? lui demandai-je.

— Celle de l'origine des Celtes. Nous ne savons pas encore qui ils étaient ni d'où ils venaient et comment ils sont arrivés là. Une école dit qu'ils descendent des Achéens de Grèce, une autre des tribus d'Israël, une autre des Aryens venus de l'Inde à travers les plaines européennes. Eh bien, toutes ont des arguments, mais aucune preuve réelle. Et nous sommes là. Je suis moi. Vous êtes vous. D'où sommes-nous venus ? Il serait important de le savoir.

Chaque jour, j'aimais Lys de plus en plus. Il émanait d'elle beaucoup d'amour. Elle était douce et, en un sens, avide. Un homme ne peut percevoir ces choses que par ses sens, mais on ne saurait se fier aux sens. Nous pouvons tous nous tromper, surtout lorsque rien n'est exprimé.

— Vous n'avez pas l'air dans votre assiette, dit-elle. Avez-vous des problèmes ?

— Non, mais on m'a demandé de poser ma candidature au conseil municipal et j'ai refusé ; j'ai l'impression d'avoir esquivé un devoir. Je suis loin d'être heureux dans mon for intérieur.

— Vous ne pouvez pas savoir combien vous avez eu raison ! lança-t-elle en riant. C'est un conseil local composé de gens du comté. Ils connaissent chaque centimètre de la région depuis leur enfance. Si vous étiez élu, écouteraient-ils la moindre suggestion venant de vous ? Si vous ne connaissez pas le comté, comment pouvez-vous savoir ce dont il a besoin ? Non. C'était la bonne décision. Et quelque chose de beaucoup plus important pourrait se présenter. Avez-vous entendu parler du *Plaid Cymru* * qui lutte pour un gouvernement autonome du pays de Galles ?

— Oui, j'en ai entendu parler, mais cela me paraît quelque peu chimérique.

— Chimérique, oui, jusqu'à ce que nous ayons assez de gens à la hauteur. Je vous apporterai quelques tracts la prochaine fois et nous verrons ce que vous en pensez.

Je ne posai pas de questions. Cela ne m'intéressait pas. Je pensais que c'était là le passe-temps d'étudiants cherchant à faire peur aux bourgeois ou une bonne raison pour aller dans les pubs le samedi soir vider un verre ou deux. Il n'y avait là aucun mal. Pour nous, quand j'étais jeune, il y avait le rugby ou la boxe ; rien de malsain, en tout cas, et c'était profitable à tous ceux qui avaient soif, et aux tenanciers tout aussi bien.

---

* Principal mouvement nationaliste gallois.

Sûs éleva son aiguille en l'air quand je lui rapportai la chose.

— Ils auraient pu avoir leur indépendance depuis longtemps s'ils avaient voulu, dit-elle d'un ton catégorique. Ils sont comme nous à Chubut. Tout le monde en parle. Personne ne fait rien. La vue d'un soldat suffisait à les faire reculer. Veux-tu que je te parle franchement ? Nous n'avons pas assez de volonté.

— Tu n'es pas restée là-bas assez longtemps pour être au courant, ma fille ! Ce sont les Indiens qui te l'ont dit ?

— Nous avions toujours beaucoup de visiteurs. Et les quelques mois passés à Trelew ont bien suffi. J'ai vu les gens. Je les ai entendu parler. Mais, maintenant, nous sommes en trop petit nombre et ils sont tous plongés dans les rêves du temps passé. C'est grand dommage !

— Les anciens eussent pensé ainsi. Mais ces deux inondations sont la cause de tout le mal. Ils ont été atteints dans leur esprit et dans leur courage. Dépouillés de tout. Deux fois dans une vie. On ne peut souffrir autant sans perdre la foi et l'espérance. Cela peut ruiner toute volonté de lancer un mouvement de revendication. Il ne reste que des regrets. Mais la volonté peut renaître. Alors, nous verrons. Je n'ai pas aimé ce grand lac d'eau bleue qui me regardait d'un air narquois, de l'autre côté du barrage, c'est certain. Je ne crois pas non plus que le barrage soit si solide. Donnons-lui un peu de temps !

Il était bizarre que nous parlions ce jour-là de la Patagonie, de barrages et d'inondations car, dans l'après-midi, il y eut un orage. Il plut à verse deux jours durant et, le surlendemain matin, un bruit étrange me réveilla. Notre petit ruisseau s'était transformé en rivière ; les canards nageaient dans le jardin. Le bétail, les moutons et les porcs s'étaient mis à l'abri en montant sur la hauteur ; les poules étaient nichées le long des chevrons de l'étable. Grâce à Dieu, Lys avait fait construire la maison sur des blocs de pierre. Pas une goutte d'eau ne pénétra à l'intérieur. Toutes les portes étaient bloquées par les débris que l'inondation avait charriés. Lorsqu'il fit jour, nous découvrîmes que les conduits neufs, installés au haut de la colline, avaient été projetés en bas par la pression de l'eau. Nous vîmes pourquoi quand nous arrivâmes sur les lieux. Ils étaient trop petits.

Une installation due au même ingénieur...

Nous donnâmes un coup de main aux cantonniers. Le niveau de l'eau diminua, mais il y en avait encore trop. Le ciel gris annonçait de la pluie. L'ingénieur vint examiner les dégâts, alluma une pipe, se mit à aller et venir. Il avait une quarantaine d'années. Son attitude était assez calme et ne trahissait aucune inquiétude. Pourtant, ses mains tremblaient un peu.

— Rien dans les annales de la région ne peut être comparé à cette pluie, dit-il d'une petite voix, en se passant la main dans ses cheveux roux. Le drame a commencé avec le captage des eaux, à quelques miles au-delà. Tout celà ne sera pas sérieusement réparé avant un bon mois, ou plus.

— Qui fournit les conduits ? lui demandai-je.

— Une firme de la ville.

— Je la connais, fit Tom Davies, l'un de mes hommes.

— Tous dans la camionnette, on y va ! dis-je.

Avant que l'ingénieur n'ait tenté de dire quelque chose, nous étions partis. Je m'arrêtai à la maison pour mettre Sûs au courant et l'embrasser. Dans l'heure qui suivit, les conduits étaient payés et chargés. En revenant, nous fîmes halte pour prendre du café. C'était une bonne idée, car le petit conseiller était là. Tom Davies le mit au courant et il leva les yeux au ciel, puis étendit la main.

— Dans tout le comté il y a beaucoup de dégâts, expliqua-t-il. Ce n'est pas la faute de l'ingénieur, voyez-vous, mais le travail n'était pas assez solidement fait. C'est de l'argent gâché. Un manque de prévoyance. Vous avez acheté les conduits, n'est-ce pas, monsieur...

— Morgan, dis-je. Je les ai achetés et ils seront posés aujourd'hui : quatre là-haut et deux dans ma ferme. *Plas Sûs !*

— L'ancien domaine des Corwen, expliqua Tom.

— Hum... marmonna le conseiller. Je l'ai bien connu quand j'étais enfant. Les meilleures mûres de tout le comté. Oui... eh bien, je doute que vous soyez dédommagé de ces travaux, monsieur Morgan, pas plus que pour les conduits. Il faut, voyez-vous, que les choses soient faites en règle. Envoyer les formulaires au ministère prendra des semaines. Je vous félicite de votre initiative, mais, quant au dédommagement...

— Mon dédommagement sera une ferme hors d'eau, avec la volaille et les animaux en sécurité, répondis-je. Au revoir !

Nous nous mîmes en route et les conduits furent posés vers la fin de l'après-midi. Sûs nous apporta un merveilleux déjeuner et une bouteille de vin. Tout alla mieux. Un bulldozer, que nous prêtèrent des hommes qui travaillaient sur l'emplacement d'un édifice inondé, creusa une tranchée jusqu'à la rivière. Quand la besogne fut terminée, l'eau jaillit comme avec joie.

— Ce travail aurait dû demander deux bons mois, ou même trois, dit le conducteur de l'engin en touchant du doigt sa casquette après avoir reçu son pourboire. Merci, Monsieur. Si je vois quelque chose qui ne va pas demain matin, j'y mettrai bon ordre.

Puis nous fîmes poser deux conduits chez nous, ce qui fut beaucoup plus facile. Lorsque tomba la nuit, tous les sols étaient asséchés.

— Il est bizarre que Lys n'ait pas prévu cela, remarqua Sûs au dîner.

— Allons, ma fille, l'endroit avait fait l'objet d'une inspection. Des conduits neufs avaient été posés, des semaines avant sa venue ici. Elle est architecte. On lui a remis les certificats de l'urbanisme. Et l'agent voyer pouvait-il voir les trombes de pluie qui étaient en train de ravager les récents travaux du comté, à des miles de là ? Allons, un peu de bon sens !

— Tu es dans ses bonnes grâces ! s'écria-t-elle. Je vous ai observés. Vous avez fait un petit tour dans le jardin, n'est-ce pas ?

Je ne pus que rire en la voyant froncer les sourcils, en regardant — ce qui était pis — son visage rigide d'Indienne.

— Ne raconte pas de balivernes. La prochaine fois qu'elle viendra, nous parlerons tous trois dans la même pièce. Ses bonnes grâces, dis-tu ? Regarde ta maison. Qui a tout dessiné sous tes yeux ? Ses bonnes grâces étaient pour nous !

— Pour de l'argent ! répliqua-t-elle, la bouche pincée comme celle d'un chat sauvage.

— Et chaque centime nous a apporté une bénédiction. C'est la Providence qui nous l'a envoyée et il faut l'en remercier.

— Nous étions plus heureux dans les tentes ! lança-t-elle, la tête basse, avec une bouche et une voix qui n'appartenaient pas à la Sûs que je connaissais.

C'est alors que je remarquai quelque chose d'insolite dans la façon dont elle me regardait, de biais, les paupières mi-closes, avec des larmes au coin des yeux.

— Nous pouvons toujours les remonter, dis-je. Mais, ces deux derniers jours, nous aurions eu besoin d'un bateau. Je te vois assise sur une cage à poules, trempée, flottant pendant des heures et gloussant comme une poule qui va pondre.

Elle essaya de ne pas rire. J'observai ses yeux de plus près, quand je l'entourai de mes bras. Puis elle se détendit peu à peu et redevint elle-même. Mais, d'après ce que j'avais éprouvé en voyant Lys, je savais que Sûs n'était pas si loin d'avoir raison. J'étais vivement surpris de découvrir qu'une femme puisse faire preuve d'un tel discernement, sans disposer du moindre indice.

Le lendemain matin, je m'éveillai avant l'aube. La pièce était silencieuse. A l'extérieur, aucun bruit, pas même le chant d'un coq. Sûs reposait à côté de moi. J'étendis la main. Elle était trempée de sueur. Je fis le tour du lit et constatai que son visage était rouge, sa respiration difficile. J'eus l'impression que sa maladie ne relevait pas du médecin local. Je descendis téléphoner à la police pour demander une ambulance, puis réveillai les servantes et leur dis de l'envelopper chaudement.

A l'hôpital, nous fûmes reçus par un alerte et jeune docteur qui semblait sûr de lui. Sûs fut emmenée dans un bruissement de roues. Les portes claquèrent. J'attendis près d'une heure avant que le docteur ne reparût.

— J'ai téléphoné pour faire venir l'ophtalmologue afin qu'il examine sa vue. Il sera là ce matin. Je crois que vous pourriez venir demain vers onze heures.

— Quel est l'état de ses yeux ?

— Je ne sais pas très bien. Nous avons fait baisser la fièvre.

Elle dort tranquillement. Si vous venez demain vers onze heures, vous aurez l'avis du spécialiste. Avez-vous une voiture ?

Je secouai la tête. J'étais incapable de prononcer un mot.

— Nous avons un service de taxis de nuit. Je vais téléphoner. Bonsoir, Monsieur Morgan.

Quelle affreuse nuit allai-je passer ! Mais Tobey, la bonne, me fit une infusion. Je ne me réveillai que vers onze heures et demie le lendemain matin. Je me précipitai vers le téléphone.

— La malade peut rentrer chez elle, pour le moment, mais le Pr Stansthorpe aimerait vous parler. Trois heures, aujourd'hui, cela vous convient ?

J'étais là à l'heure fixée, mais le professeur était en retard. Il entra en blouse verte avec une petite calotte. Le pauvre homme avait l'air fatigué.

— Une urgence est survenue, expliqua-t-il, ôtant ses lunettes. Veuillez accepter mes excuses. Oui, bien. Mme Morgan n'est pas un cas ordinaire. Il me faudra analyser ses prélèvements de sang et les radios, et consulter certains de mes collègues. Voulez-vous venir d'aujourd'hui en huit ? A cette heure-ci ?

Je vécus pendant cette semaine dans une angoisse constante, mais l'état de santé de Sûs ne connut aucune aggravation. Elle était presque elle-même. Le larmoiement de ses yeux cessa avec le médicament qu'on lui avait donné et la fièvre disparut. Elle vaquait à la cuisine et s'occupait du reste de la maison. Je pensais que, quel que fût son mal, ce ne pouvait être très grave.

Chaque matin, je l'emmenais, qu'il plût ou non, faire le tour de la ferme — maintenant un vaste domaine — voir les oisons suivre leur mère, les canetons se dandiner derrière la leur, les dindonneaux et les poulets pareils à des boules duveteuses, les agneaux qui bondissaient, les vaches au ventre gonflé, les juments et les truies presque prêtes à mettre bas. Tout cela donnait une impression de vie nouvelle, heureuse, sans fin.

Je me rendis compte que le mal qui atteignait Sûs était sérieux lorsque je voulus lui montrer un rouge-gorge, peut-être le dernier de l'hiver, sur une branche à moins de trois mètres de nous.

— Là, il n'y a rien ! affirma-t-elle d'une petite voix semblable à celle d'un bébé prêt à pleurer. Pas de branche. Pas de rouge-gorge. C'est pour te moquer de moi ?

— Rentrons prendre une tasse de bon café bien chaud. Il fait froid. Un peu de chaleur ne te fera pas de mal.

J'attendais le taxi qui devait nous conduire à l'hôpital lorsque la sonnette retentit. Lys, souriante, parut avec une brassée de papiers.

— Comme je vous l'avais promis, je vous ai apporté des documents à propos du *Plaid Cymru*, dit-elle avec son charme coutumier. La table de bateau est achetée, avec huit chaises ; je les ai commandées. Le tout sera là la semaine prochaine. Je ferais préparer le plancher par les menuisiers. Les pieds des chaises doivent être recollés. Laissez-leur le soin de le faire. Et la toile de Morgan James ?

— Achetez-la, répondis-je, un œil sur l'horloge.

— Le faon de pierre par Lucas Watkin ? demanda-t-elle, consultant sa liste. La collection de vingt pièces d'argenterie ? Les verres ? La porcelaine de Swansea ? Et le service « Le Saule bleu », le dernier qu'on puisse trouver dans le pays ? Il sera merveilleux sur ce dressoir, avec l'étain comme faire-valoir. A-t-il été astiqué ?

— Il est tout étincelant d'huile de coude, fis-je. Cachez-vous les yeux. Quand a-t-on laissé l'étain se ternir ?

— Quand on a cessé de l'utiliser pour la table, dit-elle. On s'en servait pour le boire et pour le manger. On le nettoyait et on le frottait tous les jours. Il avait presque l'éclat de l'argent. Mais quand vinrent la porcelaine et la faïence, l'étain fut délaissé. On l'acheta alors pour la décoration. Il était presque aussi terne que les gens qui l'achetaient !

— De quoi jacassez-vous en bas ? cria Sûs par-dessus la rampe du premier étage. Je peux vous entendre, ne l'oubliez pas. Je ne veux pas de cette femme dans la maison. Allons, hors d'ici, misérable garce !

Lys écarquilla les yeux, ferma la bouche, prit son sac qu'elle avait posé à terre et saisit son porte-documents. Je vis des larmes briller dans ses yeux, mais elle se détourna de moi.

— Je ne remettrai plus jamais les pieds ici, dit-elle dans le vestibule, tandis que j'étais trop paralysé pour quitter ma chaise. J'étais si heureuse d'avoir travaillé...

— Hors d'ici ! hurla Sûs dans l'escalier. On n'a pas besoin de vous !

La porte se referma, la voiture démarra et j'entendis Sûs pleurer à chaudes larmes.

Je montai lentement jusqu'à elle, traînant un boulet à chaque pied. Arrivé à l'étage, je l'entourai de mes bras, l'apaisai et la mis au lit. Tobey lui donna un comprimé et elle s'endormit en me tenant la main.

J'appelai Lys au téléphone, mais, lorsqu'elle entendit ma voix, elle raccrocha. Je téléphonai à Douglas et lui expliquai que Sûs était sous l'action d'un soporifique, qu'elle allait probablement entrer à l'hôpital et qu'elle n'avait pas la maîtrise d'elle-même. Je lui exposai ce qui venait de se passer. Je lui fis promettre de dire à Lys qu'elle ne devait pas avoir l'impression d'avoir commis la moindre faute. Elle avait été traitée d'une manière déplacée, mais il ne fallait pas en vouloir à Sûs. Sa maladie était la seule coupable. Un point, c'est tout.

Lys n'en dit pas plus de son côté.

— Elle m'a dit être choquée et malade, me rapporta Douglas. Elle n'ira plus jamais dans votre maison. Elle ne pourra plus diriger les travaux dans le cottage. Vous savez sans doute ce dont elle veut parler. Son assistant et l'acheteur traiteront avec vous et les menuisiers seront là mercredi à neuf heures. Si vous voulez la voir, un rendez-vous pourra être pris à son bureau. Voilà tout.

Et c'était assez. Je ne prendrais pas de rendez-vous.

Mais je lui envoyai des fleurs. Elles me revinrent. Tandis que je montais les donner à Sûs, je fus frappé de remords : ces fleurs n'auraient jamais dû être offertes à une autre femme. Je fis brusquement demi-tour, descendis l'escalier, jetai les fleurs dans le feu et téléphonai pour en commander une gerbe deux fois plus grande. Persuadé maintenant que chaque parole de Sûs proférée par-dessus la rampe était vraie.

Ce matin-là, Tobey apporta un journal où un article m'était

consacré. On parlait de mon séjour à Chubut et dans les Andes, de ma fortune, de Plas Sûs, de mes moutons de race pure et de mon bétail. Mais mon esprit demeurait au premier étage.

Moins d'une heure plus tard, un reporter téléphona. Je dis à Tobey de fixer un rendez-vous dans l'après-midi, pour le thé, à quatre heures. Un autre reporter téléphona, puis quelqu'un d'autre dans le sud du comté. Quand ils furent là, je fis servir le thé et nous parlâmes de choses et d'autres. Ce qui me surprenait était leur ignorance de Chubut et des Andes et leur peu de connaissance de l'Argentine.

— Il ne filtre pas grand-chose de là-bas, monsieur Morgan, dit l'un d'eux, un garçon d'une trentaine d'années, portant des lunettes et engraissé au steak, aux rognons et au pudding.

Il n'était pas antipathique et paraissait doux comme un agneau. J'aurais pourtant parié qu'il devenait un tigre après deux pintes de bière. Son stylo à bille griffonnait quelques mots, puis se refermait avec un déclic.

— Il faudra que j'en achète un neuf, constata-t-il en soulevant ses lunettes. Ce vieux machin en fait à sa tête. Je me demande si l'âge industriel crée un mode de pensée qui lui est propre. Cela réclame une longue réflexion. C'est la pensée qui produit le plan, n'est-ce pas ? Les matériaux le réalisent. Tout cela vient de l'esprit humain. J'ai recueilli dernièrement des informations sur une histoire de guérison par la prière. Il s'agit d'une femme. Cela n'a fait aucune impression sur moi. Je n'ai rien éprouvé, mais d'autres ont été ébranlés. Elle fait bouger des objets. C'est incroyable. Mais je me pose des questions. Y a-t-il une part de nous-même dans les choses que nous faisons ? Avons-nous imprégné la matière sans le savoir ? Avons-nous commencé à tenter de diriger quelque chose que nous ne connaissons pas ?

Je pensai tout d'abord qu'il avait abusé de la bière au déjeuner, mais il était sensé, sérieux. En y réfléchissant, je me demandai : « Pourquoi pas ? » J'avais vu tant de choses entre l'Argentine et le Chili, parmi les peuples indiens avec lesquels j'avais vécu ! J'aimais ces hommes, j'avais confiance en eux, je savais qu'ils avaient l'âme aussi solide que le roc. Oui, ils voyageaient en esprit. Ils avaient d'autres modes de pensée. A leur manière, ils étaient de beaucoup en avance sur nous. Nos pharmacies sont pleines de petits sachets et de flacons, de comprimés de toutes sortes pour guérir tout ce qu'ils ne guérissent pas. Mais la femme indienne qui a reçu la sagesse peut vraiment guérir n'importe quelle maladie. La seule chose qu'elle ne peut vaincre est la mort, et cela elle semble le savoir. Quand elle sent la mort, elle ne fait rien de plus.

Rien. Elle s'assied au chevet du malade, lui tient la main et lui fait boire de l'eau.

C'est suffisant et la famille a le temps de préparer l'assado, d'avertir la tribu et de tout mettre en ordre.

Pour nous, ce n'est qu'une calamité, ou une dépense supplémentaire. Pour eux, une chose qui peut arriver à tout moment, lorsqu'on est appelé par Ranginhüenüchaü, Père de tous les dieux, des animaux, des arbres, des pierres, de l'eau, des hommes et des femmes. L'expérience suscite, parmi nous, les caciques, ou chefs des hommes, et des femmes d'une grande sagesse, qui sont plus que des femmes ordinaires, pour dire ce qui doit être fait. Il est vrai – et c'est souvent le cas – qu'un être humain, d'abord obscur, se révèle des années plus tard. Mais, dès la naissance, certaines jeunes femmes se révèlent. Personne ne pose de questions. Dès qu'une telle femme parle, tous savent. Elle entre dans le petit cercle et est refusée aux hommes.

Mais ce n'était pas le pays des machines.

J'étais hors de ce pays. Tobey vint m'avertir et, à son visage, je devinais ce qu'elle voulait me dire.

– Monsieur Morgan, fit-elle en se tordant les mains, je suis désolée d'avoir à vous le dire, mais Sûs a beaucoup de fièvre et rien ne peut la faire tomber. Dois-je téléphoner au docteur ?

– A l'hôpital, dis-je. Immédiatement !

Ce jour-là, j'aurais dû aller à la foire au bétail. J'étais moi-même un taurillon, tandis que j'allais et venais dans le couloir à l'extérieur de la chambre de Sûs. Le Pr Stansthorpe la garda dans la salle de radiographie et dans la salle d'opération pendant près de trois heures. Il vint à moi en bras de chemise tandis qu'il s'essuyait les mains.

– Nous avons procédé aux examens, annonça-t-il sans me regarder. C'est une maladie d'une gravité exceptionnelle, inconnue de la plupart d'entre nous, mais je crois que nous pouvons la juguler pour le moment. En plus des informations que nous avons déjà, j'en saurai davantage ce soir. Je ne veux pas que vous la voyiez aujourd'hui. Elle dort et je désire qu'on la laisse tranquille. Comprenez-vous ?

Je sentais qu'il ne parlait que pour dire quelque chose. J'acquiesçai d'un signe de tête et sortis.

Je passais les jours qui suivirent dans une cruelle attente. Je ne pouvais ni dormir, ni m'asseoir, ni rester debout ; quant aux repas, je les interrompais la première bouchée à peine avalée. Les rares fois où l'on me permit d'entrer dans la chambre de Sûs, elle dormait. Elle portait un pansement qui allait du nez jusqu'au front ; elle était très calme et ne proférait aucun son. Une infirmière qui ne la quittait pas s'occupait des flacons et surveillait le tube relié à son bras.

Que de choses peuvent traverser l'esprit à de tels moments ! Le chagrin, oui. La rage d'être impuissant. Le besoin de prier pour que toute souffrance soit épargnée à la malade gisant sur son lit. Puis des images et des sensations : Sûs en train de monter Bimbo et de sauter les haies ; criant un bon juron tehuelche parce qu'elle n'arrivait pas assez vite à se débarrasser de ses bottes, dansant en sortant du bain, ange plus délicat que la rose la plus pâle, exhalant le parfum d'œillet qui s'attachait à elle. Tout cela dans l'espace de quelques secondes, et à tout moment. De quoi vous rendre fou.

Le téléphone ne cessait jamais de sonner. Les gens voulaient savoir comment elle allait. Au bout d'un certain temps, je laissai Tobey ou Menai répondre à ma place et errai dans la ferme. Je trouvais des amis parmi le gros bétail, les moutons et la volaille. Les chevaux, tout comme les truies, qui, de nouveau, allaient mettre bas, aimaient les pommes que je leur donnais. Les dindons, devenus grands, venaient glouglouter près de moi avant même que je n'eusse tiré le maïs de ma poche.

— Monsieur Morgan, je crains de n'avoir pas de bonnes nouvelles à vous donner, dit le Pr Stansthorpe par un après-midi de grisaille. Votre femme souffre d'une maladie des yeux. Le mal s'est étendu et a atteint le cerveau. Nous faisons en sorte qu'elle ne souffre pas. De fait, sa résistance au mal est tout à fait extraordinaire. A-t-elle jamais donné des signes de douleur ? Ou de diminution de la vue ? Elle doit avoir souffert !

— Mais elle ne s'est jamais plainte, répondis-je, ne sachant comment trouver mes mots. Elle a été élevée en Argentine par des nourrices indiennes qui appartenaient aux derniers descendants des Tehuelches. On leur apprend à ne jamais se plaindre. Pour eux, c'est de la faiblesse. Ils endureront leur mal jusqu'à la mort sans prononcer une parole.

— Pauvre petite ! s'exclama-t-elle. C'est une fille remarquable. Nous nous sommes tous pris d'attachement pour elle. Savez-vous où elle vivait en ce temps-là ? Dans quelles conditions ?

— Eh bien, ils ne vivent pas comme nous, répliquai-je, revoyant la maison près de la rivière, les murs de boue séchée, le toit rouge en tôle ondulée. La maison était dépourvue de meubles. Des couvertures pendaient aux murs. Un sol de terre battue, mais toujours propre. Une cheminée en pierre dans un angle, où un feu brûlait sans discontinuer. Ils dormaient sur des peaux de mouton. Elle a vécu là jusqu'à ce que je l'eusse rencontrée, il y a maintenant un peu plus de quatre ans. Guérira-t-elle ?

— Y avait-il des porcs alentour ? interrogea-t-il, esquivant ma question. Élevés pour la consommation, peut-être ?

— Là-bas, ils avaient de tout. Des porcs en abondance. Ils en mangeaient constamment.

— Savez-vous comment ils faisaient cuire leur viande ? demanda-t-il, en notant mes réponses sur un carnet. Bouillie ? Rôtie ?

— Généralement grillée, suspendue verticalement sur le gril avec des charbons ardents tout autour. La tête du cochon peut être cuite séparément pour faire du fromage de tête. La nourriture était toujours bonne et copieuse.

— Comment ces porcs étaient-ils tenus ? questionna-t-il, prenant toujours des notes.

— Ils étaient en liberté. Parfois on les parquait dans une porcherie pour la mise bas. Le soir ils étaient enfermés à cause des pumas, des chats sauvages ou des jabalis. Le jabali est un sanglier, mais trois fois plus gros que ceux que vous pouvez voir dans vos régions.

— C'est intéressant, dit-il en levant les yeux. Je veux garder votre femme ici pour lui faire subir un traitement. Physiquement, elle est très forte. Il faut qu'elle reste tranquille. Je vous ai dit que le mal a gagné le cerveau. Il ne faut pas qu'elle essaie de parler. Vous pourrez entrer la voir de temps à autre, mais c'est tout. Comprenez-vous ?

Une marche par temps glacial et sans habit eût pu me faire oublier ce que j'éprouvais. Au contraire, je retournais dans une maison douillette où chaque objet que nous avions acheté ensemble, tout ce qui était posé sur les meubles la rappelaient, la réclamaient.

Lorsque Tobey me vit, elle enfouit son visage dans ses mains et s'enfuit dans la cuisine en pleurant.

Je suis sûr que tout le monde avait compris longtemps avant moi. Si j'avais pu m'enivrer, je l'eusse fait, mais la boisson et moi nous nous entendons guère. Si je bois plus que de raison, j'ai la nausée ou je suis terrassé et la pièce se met à tourner. J'allai donc m'effondrer dans un fauteuil. Tobey et Menai m'ôtèrent mon veston, puis mes chaussures et, me prenant par les épaules, me montèrent dans ma chambre, me mirent sur le lit et me couvrirent d'un édredon. Je m'abîmai dans un bienheureux sommeil.

— Monsieur Morgan, me dit Tobey un matin, si vous étiez à l'hôpital et si Mme Sûs devait aller vous voir, comment irait-elle ? Après un bon bain, bien coiffée et habillée avec soin, en vraie Mme Morgan, de Plas Sûs qu'elle est, ou comme une *pŵt* * ?

— Alors, Tobey, me trouvez-vous l'air d'une *pŵt* ?

— Vous êtes un homme. Une femme dans le même état que vous pourrait vraiment avoir l'air d'une *pŵt*.

---

* Souillon.

Je me regardai dans la glace de la salle de bains. Elle avait raison.

Une bonne toilette fait des merveilles, ainsi qu'un visage bien rasé. Je n'en fus jamais si satisfait car, tandis que j'étais en bas, en train d'essayer de concentrer mon attention sur le journal, la sonnette retentit. Tobey vint me dire qu'une demoiselle apportait un message d'Olwen, ma plus jeune sœur, que je croyais morte depuis dix ans. Je bondis hors de mon fauteuil.

Sur le seuil se tenait le double d'Olwen, mais sensiblement différent et aussi frais qu'un bouton de rose.

— Oncle Huw, dit-elle, ce n'est qu'avant-hier que j'ai appris, par un journal, que tu étais ici. Je suis ta nièce, Blodwen Tiarks.

— Entre ! lui répondis-je en la prenant par la main. Où est ta Mama ?

— Elle nous a quittés. Mon père aussi, l'année dernière. Je ne sais comment commencer !

— Je vais te le dire.

Je l'installai dans un fauteuil.

— Commence, maintenant !

Il est curieux que la plus longue histoire soit racontée en quelques mots, si deux esprits s'accordent. Sinon, elle peut s'étirer sans fin. Olwen était directrice d'école. Elle épousa un inspecteur de l'université. Il mourut, elle mourut. Blodwen fut abandonnée à elle-même avec pour toutes ressources une propriété qui rapidement ne lui rapporta plus d'argent.

— J'ai des cousins du côté de mon père, dit-elle. Ils sont assez riches et très bons. Mais je ne voudrais pas le leur demander.

— Quoi donc ?

— De l'argent ! répondit-elle aussi franchement que sa mère l'eût fait. Je veux continuer à étudier le piano. Je veux aller à Heidelberg. C'est là qu'on trouve les meilleurs professeurs. Je te donnerai la propriété en garantie. Est-ce possible ?

— Non ! dis-je. (Ses yeux s'assombrirent.) C'est entendu. Tu iras là-bas. De quelle somme as-tu besoin ?

Elle se pelotonna dans son fauteuil, se détourna en souriant et ferma les yeux.

— Cinq cents livres, je crois, pour commencer. Je ne sais quels sont les frais de scolarité. Mais c'est pour trois ans au moins. C'est une longue période !

— Trois ou trente, c'est la même chose dans cette famille ! En connais-tu d'autres membres ?

— Ils sont nombreux, fit-elle. Dois-je les mettre tous en relation avec toi ?

— Qu'entends-tu par nombreux ? lui demandai-je, car Olwen était la seule que je connusse.

— Les petits-enfants de tante Angharad en Afrique du Sud, de l'oncle Owen en Amérique, de l'oncle Gwilym au Canada, et ceux de l'oncle Ianto en Nouvelle-Zélande et de la tante Bronwen en Australie. Les plus âgés font leurs études ici.

— Pourquoi ne suis-je pas au courant de tout cela ? m'écriai-je.

— Étions-*nous* au courant de ce que tu devenais ? me demanda-t-elle avec douceur. Mère disait souvent que tu étais le frère le plus éloigné qu'une sœur eût jamais vu !

Cela, je le savais aussi. Seul un imbécile s'approche quand il est tenu à distance. Si j'avais été millionnaire, c'eût été plus simple. Mais un homme ordinaire, sans argent, comme elle l'avait cru, qui n'est que lui-même ? Impossible. Je l'avais alors envoyée au diable. Mais j'avais devant moi son enfant et c'était différent.

— Envoie-les tous ici, dis-je. J'aimerais les voir. Combien sont-ils ?

Elle compta et recompta avec soin sur ses doigts.

— Sept. Deux garçons et cinq filles. Les deux garçons ne sont pas très brillants pour le moment, mais ils peuvent changer. On ne sait jamais. Toutes les filles, elles, sont à la hauteur. Deux sont biologistes, une autre est botaniste, une — moi-même — s'occupe de musique, une autre d'architecture. Toutes sont... eh bien, un peu à part. Comme moi !

— Explique-toi, dis-je.

Elle haussa les épaules en inspirant profondément par son large nez.

— A part! répondit-elle. Elles ne font pas partie du troupeau. Elles ne fraient pas avec les autres. Pas de garçons à leurs trousses. Elles ne traînent pas dans les bistrots. Pas de week-ends. Cela te paraît étrange? Ça ne devrait pas l'être. Ce genre de vie est assez fréquent. Si je trouvais quelqu'un, cela pourrait changer. Je n'ai trouvé personne. Les autres non plus, pour autant que je le sache. Où est tante Sûs?

L'entendre appeler ainsi par quelqu'un qui avait presque son âge me brisa le cœur.

Je lui expliquai la situation en quelques mots. Ses yeux s'assombrirent de nouveau.

— Puis-je la voir? demanda-t-elle.

— Comme moi, mais seulement la voir, sans lui parler. Il en est ainsi depuis un petit moment. Cela peut durer encore longtemps. Mais si le traitement doit réussir, je serai plus patient qu'elle ne doit l'être. Où couches-tu ce soir?

— Il me faut attraper le train de cinq heures cinquante-six, dit-elle en prenant son sac qu'elle avait posé à terre. Mais j'aimerais rester la prochaine fois. Quand pourrai-je avoir l'argent?

— Quand tu voudras. Je vais faire appeler un taxi. Donne-moi simplement, pour mon comptable, une feuille de papier avec tes frais scolaires, ton logement et tes dépenses quotidiennes afin que tout soit en règle.

— Oh! oncle Huw, s'écria-t-elle, venant m'entourer doucement de ses bras et m'embrassant sur les deux joues. J'avais le sentiment extraordinaire que cela se passerait exactement de cette façon. Est-ce là quelque chose que *nous* sommes les seuls à pressentir? J'avais une telle *certitude* qu'il en serait ainsi! Mais pourquoi?

Pendant les trois week-ends où j'eus la visite de ces charmantes filles, la maison parut revivre. En vérité, j'étais fier d'avoir connu leurs grand-mères. Et leurs parents n'avaient-ils pas été mes frères et mes sœurs? Tobey et Menai pleuraient toujours lorsque ces jeunes filles s'en allaient.

— Oui, même l'argenterie brille encore plus, disait Tobey en refoulant ses larmes. Si seulement Mlle Boldwen pouvait revenir ! C'est une vraie princesse !

Si je devais en préférer une, je crois que c'eût été elle. Mais, parmi tant de beauté, comment en être sûr ? Les avoir autour de soi, vous entourant de leurs bras, sautillant, s'exclamant, eh bien, c'est comme se trouver au milieu d'un bouquet de belles fleurs et essayer de faire un choix.

Oh ! que la maison était calme et triste après leur départ.

A de tels moments, rien ne me faisait sentir avec autant d'acuité le silence et la solitude de ce petit être, là-bas à l'hôpital. Les jeunes filles n'y étaient allées qu'une seule fois. Elles étaient restées debout, à la regarder ; ce fut suffisant. Elles semblaient si attristées en revenant que Tobey fit un goûter spécial avec beaucoup de gâteaux. On se serait cru le jour de Noël.

Bien entendu, elles étaient jeunes et n'avaient rien de leurs grand-mères, sauf la beauté et l'esprit. Je parlais peu et j'écoutais beaucoup, et je commençai à apprendre combien le monde avait changé. Elles discutaient de tout de la même façon, en toute liberté. Même les adultes, au temps de ma jeunesse, ne s'exprimaient jamais aussi librement. Certes, dans les pubs, ils parlaient des femmes à voix basse, et aussi en remontant la colline, mais pas tous. S'ils étaient trop hardis, il se trouvait toujours quelqu'un pour le rapporter. Ils étaient alors sermonnés par les diacres qui les prévenaient contre le péché et les menaçaient de châtiment dans l'autre monde.

Mais ces jeunes filles n'avaient ni chapelle ni église. Elles ne toléraient pas qu'on parlât de la Bible ou de quoi que ce fût ayant quelque rapport avec elle. Quant au Christ, on lui avait consacré un disque de musique pop et l'on n'en parlait plus. Matthieu, Marc, Luc et Jean prêchaient dans le désert, et la Vierge Marie avait oublié de prendre la pilule au moment voulu.

— De quelle pilule s'agit-il ? demandai-je.

Elles éclatèrent de rire ; ma question resta sans réponse, car Tobey entra pour annoncer que le dîner était servi.

Les lettres que je recevais une fois par semaine de Boldwen étaient pour moi de riches cassettes de bijoux qui jetaient mille feux sur un autre mode de vie que j'ignorais : ses leçons de piano, la bonté de son professeur, son trois-pièces mansardé où nichaient les oiseaux et où elle n'avait un bain chaud que lorsqu'elle pouvait soudoyer la servante pour la décider à monter avec des seaux. Je lui écrivis de lui allouer une somme forfaitaire pour les bains dont elle avait besoin, en aussi grand nombre qu'elle le voulait, et de me faire savoir combien cela coûterait. Elle me répondit que si elle payait la domestique en une seule fois, elle ne la reverrait jamais plus. Comme sa mère, elle avait la tête sur les épaules.

Les autres jeunes filles rentraient chez elles en avion pour les vacances : en Afrique du Sud, en Australie, en Nouvelle-Zélande. Briony s'envola vers Detroit. Avec le temps, je reçus des lettres de toutes, ainsi que de leurs parents — ceux qui étaient encore en vie —, mais j'étais un peu embarrassé pour savoir qui avait épousé qui. Je crois, d'ailleurs, que nous avions eu tort de nous oublier mutuellement. Mais j'avais tout mon temps pour le regretter. Naturellement, je pouvais me rappeler mes chers frères et sœurs — de qui me souviendrais-je mieux ? néanmoins leurs enfants m'étaient inconnus depuis mes années passées en Argentine et au Chili. La terre tournait, les aiguilles des horloges poursuivaient leur ronde infinie, l'amour apportait des enfants, et moi je construisais des routes et des ponts, je faisais croître des vignobles, pousser de la canne à sucre et des céréales, j'élevais du petit et du gros bétail pour le marché international, et maintes autres choses, sans me soucier des miens.

J'avais tort, mais mes regrets étaient tardifs.

Je reçus des lettres d'eux tous, sans bien savoir qui appartenait à qui, de quels grands-parents et de quels père et mère étaient issues la petite-fille et la fille. Quand les adolescentes étaient avec moi, je croyais retrouver en elles un peu de l'un ou de l'autre. La petite-fille d'Angharad avait des cheveux ravissants, mais légèrement plus foncés, j'en jurerais, que le blond vénitien de sa grand-mère, des cheveux lumineux dignes de couronner la tête d'une fille splendide, et un caractère assorti ; mais elle avait la beauté de son aïeule dans le cœur.

De toutes, seule Blodwen, la fille d'Olwen, n'était pas riche. Son père et sa mère n'avaient pas été dans les affaires, mais dans l'enseignement. Il est scandaleux que des professeurs, qui nous dispensent leurs connaissances, soient payés comme des esclaves. Il n'y a que peu de gens pour parler en leur faveur et personne pour défendre leur cause.

Je demandai à un expert d'examiner les propriétés de Blodwen à Gwynaldrod, non loin de chez moi, un village tombé en ruine parce que les jeunes avaient abandonné la terre. Les cottages étaient petits — trois ou quatre pièces —, agréables et rustiques, sans salle de bains, et dataient du début du règne de George. J'achetai des terres tout autour, et, au bout de quelques semaines, nous avions un village prêt à prendre son essor. Ensuite, pour avoir un architecte, je téléphonai à Douglas afin qu'il demande à Lys d'aller là-bas jeter un coup d'œil. Rien ne fut dit à mon sujet. Je reçus d'elle un rapport, des dessins et un plan qui incluait encore d'autres propriétés, au point de former presque une commune — ce que Blodwen aimerait, j'en étais sûr —, avec une école, un hôpital, un terrain de jeux et des parcs, une crèche, un centre commercial et des voies souterraines pour que la surface fût libre de toute circulation. Dessins et plans arrivaient semaine après semaine en même temps que les lettres de Blodwen, de sorte que Lys et elle semblaient ne faire qu'un dans mon esprit. Je pensais toujours à ma pauvre petite, là-bas, si calme et silencieuse. J'espérais, priais, et je n'étais pas le seul, mais, chaque fois que j'allais la voir, il n'y avait aucun élément nouveau.

C'est Tobey qui me donna le premier avertissement, à son insu, j'en suis sûr.

Une fois par semaine, nous allions là-bas ensemble, Tobey, Menai et moi.

— Monsieur Huw, dit Tobey, quand nous sortîmes dans la pénombre, à la fin d'un après-midi, les infirmières vous regardaient avec compassion, n'est-ce pas ?

— Bah ! les infirmières ne sont que des infirmières. Elles n'ont de sentiment pour personne. Elles arrachent un pansement, enlèvent n'importe quoi, sans le moindre sentiment. Pourquoi me regarderaient-elles avec compassion ?

— Tais-toi donc ! lui lança Menai qui, pour la première fois à ma connaissance, avait son mot à dire. Tu ferais mieux de fermer ta bouche, et avec une muselière. As-tu perdu la raison ?

Mais cela me donna à penser. Même si je l'avais voulu, il n'y avait rien qui méritât un reproche.

Après cet incident, j'observais les infirmières, mais elles baissaient les yeux pour parler, ou les détournaient ; elles ne me regardaient jamais en face.

De temps à autre, le Pr Stansthorpe évoquait les moyens mis en œuvre pour stabiliser l'état de Sûs, ou pour obtenir une amélioration, mais n'avançait rien à quoi l'on pût se raccrocher. Il ne me laissait guère d'espoir. Mais, cet après-midi-là, il me suivit dans le couloir, me dit de rentrer chez moi et de l'attendre : il me ramènerait ma femme dans une heure.

S'il avait été Dieu, je n'eusse pu le regarder avec plus de ferveur.

Avant une heure, la sonnette retentit. Tobey courut pour ouvrir. Sûs était là, sur le seuil, les bras tendus, portant d'épaisses lunettes noires, et, si l'on écoutait sa voix, de nouveau elle-même.

— Trente minutes ! dit le professeur derrière elle. Laissez-la aller où elle veut. Buvez un verre de champagne et que les infirmières la mettent au lit. Il fera jour demain matin !

Sentir cette petite main dans la mienne qui m'étreignait... Oui, la prière a sa récompense.

Tobey la promena dans la maison tout en parlant. Je mis le champagne dans un seau à glace ; au bout de quelques minutes, elle vint s'asseoir près de moi, dans son fauteuil. J'emplis son verre et nous bûmes. Elle parlait avec lenteur. Je ne savais pas très bien où elle regardait ; mais il suffisait qu'elle fût à la maison. Les deux infirmières entrèrent. Elle les repoussa pour finir sa coupe ; puis nous nous embrassâmes et elles l'emmenèrent.

— Toutes deux passeront la nuit ici, fit Tobey. Les chambres sont prêtes. Resteront-elles longtemps ? Il nous faudra d'autres draps.

— Achetez-en ! Il suffit qu'elle soit là !

Sûs occupait la grande chambre. J'étais dans une petite pièce contiguë. L'infirmière de nuit s'installa dans le couloir, qui était assez large, où l'on avait disposé un fauteuil et un bureau recouvert d'une pile de magazines. Je passai tout en revue et vis enfin ma jolie Sûs dans son lit à elle. Personne n'était plus heureux que moi ni plus débordant d'espoir. Et l'espoir, j'en ai fait l'expérience, a la consistance d'un papier mouillé.

Il faisait nuit. L'infirmière me secoua.

— Venez vite ! murmura-t-elle. Venez tout de suite !

J'enfilai ma robe de chambre et mes pantoufles, entrai dans la grande pièce, que l'unique petite lumière près du lit rendait immense. Sûs était assise ; sa respiration semblait produite par une machine. Je la pris dans mes bras et la pressai contre moi.

— Mon poncho ! dit-elle de sa voix normale et en tehuelche. J'irai à cheval jusqu'à la rivière. Les rochers m'appellent. Ils sont avec moi. Je pleure avec les arbres. Huw, reste avec moi !

— Je suis avec toi, ma chérie, fis-je tout bas. C'est toi qui dois rester avec *moi* !

— Mon poncho ! cria-t-elle d'une voix forte. J'irai à cheval. Huw ! *Huw !*

Son corps se tendit avec force et son visage retomba dans le creux de mon épaule. Je compris alors ce qui était arrivé.

C'est ainsi que meurent les Indiens.

Je la tins contre moi un moment ; les infirmières la prirent dans mes bras.

Mais de pires moments devaient survenir.

— Où Mme Morgan sera-t-elle enterrée, sir ? demanda quelqu'un en un murmure qui me semblait lointain.

Je ne pouvais penser qu'aux saules de Chubut, au large courant d'eau verte, au ciel du bleu le plus pur de Maes Corwen ; je sentais l'odeur des blés mûrs et le lourd parfum des roses du jardin.

Quelques heures plus tard, nous étions dans l'avion de Buenos

Aires. Puis nous gagnâmes Trelew. Un camion nous emmena à Maes Corwen, où j'avais gardé une maison magnifique en souvenir de Lal, et à cause de Sûs, pour le cas où elle aurait eu envie d'y retourner. Eh bien, elle y retournait pour rejoindre quatre générations de sa famille, et je remerciai Dieu de ce qu'elle fût avec les siens. Je tentai de retrouver ses nourrices indiennes, mais personne ne les connaissait ou ne savait où elles étaient.

Je suivis le cercueil plombé. Des Indiens allaient devant et derrière. Je ne connaissais aucun d'entre eux, mais tous me connaissaient et, certainement, les femmes connaissaient Sûs. Elles chantaient pour elle et j'étais heureux qu'elle pût partir, accompagnée des chansons qu'elle avait autrefois fredonnées elle-même.

Oh ! le vide de ces lieux.

Des cieux, des étendues, des rocs, des rivières, des montagnes, des lacs, et pas un baiser chaleureux, pas une main à étreindre. Je tentai de trouver Solva, mais elle était partie pour le nord.

Je n'eus pas le cœur d'aller voir la maison de Maes Corwen où Lal avait vécu ses plus beaux jours et où Sûs était née. Je payai les Indiens pour s'en occuper et remontai dans le camion, sentant que j'avais laissé là le meilleur de moi-même. Je longeai les tranquilles chemins qui menaient à Trelew et, de là, je gagnai Buenos Aires, où je pris l'avion de nuit.

Partir. Partir n'importe où. Partir. Tout laisser. Le vrombissement d'un avion fait partie de moi, l'envol, la fuite du lieu où j'ai enterré mon amour. Avoir le cœur brisé n'est qu'une expression, mais certains le portent en eux. Je l'ai bien souvent décelé chez un ami, ce qui m'a donné envie d'aller à lui et de lui dire : « Oui, je sais, mais que faire ? »

Que faire, en vérité ?

Rien !

Je revois mon père regardant fixement le feu, dans la cheminée de la cuisine, et disant qu'il n'y avait rien à faire, vraiment rien.

Lorsqu'un long tourment vous accable, entrecoupé d'espoir, puis de désespoir, beaucoup d'angoisse vous est épargnée si vous avez suffisamment à faire à ce moment-là. Mais lorsque cette tâche est accomplie et que vous avez le temps de penser, l'angoisse est pire.

Il en était ainsi pour moi. J'étais passé par là auparavant. Ce n'était différent que parce que Sûs — au contraire de Lal — réclamait de l'attention, et de façon plus impérieuse. Si elle ne faisait qu'aller à la cuisine pour le thé, j'étais assez idiot souvent pour guetter la porte dans l'attente de son retour ; je savais que la tête me tournait un peu. Quelle merveilleuse rêverie c'était !

C'est Solva qui, je crois, me tira de là.

« Nous venons de rentrer de Maes Corwen, et je ne sais par où commencer ma lettre. D'abord, je m'attendais à un désastre et j'ai trouvé des miracles, écrivait-elle. Ces Indiens sont différents de tous ceux que j'ai connus. Les plus âgés se souviennent de Mère et, quand ils me virent, on eût pu croire que je descendais du ciel. Mon mari prendra sa retraite cette année ; il écrit mal l'anglais, de sorte que je prends la plume à sa place. Il veut que je te dise tout ce qui suit. Les champs sont terriblement appauvris parce que tu as un trop grand nombre de têtes de bétail et trop de moutons qui y paissent. Tu pourrais vendre tous les taureaux, sauf quatre, et toutes les vaches, sauf une trentaine, en gardant les meilleurs spécimens de la race. Tous ont été primés, mon mari en obtiendra le maximum. Il y veillera. Avec cet argent, tu pourras bâtir de nouvelles étables et de nouvelles écuries et acheter des machines. C'est nécessaire. Les Indiens les plus vieux sont près de leur fin et les jeunes s'en vont à la ville. Tu pourrais envisager d'acquérir des appareils de télévision pour leurs domiciles. Pour fixer les jeunes mariés, il faudrait leur proposer une maison neuve entièrement meublée. Je pourrais m'en occuper. Si tu voulais laisser mon mari diriger la ferme lorsqu'il prendra sa retraite, nous pourrions habiter le domaine et en réserver une partie pour toi, quand tu viendras voir comment se développent tes terres. Mon mari désire te dire qu'elles ne peuvent que prendre de l'extension, mais les Indiens n'ont aucune idée de ce qu'est la croissance et se contentent de tout maintenir en bon état. Il y a près de huit cents hectares de terre à vendre de notre côté de la rivière. Oracio dit que le prix du terrain ne baissera jamais. Il conseille d'acheter et ce serait une occasion pour engraisser les moutons. Nous sommes en bonne place dans le territoire et pourrions y introduire un marché aux moutons, les engraisser en te réservant une part. On pourrait planter des pommes de terre, des choux, des laitues et autres légumes pour amorcer le marché. Je ne pense qu'à lui, je le sais, mais Oracio est un homme actif et j'ai peur pour lui lorsqu'il sera à la retraite. J'ai vu tant de ces gens, et des meilleurs, se retirer et baisser de jour en jour pour finir par mourir. Oh, Huw, aide-moi, je t'en prie. Qu'il puisse monter à cheval, et faire des plans, et se servir de son cerveau. Qu'il vive ! Oracio est mon amour. Je prierai pour toi. S. »

Bien entendu, je pouvais entendre Sûs crier : *Oui !* longtemps avant la fin de ma lecture. Je demandai donc à Douglas d'écrire une lettre prudente donnant à Oracio la direction de la ferme, mais avec des restrictions. Je n'avais nullement l'intention de voir les Indiens déménager — ah ! non ! ni de leur imposer un autre mode de vie que celui qu'ils avaient toujours connu.

J'achetai des machines agricoles, les fis expédier et demandai qu'on m'envoyât deux taureaux et trente génisses primés, ainsi que quatre béliers et soixante moutons de race ; lorsqu'ils arrivèrent, on ne parla que d'eux sur le marché. Trop de gens ne savent rien de ce que l'on fait dans le sud de l'Argentine. Trop de gens n'ont aucun respect pour ce qu'ont accompli leurs arrière-grands-pères, et encore moins leurs arrière-grand-mères, et pourtant, c'étaient des gens hors du commun, comme on n'en trouve plus.

Comment le sais-je ?

J'ai séjourné là-bas, je les ai vus, je leur ai parlé, et je sais. Tout comme je sais que ma Mama était pareille à eux, une femme à part, hors de notre époque. Elle se comportait d'une façon différente. Ce temps est révolu.

Les lettres de Solva, toutes les trois semaines, m'apportaient un nouveau soutien. Je pouvais me représenter ma Sûs et ses sœurs dans un calme parfait, près de l'ombre des saules, des eaux vertes de la rivière et de toutes les fleurs que les Indiens avaient plantées et qui promettaient de vivre des années. Je pouvais entendre la voix de Sûs.

Si l'on possède déjà cette joie, il n'en faut pas demander davantage.

Les lettres de Blodwen jalonnaient aussi ma vie. Je ne lui avais rien dit du projet de Gwynaldrod ; semaine après semaine, les plans arrivaient ; un tas de gens écrivaient pour savoir d'où venaient les fonds et s'ils pouvaient avoir du travail. Douglas leur répondait ; je donnai pour consigne d'employer les travailleurs locaux et de ne pas faire venir des troupes d'étrangers.

Une lettre vint de Williams, le petit conseiller. Il avait un fils qui était un modeste entrepreneur en bâtiment. Pourrait-il avoir du travail ? L'hiver approchait et n'importe quoi ferait l'affaire, car, ainsi, il n'aurait pas à congédier ses ouvriers et les enfants iraient à l'école sans avoir faim.

J'envoyai une note à Douglas, lui demandant de donner à Lys des instructions pour que l'homme et ses ouvriers fussent engagés pour n'importe quelle petite besogne et qu'on leur assignât un travail plus important s'ils étaient qualifiés. Ils se révélèrent les meilleurs spécialistes du pays pour le mur de soutènement. Lys leur confia la construction de tous les murs des écoles, des parcs et des terrains de jeux et, quand ce fut fini, elle les employa à d'autres travaux.

Quant à elle, je ne l'avais pas vue depuis ce jour mémorable.

Elle m'écrivit un billet que je lus en rentrant de voyage, mais je n'y attachai pas le moindre intérêt et le laissai sans réponse. Quand nous nous rencontrâmes enfin à son bureau, nous étions comme des étrangers et la voix de Sûs était entre nous. Nous discutâmes de détails. Douglas les consigna par écrit. Nous bûmes une tasse de thé et ce fut tout.

Blodwen commença à amener des amies. Elle venait toutes les deux ou trois semaines et, un samedi, elle désigna un coin du salon et dit :

— Il y a là une place vide !

Exactement les mots que Sûs avait prononcés des mois auparavant.

— Bien ! dis-je. Qu'y mettrons-nous ?

— Un piano, dit-elle, les mains sur ses genoux. Sinon, comment pourrais-je jouer pour vous ? Mais, si vous en prenez un, faites venir les ouvriers. Il faudra le mettre sur une estrade. Le parquet est inégal.

Elle avait raison. Les ouvriers vinrent et, deux semaines plus tard, une estrade d'un joli bois élégant était installée. Le piano, encore emballé, y trônait, comme un empereur.

– Il n'y a rien de mieux dans toute l'Europe ! dit le contremaître tandis que l'accordeur faisait sonner les notes. Si vous avez le moindre ennui, faites-le-nous savoir et nous serons là dans les heures qui suivront. Aucune difficulté !

Blodwen vint dans l'après-midi du vendredi. Je ne lui avais rien dit et elle n'avait rien remarqué. Seul le feu de cheminée éclairait la pièce lorsque Tobey entra avec le plateau du goûter. Je fis signe à Menai de faire de la lumière. Blodwen versa le thé et, en me tendant ma tasse, regarda par-dessus mon épaule.

Elle courut jusqu'à l'estrade, revint me serrer dans ses bras, se précipita vers le piano, se tourna de nouveau vers moi et, levant les bras et criant : « Oh ! », regagna l'estrade, s'assit, fit tourner le tabouret pour le rehausser, ouvrit le piano avec la petite clef, à laquelle elle donna un baiser, et fit courir ses doigts sur les touches.

Tobey et Menai vinrent écouter.

– La seule raison qui me faisait toujours hésiter à venir ici était que je perdais deux jours d'exercice, dit-elle. Cela fait huit jours dans un mois. C'est énorme. Mon professeur n'aime pas ça du tout. Te sera-t-il égal que je fasse des exercices ?

– Égal ? C'est un privilège. Pour quoi penses-tu qu'il soit ici ? Allons, au travail !

Je ne m'étais trouvé près d'un piano que dans le salon, à Maes Corwen, et dans des cafés et des restaurants ; je me promis d'écouter avec plus de respect à l'avenir les gens qui consacrent chaque jour plusieurs heures à faire des exercices sans que personne ne se soucie d'eux. Pour certains, ce n'est que du bruit, mais, pour beaucoup d'autres, une aide dans la solitude. Comme je me sentais seul, j'écoutais le piano plus souvent et cela devint pour moi comme une nourriture.

Blodwen amenait donc des amies de temps à autre, mais je m'arrangeais pour disparaître pendant ces week-ends et leur laissais la maison. Aucune de ces amies, me semblait-il, ne valait la moitié de ce qu'était Blodwen ; je me pris bientôt à penser à elle comme à un peu plus qu'une nièce. Oui, je me pris à réfléchir et cette idée me surprit, comme s'il y avait en moi deux êtres différents : l'un qui parlait et l'autre qui écoutait et s'étonnait.

Un samedi soir, comme je sortais de ma chambre pour descendre l'escalier, elle surgit de la sienne et courut vers l'armoire à linge. Elle ne portait qu'un petit soutien-gorge blanc et un slip. Elle prit une serviette et referma les portes à glissières. Elle me vit alors, se mit à rire, vint mettre ses bras autour de mon cou et m'embrassa sur la joue.

— Comment me trouves-tu ? demanda-t-elle en toute innocence.

— Quelque chose de plus beau ne pourrait être écrit qu'en musique, dis-je, et dans une musique nouvelle !

— Voilà un joli compliment ! dit-elle, s'éloignant en courant. Brrr... j'ai froid !

Je réalisai que je n'étais pas là en un lieu si sûr parce que penser peut nous amener à des actions imprévues.

Ce fut la lettre de Solva qui me décida.

« Te rappelles-tu les Indiens qui ont travaillé pour toi dans la scierie ? écrivait-elle. Je viens juste de recevoir un message de quelqu'un dont je n'ai jamais entendu parler et qui habite la maison où tu as découvert Sûs. Cet homme est venu ici, en route pour le service militaire, et mon mari l'a fait affecter là où il pourra utiliser son expérience des chevaux. Le message disait que, la dernière fois où elle était venue là, Sûs avait promis à l'homme d'envoyer ses filles dans une école. L'une a douze ans et l'autre quinze, ce sont les petites-filles de l'un de tes Indiens. Si tu veux bien me faire connaître ta décision, j'agirai pour le mieux, tu peux compter sur moi. »

Je lui répondis que ce que Sûs avait désiré serait fait. Je lui demandai de trouver une femme digne de confiance parlant anglais pour les prendre chez elle et les dégrossir un peu et, lorsqu'elles seraient prêtes, de me les envoyer pour que je les mette dans une bonne école.

Il est facile de penser et d'écrire, mais agir est parfois difficile.

Je suppose que les deux filles leur donnèrent un travail du diable, car la lettre de Solva respirait la lassitude.

« Huw, suis mon conseil, je t'en prie, laisse-les retourner là d'où elles viennent, écrivait-elle. Mme Meirion Rhys a l'habitude des Indiens. Peut-être te souviens-tu d'elle ? Elle a enseigné dans le Territoire pendant des années avant de prendre sa retraite, mais elle ne peut rien faire de ces deux-là. Elles sont primitives et n'ont rien dans la cervelle. Mme Rhys ne ménage pas le fouet, mais c'est comme si l'on chantait. La semaine dernière, elle a dû aller chez sa sœur, près de Gaiman. Quand elle est revenue le soir, la maison était pleine de garçons. Ils avaient bu du vin et toutes deux étaient nues. Elle nous les a ramenées hier, mais mon mari n'en veut pas ici, de sorte que je les ai mises chez Taikan, le *capataz* *, et sa femme a promis qu'elles ne feraient plus de bêtises. Je pense que c'est dommage parce que, comme les Indiennes, elles sont très jolies et grandes pour leur âge, mais on n'en peut venir à bout. Elles ne savent qu'un mot ou deux de castillan, pas un mot d'anglais et seulement quelques mots de gallois. Elles pourraient se placer comme servantes dans le Territoire, mais il est impossible de les garder ici. Il y a trop d'hommes tout alentour. Tu comprends ce que je veux dire, n'est-ce pas ? Une vraie paire de juments sauvages qui sauteront n'importe quelle barrière pour s'échapper. Que j'aie l'esprit en paix, je t'en prie, et qu'elles retournent chez elles. »

Mais pendant toute la lecture de cette lettre, je pouvais entendre Sûs crier : *Non !* Ce serait non, parce qu'une promesse est une promesse ; et une promesse de Sûs en valait mille. Eh bien, la chance était avec moi.

Dans la soirée, je rencontrai Douglas et ses associés pour des questions de détail concernant une ferme que j'étais en train d'acheter près de la maison, ainsi que d'autres affaires à propos de Gwynaldrod.

– Tout est maintenant réglé, dit Douglas, repoussant les

---

* Sorte de contremaître qui a sous sa surveillance plusieurs subalternes (maçons, ouvriers agricoles, etc.) (N. du T.)

papiers. A propos, connaissez-vous une certaine Weyman Lewis, de Trelew, en Argentine ? Elle est infirmière-major assistante dans un hôpital à Buenos Aires.

— Je connais beaucoup de Lewis, dis-je, mais j'ai séjourné la plupart du temps du côté des Andes. Pourquoi ?

— Elle vient de terminer ses examens ici et va retourner à Buenos Aires. Elle aimerait beaucoup vous rencontrer. Une tasse de thé pourrait lui en donner l'occasion.

Nous prîmes donc le thé ensemble. C'était une grande et belle fille aux cheveux roux. Je connaissais son père et sa mère, qui avaient une ferme près de Dolavon ; nous étant promenés jusqu'à la maison, elle fut surprise de voir que tout était en bon ordre et que rien ne clochait.

— Je n'aime pas voir les bêtes courir partout, dis-je. Toutes doivent être à leur place, sauf les poules, qui peuvent picorer où elles veulent. Les œufs n'en sont que meilleurs. Je me plais à voir quelques poulets autour de moi. C'est toujours réjouissant !

— Vous m'avez donné le mal du pays ! dit-elle. Et ces canards ! Chez nous, c'est un lieu de migrations. Quelles couleurs merveilleuses ! Je n'ai jamais été plus heureuse qu'ici, dans le pays, veux-je dire. J'espère que ma sœur y sera aussi heureuse que moi. Elle sera là à la fin du mois pour préparer les mêmes examens.

— Attendez donc ! m'exclamai-je. Pourrait-elle amener deux filles avec elle ? Prendre soin d'elles ? Toutes les dépenses seront remboursées, naturellement !

Je lui montrai les lettres de Solva, les lui lus toutes, les rangeai et ôtai mes lunettes.

— Je connais le genre, dit-elle doucement. Prises trop tard et incorrigibles. Nous avons essayé de les dresser. Pour la plupart d'entre elles, si elles n'ont pas un Blanc pour père, c'est impossible. Si vous les faites venir ici et qu'il faille les renvoyer, ce serait pire parce que la vie ici est meilleure. Elles auront une vie gâchée. Si vous les laissez là-bas, elles la gâcheront à leur manière et épouseront peut-être un péon. Mais ce sera leur lot et personne ne s'en sera mêlé. Si elles suivent des cours, que feront-elles plus tard ? Elles ne pourront retourner parmi les leurs. Si elles n'étudient pas, elles seront toujours des étrangères, n'est-il pas vrai ? Que feront-elles en Argentine ? Ou n'importe où ? Dois-je vous le dire ? Ou le savez-vous ?

On accepte tout, sauf les bons conseils.

Je télégraphiai à Solva pour l'établissement des passeports. Weyman Lewis télégraphia à sa sœur, Rhian, et les filles furent cueillies et expédiées par avion de Trelew à Buenos Aires, où elles passèrent la nuit, et, de là, à Londres. Lorsque j'allai les attendre à Heathrow, je vis, au visage de Rhian, qu'il y avait eu des complications.

— Pour le moment, elles sont au centre médical avec l'infirmière de l'aéroport, dit-elle dans son anglais académique de Trelew. Toutes deux ont été terriblement malades pendant le vol. On leur a donné un calmant pour les faire tenir tranquilles. Cette lettre est pour vous. Mes amis sont là-bas et je vous prie de m'excuser.

— Attendez ! dis-je. Et les dépenses ?

— Il n'y en a pas, dit-elle. Ce n'est rien, merci !

Elle n'était que trop contente de s'en aller. Comme si j'avais des boulets attachés aux pieds, je parvins au centre médical. L'infirmière me regarda comme si je venais d'un autre monde.

— Le docteur est auprès d'elles, dit-elle. Le consul d'Argentine a été appelé. Leurs papiers ne sont pas en règle. Je le regrette, mais il vous faudra attendre.

J'attendis. Tobey était avec moi pour m'aider ; tout ce qu'elle fit fut d'apporter des tasses de café pour nous deux, puis le docteur entra avec un autre homme.

— Voici le consul d'Argentine, dit-il. Je suis médecin du Service de la Santé. Je ne crois pas pouvoir donner à ces jeunes filles l'autorisation d'entrer. Il y a trop d'irrégularités dans leurs papiers !

— Je demande qu'on les renvoie à Buenos Aires ! dit l'autre homme. Les règlements ne sont pas respectés. On n'en tient aucun compte. Quelqu'un doit être tenu pour responsable. Elles n'ont aucun certificat international de bonne santé. Comment est-ce possible ?

— Je le regrette, dit le docteur, me regardant. Êtes-vous un parent ?

— Non. J'ai simplement offert de les envoyer à l'école.

— A l'école ? dit le consul. *A l'école ? Ces deux-là ? Ici ?* Elles ne parlent même pas leur propre langue !

— Laissez-moi vous expliquer, dis-je avec patience.

— Les faits parlent par eux-mêmes, dit le consul. Premièrement, elles sont mineures. Deuxièmement, il n'y a aucune autorisation parentale ou autre. Troisièmement, leurs papiers ne sont pas en règle !

— J'ajouterais un autre fait, dit le docteur. Leur situation médicale est suspecte. Toutes deux portent des marques d'impitoyable flagellation. Ne savez-vous rien à ce sujet ?

— Comment le saurais-je ? dis-je. J'étais ici !

— C'est vrai, dit le docteur. Bien. A moins qu'une forte pression ne soit exercée — et je ne vois pas laquelle — je ne signerai pas le permis d'entrer. Voilà tout !

— Je vous approuve, dit le consul. Il y a déjà tant d'irrégularités que je ne puis sanctionner ! Après tout, il y a un règlement, n'est-ce pas ? Pour moi, elles partent ce soir.

— Je suggérerais une nuit de repos ici et un traitement médical, puis elles pourront partir dans la matinée, dit le docteur.

— Qui paie les frais de voyage ? demanda le consul.

— Elles ont des billets de retour, dis-je.

Je pensai alors à Sûs et me demandai ce quelle eût dit ; j'eus tôt fait de le savoir. Elle eût jeté les deux hommes à terre s'il l'avait fallu, les deux jeunes filles seraient sorties de là. Mais j'appartenais davantage à la vie civilisée. Lutter contre les lois et les règlements n'était pas mon fait. Qui sont les plus sages, les Indiens sans règlements ou nous avec les nôtres ? Il est difficile de le dire. Sans règlements, tout est possible, même d'arracher deux jeunes filles à l'estampille officielle. Avec les règlements, n'importe quel imbécile pourvu d'un cachet est le Seigneur-Dieu en personne, et il le sait.

Les jeunes filles rentrèrent chez elles et je reçus une lettre de Solva.

« Elles se sont sauvées de l'endroit où on les avait emmenées et je ne sais où elles sont maintenant, écrivait-elle. J'ai appris de Zuri, la femme de Taikal, ce qui était arrivé. Taikal a pris une bride de cuir et les a fouettées, au point de les laisser inanimées en travers du lit. Deux jours plus tard, il a recommencé et, deux jours après, il en a fait autant pour les mettre en état d'aller avec Rhian à Buenos Aires ; il leur a dit que, si elles leur donnaient encore du tracas, il les battrait si bien qu'elles ne pourraient plus jamais marcher. Mon mari dit que c'est la seule façon de procéder avec ce genre de filles et l'unique moyen qu'ont les Indiens de tirer d'elles un peu de bon sens. J'ai réfléchi à propos de la libération des femmes. La libération de quoi ? Pour faire quoi ? La ferme est merveilleuse. Un rapport de mon mari viendra plus tard. Affectueuses pensées de nous tous.

S. »

C'était la fin de cette affaire. Mais je ne cessais d'entendre Sûs dire : *Non !*

Il était clair que les jeunes filles avaient reçu des permis pour prendre l'avion parce que le général était intervenu ; je lui écrivis pour lui demander son avis sur ce qui pourrait être fait pour les Indiens en général, garçons et filles. Solva, bien entendu, m'écrivit à sa place, mais, dans chaque mot, je pouvais entendre Oracio.

« Si on les prend en bas âge, *on peut faire beaucoup*, soulignait-elle. L'Église en donne la preuve. Nombre d'entre eux sont arrivés à de bonnes situations. Mais ce sont des exceptions. Ils restent toujours primitifs. Ils ne sont chez eux que dans la simplicité des pampas, des lieux sauvages. Une école est pour eux une prison et notre enseignement n'est pour eux qu'un moyen supplémentaire d'en faire nos esclaves. Tout Indien, garçon ou fille, travaillant dans une ferme gagne sa nourriture et de l'argent, mais, à l'école, ils ne gagnent rien et, bien entendu, leurs parents en éprouvent de la rancœur. Leur façon de penser est différente. Je crois que si nous pouvions avoir assez de terres éloignées dans le Territoire, et, par la loi, en faire une réserve où ils pourraient construire leurs *toldos*, vivre à leur guise et se consacrer à leurs propres travaux manuels, un grand pas serait fait vers la civilisation. Les femmes pourraient tisser au métier des couvertures et des ponchos et teindre leur laine. Les hommes sont passés maîtres dans le travail du cuir. Nous devrions encourager ces arts de base. Mais ni missionnaires ni activité religieuse d'aucune sorte. Des écoles pour ceux qui en réclament, mais pour les seuls volontaires. L'enseignement ne devrait jamais être obligatoire. Envoyer ici un ou deux enfants à l'école par-ci, par-là est pire qu'inutile. Ils ne forment pas de catégories, ce sont des créatures à part. Souviens-toi qu'ils restent toujours des sauvages. Cela éclate au moment où l'on s'y attend le moins. Tout ici est splendide. Affectueuses pensées.

S. »

Je répondis par quelques lignes pour demander pourquoi Oracio n'avait pas exposé l'idée à son président, et Solva m'écrivit une phrase en retour. « La terre est une question de politique. Pourquoi donner des terres aux Indiens quand l'argent est dans les moutons ? Un peu de bon sens, mon garçon. Affecteuses pensées.

S. »

C'est de cette façon qu'on passe à côté de son devoir.

Cependant, je reçus un choc ce lundi-là.

Rhodrick conduisit des béliers et des brebis au marché, en obtint d'excellents prix ; nous allâmes jusqu'au salon de thé boire une bonne tasse de thé et un peu d'alcool pour nous remonter. Nous venions de nous asseoir lorsque quatre grands nigauds entrèrent, cheveux tombant jusqu'aux épaules, une ombre de moustache à la lèvre, portant des vêtements de cow-boy, des chaînes autour du cou – un bel assortiment, en vérité. Ils se mirent à parler bruyamment, feignant d'être des Américains et me donnant ce froid dans le dos que j'éprouve toujours quand un idiot essaie d'être quelqu'un d'autre que lui-même. Il n'y a rien de pis qu'un idiot prétentieux. Des idiots, il y en a, Dieu merci, et ils vous font rire parce qu'ils sont dans la note, se conduisent honnêtement et ne vous laissent aucun doute. Mais l'idiot prétentieux s'apparente à la brute qui tente de faire d'elle quelque chose de plus qu'elle n'est – furieuse en son for intérieur de savoir à l'avance qu'elle ne sera jamais qu'elle-même.

Ce spectacle me frappa, car à quoi bon essayer d'aider les Indiens dans les Andes quand nous avons tant à faire avec nos « Indiens » à nous et que nous n'y pouvons rien ?

— La pire chose que nous ayons jamais faite est d'avoir supprimé le service militaire, dit Rhodrick. Deux ans avec la botte d'un sergent-major derrière vous, ça donne des leçons pour toute la vie. C'est ce qui nous manque. Ce que nous avons maintenant, ce sont des bougres comme ceux-là. Ils ne sont utiles à personne. Ils apprendront à vivre ? Quand ils crèveront de faim. Mais il sera trop tard. Inutile !

Nous avions bien des choses à apprendre !

Nous avions des champs de pommes de terre nouvelles à désherber et beaucoup de travail avec les choux-fleurs, les oignons nouveaux, les tomates de serre et les choux, et la main-d'œuvre était rare. Rhodrick le fit savoir. Les même types d'« Indiens » se présentèrent et accomplirent une bonne besogne.

Le deuxième jour, pour les préparer à l'assado, après le travail, je leur appris à découper le mouton grillé et à le manger sur une tranche de pain. Puis ils chantèrent en s'accompagnant de leur guitare. Pour moi, il n'y avait rien à redire. Le vin circula, ce fut une bonne soirée.

Le lendemain soir était un vendredi. Blodwen arriva vers huit heures, juste à temps pour l'assado. Je lui montrai comment découper le mouton sur le gril. Elle apprit cela comme une fille du Chubut, but du vin sous les acclamations des « Indiens », mais, lorsqu'ils jouèrent de la guitare, je vis qu'elle était agitée.

— Je voudrais pouvoir jouer pour eux ! murmura-t-elle. Il y a là beaucoup de talent !

— Demain. Laisse-les finir leur travail et tu les amèneras dans la maison, dis-je. Le travail d'abord, n'est-ce pas ?

Le lendemain, il y avait encore plus de filles et de garçons. Les champs étaient désherbés et tout était prêt, cela seulement grâce à la promesse d'un assado pour lequel tous apportèrent un bon couteau. A la fin, je fis un signe de tête à Blodwen, qui leur dit d'ôter leurs bottes et d'entrer dans la maison.

Tobey avait enlevé des tables toute l'argenterie et je me mis à rire.

— Un tas de voleurs ! dit-elle en faisant de gros yeux. Voulez-vous perdre tout ce que vous avez acheté ?

— Allons, ma fille, dis-je. Vous verrez !

Certains d'entre eux jouèrent de la guitare et chantèrent. Je ne suis pas un fervent de la guitare. Ce ne fut là qu'un gratouillement de cordes, rien de plus, puis des chansons aux paroles dénuées de sens quelquefois, sur un accord. Du bruit, oui. De la musique, non. La différence réside dans la connaissance, ce qui est une question d'étude.

Quand tout le monde fut assis sur le parquet, Blodwen se mit à jouer. C'était là la différence, celle d'une époque sur l'autre.

Mais où commençait la nouvelle époque ?

Applaudissaient-ils parce qu'elle jouait si merveilleusement ou à cause de l'effet de la musique ?

J'étais assis dans un coin éloigné. Je regardais Blodwen au piano.

Je n'étais pas loin d'elle, et certes très proche d'eux dans leurs sentiments et leurs applaudissements, mais je me demandais pourquoi ils criaient.

— Était-ce le jeu ou la musique ? lui demandai-je alors qu'elle était fatiguée ce soir-là.

— Peut-être était-ce un peu des deux, me répondit-elle. Il y a tant de sortes de fervents de la musique ! Peu importe. Pourquoi s'en soucier ? Pour moi, qu'on la tire du piano si l'on veut. Et si l'on peut. Et si elle vient d'un orchestre, n'est-ce pas la même chose ? C'est merveilleux !

— Mais une question sérieuse se pose, lui dis-je. Est-ce la musique ? Ou la façon dont elle est jouée ? Ou celui qui joue ? Ou celui qui dirige ? Un homme s'assied dans sa belle simplicité et écrit de la musique sur des feuilles de papier. Un autre prend les feuilles, rassemble des musiciens, lit et joue. Est-ce là ce que désirait l'homme qui était assis ? La poésie peut paraître différente dans des bouches différentes !

Je lui posais la question parce que je voulais savoir ; je croyais qu'elle y pourrait répondre, mais elle n'en avait aucune idée ; elle me dit qu'elle n'y avait jamais réfléchi.

— Mais qu'est-ce que la musique ? lui demandai-je.

— C'est ce que l'on peut entendre. C'est le son, n'est-ce pas ?

— Mais tous les sons créent-ils de la musique ?

— Je crois que oui. Ce sont des machines qui ont produit les sons musicaux de tout à l'heure. Des sons composés électroniquement.

— La musique est-elle donc tous les sons qui vous entrent dans les oreilles ?

Elle fronça le sourcil, détourna les yeux et sourit.

— Je n'y ai jamais pensé sous ce jour, dit-elle. Cela me paraît ne rimer à rien. J'achète de la musique, je paie pour qu'on me l'apprenne et j'essaie de jouer comme on me l'a enseigné. Les gens ont envie de m'écouter ou non. Ce que sent le compositeur est dans la partition, n'est-ce pas ? Quant à ce qu'est la musique, il doit y avoir des milliers d'explications et aucune d'elles n'est tout à fait satisfaisante pour chacun de nous, je suppose. Mon professeur dit toujours : « Taisez-vous et jouez. » Penses-tu aux chants de ce soir ?

— Aux chants ? Il n'y avait pas une voix dans tout le tas !

— Une voix n'est pas nécessaire. Ce sont des chansons traditionnelles à la chaîne. Du pop industriel ? Cela dépend du sentiment plus que de n'importe quoi. C'est la voix des nécessiteux. Les paroles des illettrés, les rues pauvres. Mais elles ont, elles aussi, leur poésie. La guitare leur donne forme. Elle les maintient dans la note. N'as-tu pas aimé ces chansons ?

— Elles me sont étrangères, dis-je. J'ai été élevé dans le chœur. Il nous fallait *chanter*. Celles de ce soir n'étaient qu'un bourdonnement !

— Moi, je les ai aimées, dit-elle en riant. Tu ne vas pas devenir un vieux monsieur, j'espère. Mais tu es merveilleusement démodé à certains égards. C'est plutôt charmant. Je n'aimerais pas te voir autrement !

Cette petite conversation me resta en mémoire, car elle m'incita à m'examiner d'un peu plus près et à en tirer des leçons. La première fut que d'avoir assimilé les jeunes d'à présent aux Indiens était erroné. Je les avais vus travailler et ils faisaient un aussi bon travail que les autres. Je les avais vus jouer. Bien qu'ils ne fussent pas plus de quarante, je sentais que je pouvais fonder mon opinion là-dessus. Et, à ma grande surprise, je dus convenir que les jeunes de mon temps n'avaient pas une meilleure nature ni un meilleur comportement.

Et quant au « vieux monsieur », il me fallut aussi y réfléchir. Puisque j'étais démodé, j'allai chez le tailleur me faire faire des costumes neufs. Les miens dataient de plusieurs années, je dis à Menai de les donner à n'importe qui.

— Mais, monsieur Morgan, ils sont presque neufs ! susurra-t-elle. Il n'y a pas un point à faire, pas un seul bouton à recoudre !

— J'en veux d'autres. Ils pourront rendre service à quelqu'un.

Tobey vint aussitôt après. Sans me regarder, elle se tordait les mains.

— Monsieur Morgan, il faut que je vous le dise, dit-elle en se forçant à parler, je vais me marier !

— Oh, mon Dieu ! m'exclamai-je. Quel dommage !

— Eh bien, il est temps de fonder une famille, n'est-ce pas ? Je partirai à la fin du mois. Menai n'aura pas de mal à trouver des aides. Ou voulez-vous que je vous en amène quelques-unes pour vous permettre de choisir ?

— Non, dis-je. C'est Menai qui aura à travailler avec elles. C'est à elle de choisir.

— J'habiterai à Caernarvon une jolie petite maison. Mon fiancé a une bonne place à la mairie et nous avons vraiment de la chance, dit-elle en s'animant. Et ces costumes, que vous venez de donner à Menai, lui iraient merveilleusement. Puis-je les prendre pour lui ? Pour une fois, il aurait l'air d'un monsieur.

— Prenez-les. Qu'aimeriez-vous comme cadeau de noces ?

— Oh, monsieur Morgan, un appareil de télévision serait merveilleux ! dit-elle vivement, comme si elle avait la réponse sur le bout de la langue.

Puis elle se mit à rire.

— Oh, merci, sir ! Alors, un bel appareil ? Vous avez toujours été très bon pour moi. Que pourrais-je faire de spécial pour le thé ? Et puis-je avoir ma soirée ? Mon fiancé m'emmène chez lui. Il faut beaucoup de temps pour rentrer, voyez-vous, et les autobus s'arrêtent de trop bonne heure.

Certes, c'était là un petit choc. Menai m'en réservait un plus grand ; il me fallut lui demander de répéter ce qu'elle venait de dire sur le seuil, et non à voix basse.

— Je ne peux pas rester ici toute seule ! dit-elle distinctement. Tout le monde bavarde. Des jeunes filles dans une maison où vous êtes le seul homme, et des hippies qui ont toute la maison pour eux !

— Vous savez que ce n'est pas vrai !

— Empêchez les gens de parler, dit-elle. C'est pour ça que Tobey se marie. Sinon, elle serait restée. Elle me l'a dit. Mais elle ne peut même pas faire les courses sans entendre parler de ce qui se passe ici !

— Qu'est-ce donc qui se passe ici ? lui demandai-je.

Elle haussa les épaules et se détourna.

— Je ne peux pas rester ici plus longtemps sans elle ! reprit-elle. J'aurais une mauvaise réputation et qui m'épouserait ? Seulement un imbécile !

— Partez quand vous voudrez, dis-je. Je ne savais pas que les gens pensaient maintenant de cette façon. Quand voulez-vous partir ?

— J'ai fait mes bagages et je suis prête. Puis-je avoir mon argent maintenant ?

Je l'avais toujours prise pour une fille tranquille, mais elle se révélait presque impertinente, avec une langue un peu trop déliée.

— Allez voir M. Douglas Gough pour vos gages et vos certificats, dis-je en jetant un coup d'œil à ma montre. Je vais lui téléphoner pour lui annoncer votre venue. Eh bien, filez !

Ce fut un choc de plus avec Douglas.

— Bah ! je m'y attendais, dit-il. Nous en sommes encore à ce qui se passait il y a cent ans. Les gens sont toujours les mêmes. Les vêtements, les chaussures, ce genre de choses, oui, ça se modifie ; mais, fondamentalement, les gens ne changent pas, à quelques exceptions près. On dirait que c'est ancré en eux. Le puritanisme, je veux dire. Allons, je connais deux braves femmes qui cherchent justement ce genre de travail. Dois-je vous les envoyer dans la matinée ?

— Mme Frew, une veuve, et Mlle Rampole étaient toutes deux âgées d'une trentaine d'années. Il émanait d'elles quelque chose de net et d'agréable. Je les engageai tout de suite. Elles étaient exactement ce dont la maison avait besoin. Pas d'innovations absurdes. Avant la fin de la semaine, j'étais fixé.

Je tentai de leur parler des commérages locaux, mais Douglas m'avait devancé.

Aucune d'elles n'avait le moindre soupçon.

— Que cela ne vous tourmente pas, monsieur Morgan, dit Mme Frew. Nous sommes assez grandes pour nous débrouiller. Ce n'est pas notre voisinage. Laissez-les donc bavarder !

— Nous leur ferons savoir ce que *nous* pensons si nous entendons des absurdités ! dit Mlle Rampole. Nelly et moi avons travaillé ensemble pendant deux ans ; nous allions faire les commissions, de sorte que nous savons presque tout ce qui se passe. Ils n'ont aucune raison de parler ainsi. A propos, sir, je m'appelle Cress.

Je me demandai ce que penserait Blodwen. Elle était, elle aussi, tout à fait sereine.

— D'abord, la maison est infiniment plus propre, dit-elle. Ce sont des détails qui échappent aux hommes, mais que les femmes remarquent. Et la cuisine est bien meilleure. Je ne voulais rien dire avant, mais je n'étais jamais à l'aise avec ces deux-là, et elles ne *m*'aimaient pas.

— Mais Tobey te traitait de princesse ! dis-je.

— C'était de la foutaise ! dit-elle. Au moins, le piano et l'estrade sont astiqués convenablement, comme je leur ai montré. Et mon lit est fait comme il faut. C'est déjà quelque chose !

Voilà comment on s'instruit.

Le professeur Stansthorpe m'envoya un billet pour me prier de passer le voir, si je le voulais bien, en consultation. J'y allai. Après un examen de ma vue, il repoussa l'appareil et sourit.

— Cette maladie des yeux est extrêmement contagieuse. J'étais assez inquiet. Grâce à Dieu, il n'y en a aucun signe. De fait, pour votre âge, votre vision est remarquable. Vous êtes, je crois, gérant majoritaire à Gwynaldrod ?

— Oui, dis-je, comprenant que j'avais été appelé pour cela et que ma vue n'était qu'un prétexte.

— J'apprends que vous avez des ennuis avec les services hospitaliers du ministère de la Santé et autres, dit-il. Je ne veux pas avoir l'air de tenter de m'immiscer là-dedans, mais puis-je vous faire une suggestion ? La région est parfaitement bien desservie en hôpitaux répartis dans les villes avoisinantes. Ce qui nous manque, c'est un hôpital où l'on soigne exclusivement les yeux. Mon équipe doit prendre des dispositions pour se rendre un jour ici, un autre là ; ce qui est souvent diablement embêtant. Un endroit à nous à Gwynaldrod serait parfait. Si je pouvais vous en persuader, je ferais le nécessaire auprès du ministère et des autres instances.

Je pouvais entendre le *Oui* de Sûs.

— C'est entendu, dis-je. Parlez-en à l'architecte. Expliquez-lui ce qu'il vous faut et je verrai M. Gough. Vous aurez besoin d'un équipement spécial et d'un tas d'installations, n'est-ce pas ?

— Laissez-moi vous assurer que je vous suis extrêmement reconnaissant, monsieur Morgan. Lys Machen est une femme absolument extraordinaire. Tout ce qu'elle touche naît à la vie. A propos, je suis heureux qu'elle ait enfin trouvé l'homme qui lui convient.

— Moi ? dis-je, me redressant sur mon siège.

— Vous, oui, en tant que machiniste dans la coulisse, dit-il en riant. Mais je veux parler de l'homme qu'elle va épouser. Vous ne saviez pas ?

Je le regardai fixement.

— Non. Mais quoi qu'il arrive, je serai toujours le dernier à le savoir !

— Oh ! dit-il, c'est l'ingénieur du comté.

S'il avait sorti un revolver de son tiroir et m'avait envoyé une balle entre les deux yeux, je n'aurais pu être plus consterné. Cet homme déambulant avec sa pipe, contemplant tout ce travail gâché, le sien, un peu tremblotant, et *elle* ? De nouveau, je pensai qu'il devait y avoir en chacun de nous quelque chose qui fonctionnait mal. D'abord dans les yeux, dans notre façon de voir.

Je me posai des questions sur ma façon de le voir — qui n'était pas celle de Lys.

Nous devons tous choisir.

Mais...

Grand Dieu !

Lui ?

Je rentrai tard dans l'après-midi. Cress me dit que Blodwen avait téléphoné de Heathrow ; elle voulait savoir si elle pouvait amener quelqu'un pour le week-end.

— Pourquoi le demander quand elle sait que ça ne pose pas de problème. Qu'avez-vous dit ?

— Elle téléphonera de nouveau à six heures, dit Cress. Je pense qu'il s'agit d'un homme !

Chose embarrassante, en effet.

Au premier étage, il y avait la grande chambre à coucher, puis une chambre plus petite avec une salle de bains, et, de l'autre côté, un cabinet de toilette, une salle de bains, et la chambre avec salle de bains que Blodwen prenait toujours. Il y avait des chambres d'amis au second étage, mais inutilisées. Je n'envisageais pas de faire dormir un homme dans la chambre contiguë à la mienne, ni, d'ailleurs, en quelque autre endroit de la maison.

Lorsqu'elle me téléphona d'un « pub » en ville, elle répondit carrément à ma question :

— Eh bien, oui, c'est un homme. Mais il peut dormir en bas sur le divan. Nous ne voulons pas faire d'histoires, pour l'amour du ciel !

— Il n'y aura pas d'histoires, dis-je. Mme Rhodrick a une chambre d'amis. Je lui demanderai de...

— Non, non ! gémit-elle. Il pourrait dormir dans ma chambre. Quel mal y a-t-il à ça ?

— Il y en a plus que tu ne crois. Cela donnerait raison aux commérages.

— Oh, ne te tourmente pas ! cria-t-elle. Nous irons à l'hôtel.

Je lui écrivis une lettre d'explication, mais je n'entendis pas parler d'elle pendant des semaines. Puis je reçus une lettre de son professeur, à Heidelberg ; il me demandait où elle était ; le trimestre allait prendre fin, il désirait savoir si elle reviendrait pour le suivant. Il me fallut lui répondre que je n'avais aucune idée de l'endroit où elle se trouvait ; je le priai, pour le cas où il apprendrait quelque chose, d'avoir l'obligeance de me le faire savoir.

Des Indiens, vraiment !

Rhodrick ouvrit de grands yeux le jour où, par une froide matinée, je lui dis dans l'écurie que j'étais inquiet au sujet de Mlle Blodwen.

— Elle me manque, dis-je.

— Mais elle n'est pas bien loin, répondit-il, s'appuyant sur la fourche à foin. Ne le saviez-vous pas, sir ?

Je suppose que j'écarquillai les yeux, complètement ahuri.

— Je ne sais rien ! Si vous savez quelque chose, parlez !

— Eh bien, dit-il avec difficulté, tout le monde l'a su durant ces dernières semaines.

— Su quoi ? lui demandai-je, irrité.

— Mais... où elle est, répondit-il, comme si j'étais injuste. Elle est en ville avec les hippies. Elle joue du piano pour eux. La salle est pleine tous les soirs. Oui, ils font fortune.

Je sortis pour sentir le vent frais sur mon visage, respirer, puis j'allai tout droit à la cuisine. Mme Frew, qui coupait des carottes, leva les yeux. Je l'interrogeai.

— Nous l'avons su dès le premier soir, dit-elle. Le soir où elle n'est pas venue ici.

— Pourquoi ne pas me l'avoir dit ! hurlai-je. Croyez-vous que j'aurais pu permettre une chose pareille ?

— Mais nous pensions que *vous* étiez d'accord ! Cela continuait soir après soir. Ils passeront à la télévision dans deux semaines. Le groupe le plus « in », voilà comment on les appelle !

– Le quoi ? eus-je la force de demander.

– Le plus nouveau, si vous voulez, dit-elle. Je ne les ai pas entendus. Ça ne m'intéresse pas.

– Je ne voudrais pas me déranger pour ça, dit Cress. Du bruit !

Je téléphonai à Douglas Gough. Il me dit que tout le monde parlait du nouveau groupe de la salle de danse, ainsi que de Blodwen. On disait qui elle était, on racontait comment elle vivait : dans une roulotte en dehors de la ville, ce qui causait un vrai scandale.

– Vous savez ce que c'est, dit-il. Là aujourd'hui, demain ailleurs. Ils semblent gagner de l'argent, je dois le dire. Le propriétaire de la salle est l'un de mes clients. Il désire prolonger leur contrat, mais ils sont ambitieux et il ne peut se permettre de les payer davantage. Je crois que la présence d'une pianiste fait venir plus de monde.

– Pourquoi donc ? demandai-je, en colère.

– Un genre nouveau attire la foule. Les gens paient simplement pour écouter. Ils prennent aussi des consommations. Ça marche !

– J'irai là-bas ce soir, déclarai-je. Elle est ma nièce. Je dois faire tout mon possible. Elle ne peut continuer à mener cette sorte de vie !

– Elle s'en est très bien tirée jusqu'ici. Mais soyez prudent. Ils peuvent se comporter comme des brutes – ceux qui sont avec elle, je veux dire !

La brutalité est une chose que je connais assez bien. J'emmenai donc Rhodrick et quelques-uns des hommes les plus forts avec moi, à tout hasard. Je payai à l'entrée et me frayai un chemin parmi une foule dont la densité me surprit. La salle était assez sombre. Les chaises étaient placées le long des murs ; il y en avait deux rangées au fond. Des couples traînaient les pieds sur le parquet. La musique venait du fond de la salle, éclairé par des lumières violette et rouge. De gros globes au plafond ne cessaient de tourbillonner, projetant des taches de couleur. Les voix plaintives s'élevaient, accompagnées par les sons de la guitare, les accords du piano et maints autres bruits, comme celui de la batterie.

Blodwen, vêtue d'une robe d'un ton cuivré et ornée de petites perles qui reflétaient diverses couleurs, était assise derrière un piano à queue. Elle était entourée d'un piano droit sur le côté, d'un autre derrière elle et d'une harpe, un magnifique instrument. Elle jouait de façon vraiment admirable lorsque, se tournant vers le piano droit, elle m'aperçut. Elle s'arrêta un instant, sourit et continua de jouer.

Les gens dansaient par centaines. Je n'aurais jamais imaginé un tel spectacle. Certains d'entre eux semblaient se livrer à un assaut de boxe, même les femmes, d'autres à des pirouettes de singes. J'ai dansé dans ma jeunesse, mais j'aurais eu honte d'être là me livrant à ces cabrioles. Les Indiens ont une danse qui peut nous paraître étrange, mais elle leur est naturelle et ils y déploient une grâce simple qui leur est propre. Même un fruste gaucho connaît à sa manière le tango, et c'est merveilleux. Les plus jolies danses que j'aie jamais vues avaient lieu dans les fermes de moutons, après une tonte. Dai Bando les appelait des gambades désordonnées ; je me mis presque à rire en pensant à ce qu'il dirait s'il était là. Quant à la réaction de mon père, mieux vaut n'en rien dire.

Blodwen plaqua un accord et la musique cessa. Elle descendit les marches et vint à moi, mais sans m'embrasser, avec le sourire de quelqu'un qui s'adresse à vous par-dessus une palissade.

— Eh bien, tu m'as enfin trouvée ? dit-elle, mais sans la vivacité d'autrefois. Je pensais que tu serais venu plus tôt !

— Je n'ai été mis au courant qu'il y a deux heures. Si je n'avais pas dit que tu me manquais, je suppose que je ne saurais toujours rien. Tu savais que je me tourmentais, n'est-ce pas ? J'ai reçu une lettre de ton professeur. Tiens !

Elle la regarda et la repoussa presque d'une pichenette.

— J'en ai fini avec tout ça, Dieu merci, dit-elle. Nous partons d'ici la semaine prochaine. Nous faisons une tournée en Europe, de sorte que je pourrai aller le voir. Ne te tourmente pas pour moi. Je fais exactement ce que je veux.

— Et ta carrière ? lui demandai-je, essayant de me faire entendre dans le vacarme du bar.

— Elle est ici, dit-elle, tournant la tête vers l'estrade et les guitares aux reflets dorés et argentés. Ne t'inquiète pas au sujet de l'argent. J'en gagne beaucoup plus que je n'aurais jamais pu l'imaginer. Dans quelques semaines, je viendrai payer mes dettes. Je voudrais reprendre mes propriétés. Ce sera un endroit agréable pour s'y reposer. Si jamais nous en trouvons le temps !

– Bien, bien, dis-je avec impatience. Voilà donc ce qui remplacera ta carrière de concertiste ? Je me demande ce qu'eût dit ta pauvre Mama ?

– Je vais te le dire ! s'écria-t-elle, baissant la tête. (Ses yeux me rappelaient beaucoup l'expression d'Olwen.) Au cours de l'une de nos dernières conversations, elle m'a recommandé de ne jamais prendre un chemin qui passe par la pauvreté. Va où il y a de l'argent à gagner. N'essaie pas d'enseigner. Tu n'en tireras pas grand-chose. Ne gâche pas ta vie comme j'ai gâché la mienne. Trouve la voie où l'on dépense le moins et où l'on gagne le plus. La musique, oui. Mais sois prudente avec la musique. Mieux vaut la plus médiocre !

– Elle a eu une bonne élève ! m'exclamai-je.

– C'est exactement ce que je voulais dire.

Le tambour frappait quelques coups, pour rappeler les musiciens du groupe.

– C'était là ce que j'attendais, reprit-elle. Je t'ai toujours été reconnaissante de ce que tu as fait pour moi. Mais je ne pourrai jamais te remercier assez pour m'avoir fait rencontrer Jon et ces garçons. J'étais ce dont ils avaient besoin. L'apport du piano et des arrangements. Voilà pourquoi je gagne de l'argent. Je ne serai jamais dans le pétrin. Il faut que je m'en aille. Je te verrai dans un mois ou deux.

– Est-ce que tu vas te marier ? lui criai-je tandis qu'elle s'éloignait.

– Oh ! Me marier !

Me regardant par-dessus l'épaule, elle se mit à rire.

Le barbu à la guitare plaqua trois accords et tout recommença.

– Le monde a changé, dis-je à Rhodrick une fois dehors. Les singes ne sont plus en cage !

– Bah ! on dit que nous descendons du singe. Quoi d'étonnant si nous y retournons ?

Désappointement est un mot vieux et fort, on sait ce qu'il veut dire. Mais si on s'en empare, si on cherche à le comprendre et à s'en consoler, il reste un mot qui n'explique en rien votre douleur, dans la tête ou ailleurs dans votre for intérieur, cette sorte de brûlure que l'on peut toucher, qui fait mal et ne guérira jamais. Le temps n'y fait rien. Cette désespérance qui vous enserre lorsqu'on doit abandonner l'image de perfection que l'on s'était faite de quelqu'un, ou quand le sens d'un rire joyeux est dénaturé par des êtres vils, non, le temps ne fera rien pour vous en délivrer. Aussi longtemps que vous pourrez penser, la déception subsistera.

Il en était ainsi pour moi à propos de Blodwen. Plus d'une fois, j'eus envie de saisir la hache et de démolir le piano, le tabouret et l'estrade pour en jeter les morceaux au feu, de les brûler avec toutes les partitions, mais j'en fus empêché par la pensée d'Olwen. Si j'avais su qu'elle était dans la misère, j'eusse pu faire beaucoup pour elle. Mais, sans une seule lettre d'elle pendant toutes ces années, j'étais sourd. Et la Patagonie est un excellent endroit pour vivre sourd. J'avais seulement vu ma Mama l'allaiter, sa toute dernière, comme elle disait. Maintenant, sa fille était dans le dernier groupe « in ».

Je lus des comptes rendus dans les journaux sur le groupe, des articles sur Blodwen et ses études de musique classique. Rhodrick me dit avoir vu toute l'équipe à la télévision ; ils passaient très bien ; ils étaient en tête des recettes, malgré ce qu'ils jouaient.

— Eh bien, ajouta-t-il en préparant la nourriture des dindons, on dit qu'ils gagnent beaucoup d'argent. Je voudrais savoir chanter. Je pourrais beugler ici nuit et jour, pour emplir ma casquette et partir !

— De nos jours, il ne s'agit plus de casquettes, dit Mme Frew, versant de l'eau chaude dans le mélange. Maintenant, il n'y a plus que le compte en banque. Les casquettes, c'était bon dans les bistrots, et l'on n'y jetait que quelques sous. La monnaie, les billets, c'est pour les vieux pensionnés et pour nous. Eux, leur travail leur rapporte des chèques. Mais, chanter, est-ce donc un travail ?

— Le diable m'emporte ! dit Rhodrick. Où est le travail quand on chante ? On n'a qu'à ouvrir la bouche !

– Ouvrez la vôtre ! dit Mme Frew. Vous n'attraperez que des mouches.

Les parents des autres jeunes filles m'écrivirent pour me remercier de mon hospitalité. Je ne les connaissais pas et mis longtemps à leur répondre. Peut-être, au fond, redoutais-je de réitérer une expérience malheureuse, mais, de toute façon, aucune des jeunes filles n'écrivit ni ne téléphona. J'étais assez heureux de m'en tenir à ce proverbe : « N'éveillez pas le chat qui dort. »

Des tas de gens venaient me voir, mais je demandais toujours à Rhodrick de les emmener faire le tour de la ferme et continuais mes travaux de menuiserie. J'avais repris goût au travail et trouvé deux hommes du village, des braves gens, pour m'aider à orner de panneaux l'ancienne étable construite en pierre et en bois, un bel endroit pour inviter des amis à déjeuner et à dîner. Je ne voulais personne dans la maison, où chaque recoin me parlait de Sûs. Parfois, je pouvais presque la voir. Mme Frew et Cress aimaient à sortir le soir et à rentrer par la façade de derrière, de sorte que j'avais la maison pour moi et en étais heureux.

Je connus cependant combien j'étais seul, le soir où j'allai dîner chez Sam et Ella Hooper. Sam était beaucoup plus âgé que sa femme, mais ils formaient un beau couple. Il avait un visage aussi vermeil qu'une pomme ; elle était plus grande, blonde, toujours prête à rire. Une chaleur semblait émaner des meubles aussi intensément que du feu de bûches. Sam fournissait la plus grande partie des matériaux pour Gwynaldrod, de sorte que je ne fus pas surpris de voir entrer Lys Machen, suivie, bien entendu, de l'ingénieur du comté. Je ne me rappellerai jamais son nom. Nous étions aussi guindés que si nous avions été vêtus de bougran.

Elle dégela l'atmosphère glaciale en renversant la saucière : au lieu de se mettre en colère, elle rit. Sam dit que lui-même renversait toujours les saucières ; il n'y avait pas là de quoi se désoler.

Ce rire nous égaya tous. Lys redevint presque ce qu'elle avait été. Nous parlâmes des travaux en train ; je lui demandai de jeter encore un coup d'œil sur le cottage derrière la maison.

– J'ai tant à faire ! dit-elle.

L'ingénieur sortit sa pipe, mais Lys fronça le sourcil. Il la remit dans sa poche.

– Je n'ai pas un moment à moi, poursuivit-elle. Je n'ai même pas le temps de me marier !

– Oui, j'ai appris la chose, dis-je. Mes félicitations à tous deux. J'espère que tout ira bien pour vous.

Je ne sais pourquoi nous disons de tels mensonges, sans doute pour préserver les convenances sociales.

J'étais en fait heureux que Sûs eût mis entre nous sa voix. Sans le souvenir de ses paroles, il y aurait eu, peut-être, une autre histoire. Il me semblait comprendre ce que ce froncement de sourcil pouvait cacher ; je frissonnai à l'idée de tout ce à quoi j'avais échappé. C'est à cause de cela, je suppose, que je fus plus que cordial en leur souhaitant bonne nuit. Le lendemain matin, l'ingénieur sonnait à ma porte.

– Lys et moi avons pensé à vous offrir un petit loyer pour le cottage, dit-il sur le seuil, me regardant un peu de haut. C'est exactement ce que nous recherchons. C'est juste au centre des lieux où nous travaillons. Nous restaurerons la propriété avec le plus grand soin, je vous le promets. A nos frais, naturellement. Nous avons pensé qu'un bail de vingt-cinq ans serait équitable, avec une option d'achat peut-être ?

– Non, merci, répondis-je. Aucune partie de mon domaine n'est à vendre ni à louer. Mes compliments à Mlle Machen.

– Oh, dit-il, secouant sa pipe. Je vois. Bien. Excusez-moi de vous avoir dérangé.

Me rappelant le froncement de sourcil, je n'en étais que plus désolé pour lui.

La réponse ne se fit pas attendre. Nous avions presque fini de poser les panneaux sur les murs de l'étable, lorsque Cress vint nous dire que trois messieurs du bureau régional d'architectes experts voulaient me voir. Je lui dis de me les amener.

Les trois hommes – l'un d'eux âgé, les deux autres jeunes – entrèrent et, surpris, regardèrent le travail. J'envoyai Cress préparer du thé.

– Quel endroit charmant vous aurez là, sir ! dit courtoisement le plus vieux. Mon nom est Sullivan, et voici MM. Jones et Rosson. Nous avons été informés qu'un sarcophage de marbre a été trouvé ici. Il aurait dû être signalé car ces choses sont rares et sont du domaine des musées, beaux-arts, monuments anciens, etc. Pourrions-nous avoir le plaisir de le voir ? N'est-ce pas un trop grand dérangement ?

Tout en traversant le jardin, je voyais le froncement de sourcil. Mais, ce jour-là, la chance était avec moi ; toutes les plantes à oignon du monde semblaient rire avec moi : tulipes, jonquilles, narcisses. Le socle du sarcophage en était entouré, ainsi que de primevères qui formaient des coussins. C'était vraiment charmant, un spectacle de rêve.

Cela suffit à séduire ces trois hommes. M. Sullivan se tourna vers moi.

— Je n'ai jamais rien vu de plus beau, dit-il. C'est vraiment admirable. Un décor parfait, et merveilleusement entretenu. Je pense que vous aurez bientôt la visite d'experts et de photographes, car il doit figurer au catalogue. Mais vous aurez mon vote catégorique contre l'enlèvement du sarcophage. Hum ?

Les deux plus jeunes acquiescèrent.

— Romain du Iᵉʳ siècle, ou plus ancien encore, dit M. Rosson. Il faudra qu'il soit examiné complètement, ce qui prendra du temps, mais je me prononcerai certainement contre son déplacement.

— En a-t-on le droit ? demandai-je avec surprise.

— Naturellement, dit M. Sullivan. C'est un trésor national. Je ne sais pas comment il est venu là. Si le bureau Machen ne nous l'avait pas signalé, nous n'aurions jamais connu son existence.

Si d'aventure j'avais pensé à demander à Lys Machen de faire d'autres travaux, voilà qui eût mis fin à mon intention.

Il n'a jamais été dans ma nature de faire du mal à quiconque. Mais j'eus le plaisir de confier le plan de la salle de concerts et du marché de Gwynaldrod, deux petits bâtiments, à une équipe de jeunes hommes et de jeunes femmes de l'université. Et, pour produire un froncement de sourcil supplémentaire, je choisis un autre homme pour restaurer la chapelle.

Elle n'aurait plus rien de moi et je pouvais entendre Sûs crier encore une fois : *Non* !

Or, en temps voulu, tout s'arrangea. Je le compris quand Mme Frew vint jusqu'à l'étable me dire que Mlle Valmai John, de Melbourne, en Australie, voulait me parler. Je fus dehors en un clin d'œil. Ce ne pouvait être que la petite-fille de mon frère Davy. Je crus voir son image dans les yeux de Valmai. Je la serrai contre moi ; elle se mit à pleurer.

— Que j'avais le mal du pays ! dit-elle. T'embrasser me paraît si étrange, après un si long temps ! Je ne sais pourquoi je me conduis si bêtement !

— Entre, ma fille, dis-je. Une bonne tasse de thé te remettra, et, après avoir ôté tes souliers, tu me raconteras tout, n'est-ce pas ?

Elle me dit qu'elle avait étudié l'architecture pour obtenir un diplôme à Paris et voulait trouver du travail à Londres.

Quand j'entendis cela, je pensai au cottage, derrière la maison, mais gardai mon idée pour moi. Presque tout ce qu'elle me raconta sur sa famille le fut en pure perte. Aucun de ses membres ne m'était connu. C'était comme si l'on parcourait un cimetière en lisant des noms : « Né en telle année, mort en telle année, Dieu le protège » ; on rentre en hâte à la maison, on s'attable devant une bonne assiettée d'agneau rôti et de sauce à la menthe. Au diable le reste !

Jusqu'à ce que ce soit notre tour.

Mme Frew conduisit Valmai à sa chambre. Cress vint débarrasser la table.

— C'est mon tour de m'occuper du dîner, sir. Est-ce qu'un dindonneau ira ?

— Je pense que oui. Voyez dans la serre pour les légumes. Rhodrick y a mis des pommes de terre nouvelles. Il y a aussi des haricots verts, de la laitue et des tomates. Prenez tout ce que vous voulez. Et des pêches.

— Cette ferme a la réputation d'avoir les meilleurs produits, dit-elle.

Sur le point de sortir, elle se retourna.

– C'est à cause des draps et des couvertures que je le demande, sir. Cette jeune fille restera-t-elle longtemps ?

– Ici, elle est chez elle. Elle est de la famille. Mais j'espère qu'elle n'est pas comme l'autre.

– Ah ! mais Mlle Blodwen se débrouille très bien, dit Cress. On parle beaucoup d'elle, et elle amasse de l'argent. C'est le principal, n'est-ce pas ?

Je me suis souvent demandé si l'argent est tout ce qui importe. Il y a d'excellents arguments pour et contre. Mais, si l'on est à court d'argent et affamé, les mots perdent leur sens, sauf pour quelques saints. Leur exemple jette le doute en nous quand nous essayons de méconnaître certaines réalités. Je ne refusais certes pas à Blodwen le droit de gagner de l'argent. Il lui fallait se débrouiller, comme sa Mama le lui avait inculqué. Mais c'est ce qu'elle faisait au milieu de gens médiocres et vulgaires qui me chagrinait, alors qu'elle eût pu faire une carrière de concertiste.

Lentement, mais avec détermination, Valmai secoua la tête.

– C'est du pur snobisme, dit-elle. Elle vient tout juste de m'écrire. Nous ne nous sommes pas vues depuis plus d'un an. Elle a toujours su ce qu'elle voulait et n'en a jamais fait secret. Après tout, où est la différence ? Jouer pour un public de gens vieux jeu ou pour une foule de gens plus jeunes, plus énergiques, avides de lumière, de couleur, de sons ? Ceux-là sont les vrais affamés. Affamés en esprit.

– Je suis donc vieux jeu, demandai-je, parce que je souhaitais la voir vivre avec dignité, comme une artiste ?

– Je ne saurais le dire, mais ce que je sais, c'est qu'elle ne croyait pas avoir un vrai talent de pianiste. Voilà ce qui la tracassait. Elle n'avait pas assez confiance en elle. C'est pourquoi elle s'est spécialisée dans les adaptations. Elle y excelle. Quand elle a eu assisté à quelques récitals des garçons, avec lesquels elle est maintenant, elle a compris que ce dont ils avaient besoin, c'était d'une bonne coordination. Elle ne peut qu'aller plus loin. Il suffit de l'entendre. Quant à être une artiste... Il faut un fameux talent pour arriver à quelque chose et se maintenir. Elle le fait. Je crois qu'elle s'est bien stabilisée.

– Bon, dis-je. Si tu lui écris, dis-lui de venir ici et de jouer du piano quand elle voudra. Peu importe que je n'aime pas ce qu'elle fait. C'est son affaire et non la mienne.

— Tu as diablement raison, dit Valmai. Je le lui dirai. A propos, te serait-il égal que j'invite ici une de mes amies ? A maints égards, elle ressemble à Blodwen ! Elle a travaillé en vue du même diplôme que le mien, mais elle a échoué. Elle m'a fait passer quelques journées infernales. C'est une Bretonne du littoral, avec tout le tempérament breton. Elle caressait la bouteille. Elle ne pouvait rentrer chez elle et disait que son père la tuerait. Mais c'est vraiment une excellente dessinatrice en matière d'architecture. On ne peut laisser se perdre de tels dons. Je veux faire équipe avec elle. Je vais demander à Papa de me donner assez d'argent pour travailler de façon indépendante. A nous deux, je crois que nous réussirons.

— N'ennuie pas ton père pour le moment, dis-je. Envoie un télégramme à la jeune fille et fais-la venir. Vous pourrez rester ici toutes les deux aussi longtemps qu'il vous plaira. Je crois avoir un travail pour vous. Nous allons voir ça.

La jeune fille arriva deux jours plus tard. Nous étions en train d'huiler les poutres et les panneaux de l'étable. Les hommes apportaient les longues tables et les chaises. Les femmes du village passaient les cireuses sur le dallage. Les autres filles ornaient le buffet, à l'extrémité de la salle, de pots de cuivre contenant toutes les fleurs du jardin. Nous donnions une réception, à la fois pour les enfants de l'école du dimanche et en l'honneur de Mme Rhodrick, la diaconesse, pour ses quarante années de services.

J'étais couvert de poudre de bois, huileux, échevelé, non rasé, lorsqu'on vint me chercher dans le coin où je travaillais avec les électriciens. On me présenta Kyrille ; et je crois bien que j'entendis, à travers une sorte de brouillard musical de toutes les couleurs, Valmai me dire de l'appeler Kiri. Mme Frew et Cress avaient préparé deux des chambres d'amis ; les hommes avaient à peine monté la dernière valise que les planches à dessin et les tables étaient déjà en place et que les deux jeunes filles accrochaient au mur des croquis, encadrés, représentant des bâtiments : tous très colorés, ils étaient bien plus jolis que maints tableaux. Je dis que je m'accommoderais fort bien de deux de ces dessins pour la pièce du bas où je me tenais et que j'aurais grand plaisir à les regarder. Val choisit deux des siens, Kiri en fit autant et elles descendirent immédiatement les accrocher.

Si j'étais sorti de la tombe pour rencontrer Kiri dans une autre vie, j'aurais pu éprouver ce que j'éprouvais en ce moment. Pas moins, certes, mais pas plus, car, dans ce cas, je me serais consumé en flammes. Elle était aussi grande que Val ; elle avait, ainsi que je le remarquai avec un mouvement de joie, la ligne admirable de ces nymphes dansantes sculptées dans le marbre. Ses longs cheveux noirs, qui tombaient jusqu'à sa taille, prenaient au soleil des tons bronzés. Ses calmes yeux gris évoquaient une mer d'été ; un sourire intérieur faisait l'effet d'un rai de lumière dans un nuage. Du moins le pensai-je, et personne ne pouvait me contredire, et je me rappelais Mama dire à Angharad, il y avait bien des années : « Ce que tu penses, dis-le, et tu ne le regretteras jamais. »

Il fallut aux jeunes filles deux jours pour s'installer. Moi, je passais la plupart du temps à Gwynaldrod, qui semblait réclamer des travaux beaucoup plus considérables que prévu. Une cabine téléphonique rouge était la seule note moderne de ce village déserté qu'une grande route avait autrefois longé. Beaucoup de gens étaient partis pour trouver du travail. Les bâtiments étaient encore debout, mais en triste état. Tout ce que j'avais demandé aux architectes était de les restaurer tels qu'ils étaient cent à deux cents ans auparavant. Lys Machen avait fait du bon travail en égalisant les terres ; le nivellement n'eût pu être mieux réalisé. Cinq rues bordées de chaumières aboutissaient à un square placé à la croisée des chemins. Il y avait deux cafés depuis longtemps fermés, une forge, une chapelle en ruine, deux magasins, dont l'un était fermé et l'autre, une épicerie, était tenu par une vieille femme un peu abêtie par l'âge et qui, c'était certain, ne vendrait jamais sa boutique. Seuls l'emplacement de l'épicerie et le domaine de Blodwen ne m'appartenaient pas. Ce qui me restait était presque en état, bien qu'il fût difficile de circuler dans les étroits chemins de pierre et de boue.

— Les routes sont un problème pour les ambulances ou tout autre moyen de transport, sauf pour une charrette et un cheval, dit le

Pr Stansthorpe au cours de la réunion. Je crois qu'il nous faudra avoir recours au comté.

— Elles resteront telles quelles, dis-je, et dissuaderont ainsi les touristes de venir ici en auto. Au diable !

— Je doute que l'hôpital obtienne les autorisations nécessaires, dit-il, tandis que le reste des assistants se taisaient. Nous sommes au XXe siècle.

— Tant mieux, répliquai-je. Ce petit endroit est charmant et restera tel qu'il est, mais je ferai réparer le pont de pierre et remplacer les cailloux du square.

Stansthorpe se leva et rassembla ses papiers.

— Cela n'ira pas, déclara-t-il. Une urgence ne pourrait arriver jusqu'ici.

— J'y suis arrivé aujourd'hui sous la pluie et sans mal.

— Je renonce. N'importe quel hôpital dans un tel désert serait un poids mort.

— Servez-vous d'un hélicoptère et de votre cervelle, dis-je. Eh bien, au revoir.

Je déambulai à travers le village, qui n'a pas plus de cent mètres de long de chaque côté. Les spécialistes des murs de soutènement terminaient la restauration d'un angle extérieur de la chapelle — un petit bâtiment construit en 1822, d'après la plaque, et en ruine.

Le jeune homme qui se servait du fil à plomb m'aperçut, se redressa et s'avança en touchant sa casquette.

— Monsieur Morgan, je suis Evan Williams, dit-il. J'ai obtenu le contrat pour les murs de soutènement. Eh bien, ce travail terminé, on me dit que nous n'aurons plus rien.

— Qui a dit ça ?

— Les hommes de Mlle Machen qui étaient là hier. Je leur ai dit qu'il y a un tas de travaux que nous pourrions faire — et il y en a effectivement — mais ils sont restés sur leur position.

— Venez travailler lundi comme d'habitude. Je mettrai d'autres gens ici. Pour Mlle Machen, c'est fini. Mais pas pour vous.

Je le laissai, lui et ses hommes, les yeux écarquillés, et, traversant le pont, me dirigeai vers la petite cabane en bois où un écriteau portait le nom « Machen » et qui ne contenait qu'une petite table et une chaise. Le visage encore mouillé d'une pluie froide, j'entrai dans la cabine téléphonique et demandai le bureau de Lys Machen. Quelqu'un répondit ; je le priai de dire à Mlle Machen que je désirais avoir le compte de tout ce que je pouvais lui devoir, que je la priais d'enlever la cabane et de ne plus reparaître à Gwynaldrod. Puis je reposai le récepteur.

Je passai le long des trois cottages de Blodwen, à la lisière du village. Les jardins avaient été entourés de murs, désherbés, et les allées briquetées ; mais les bâtiments étaient encore tels quels, en mauvais état. Rien sur les lieux, ni matériaux ni outils, n'indiquait que les travaux allaient commencer.

Je retournai à la cabine téléphonique et appelai Sam Hooper. Ce fut Ella qui répondit.

– Je sais qu'il a tout prêt ici, dans son chantier. Il est surpris de n'avoir pas été encore contacté. L'ingénieur du comté dit qu'il y a eu des difficultés ; Sam ne voulait pas vous causer de soucis.

– Qu'il ne se tourmente pas ; dites-lui de commencer à livrer les matériaux lundi et de s'adresser à Evan Williams. C'est lui qui conduira les travaux. Un autre architecte sera là. Mlle Machen recevra une lettre de moi. Je parlerai à Sam auparavant. Et l'ingénieur du comté n'a rien à faire ni à dire. Compris ?

Sam me téléphona ce soir-là. Selon lui, Lys Machen avait entrepris trop de choses sans avoir de personnel sur qui compter. Pourtant, elle se refusait à confier les travaux à d'autres. Elle serait en Écosse toute la semaine prochaine.

– Elle est intelligente et a fait un excellent travail, dit-il. Chez vous, par exemple. J'ai essayé de la mettre en garde il y a des mois. C'est inutile.

– Je donne le travail à d'autres, dis-je. Ce n'est qu'une petite affaire. Deux mois y suffiront.

– Avez-vous les calques ? demanda Sam.

– J'en ai des rouleaux entiers et rien n'a été fait. Des quantités, des prix, oui. Envoyez-moi la liste de ce qui vous a été commandé et nous comparerons.

— Prenez garde aux politiciens du comté, dit Sam. Elle a un tas d'amis, en plus de l'ingénieur.

J'envoyai Rhodrick chercher les jeunes filles pour qu'elles s'installent au cottage, derrière la ferme. Il me fallut voir le maire et, peu de temps après, le délégué du collège électoral, tous deux de moindre importance pour moi que n'importe quel cacique. Ils avaient été élus par un vote, alors qu'un cacique doit son titre à sa naissance et à une formation qui lui permet de prendre des responsabilités. Je me débarrassai du maire avec un chèque pour l'école, mais le délégué du collège électoral semblait croire que le seul nom de Westminster provoquait la terreur. Je l'apaisai en lui offrant un verre et l'assurai que je n'avais d'intérêt dans aucun parti, que je ne voulais rien avoir à faire avec les discours et les meetings.

— Mais votre devoir de citoyen n'est-il pas de protéger les plus faibles ?

— Voyons, j'ai été absent de ce pays pendant des années. Je ne sais ce qui s'y passe. Si j'en crois les journaux, il y a assez de gens qui passent leur temps en parlotes. Laissons cela.

— On m'a dit que vous aviez de la bienveillance pour les nationalistes, dit-il.

— Si je savais qui, je lui mettrais mon pied quelque part. dites-le-lui. Au revoir.

Rhodrick revint en riant, se frottant les mains et fermant les yeux comme pour mieux goûter le comique de la chose.

— Ces jeunes filles ont des sous-main pleins de dessins, dit-il. Elles prennent des mesures comme de vieux menuisiers. Et elles demandent quand elles pourront avoir les ouvriers. Elles veulent aplanir tout alentour.

— Envoyez-leur deux hommes, dis-je. Et demandez à Mme Frew de leur faire porter leur repas, ainsi qu'une bouilloire et une théière. Que savez-vous de Lys Machen ?

Il détourna les yeux.

— Eh bien, dit-il lentement, elle a fait son chemin. Elle se sert des gens, ça oui, beaucoup trop. Et pas de remerciements. Quand ils ont fini, ils s'en vont et ne reviennent jamais.

— Mais comment peut-elle obtenir tant de travail et ne rien faire ?

— C'est facile, dit-il en riant. En sous-traitant.

— Mais en sous-traitant avec qui ? demandai-je avec la certitude qu'il le savait. Qu'en est-il de ces autres marchés ?

— Elle attend que les sous-entrepreneurs aient assez de travail en sous-traitance pour grouper tous les travaux et les exécuter dans les délais les plus serrés. C'est une vaste entreprise, qui couvre la région. S'ils font de beaux bénéfices, elle en fait de plus beaux encore. Ces nouveaux barrages lui rapporteront une somme coquette. A eux aussi. Et le maire n'y perdra rien, pas plus que le joli garçon qui était là il n'y a pas une heure.

— Quels nouveaux barrages ? lui demandai-je. Où ?

— Là où vous avez acheté des terres à Gwynaldrod, dit-il sans détour. Vous paierez une grosse somme pour pouvoir construire, n'est-ce pas ? Et ils les immergeront. Grâce à un acte du Parlement. Et combien vous en donnera-t-on ?

— On ne peut faire ça, dis-je à voix basse. Pourquoi ?

— De l'eau pour les villes anglaises. Ils ne peuvent le faire ? Ils l'ont déjà fait. Ce joli garçon de Londres cet après-midi ? C'est lui qui était leur porte-parole, il y a des années, quand ils ont saccagé Wyrnwy. Et il sera leur porte-parole cette fois encore. Il vit comme un coq en pâte. Et personne ne lui fait son affaire. C'est vraiment dommage.

Il me fallait réfléchir froidement à tout cela, et pour Blodwen, et pour cette pauvre vieille dans sa boutique de Gwynaldrod, où elle n'avait à vendre que de petits bonbons au fond de bocaux de verre, des sachets de thé et des graines pour les oiseaux.

Des graines pour les oiseaux.

Combien de voix de vrais amis se sont-elles tues en s'en allant et ne reviendront jamais. Non, jamais.

Les autres pouvaient le penser. Pas moi.

J'allai en me promenant jusqu'aux bureaux du *Midday Post* voir Leishon Howells. Il siégeait là, dans un enchevêtrement de papiers. Il y avait même des feuilles pendues à des crochets et d'autres pressées entre des pinces. Il était difficile de croire que l'on pût travailler dans un tel désordre et avoir sa tête à soi. Il n'eut pourtant pas de peine à trouver une grande enveloppe pleine de coupures sur les barrages dans la Galles du Nord, et les nouveaux lacs, les efforts de quelques-uns pour épargner les petites fermes, les protestations vaines, les coups de poing donnés par impuissance, mais sans résultat... Les terres immergées devenaient des lacs artificiels qui alimenteraient en eau les Anglais. La colère émanait même des caractères imprimés, de l'odeur du papier ; elle se répandait dans l'air. Une main brûlante m'étreignait la poitrine ; les larmes d'autres yeux étaient dans les miens.

Leishon hocha la tête, repoussa ses lunettes sur son front, examina la pointe de son stylo à bille, rassembla les papiers et les remit dans l'enveloppe.

— Impuissants, dit-il. Voilà le mot exact. Nous sommes impuissants. Sans pouvoir. Si une somme suffisante est votée à Westminster et si un nombre suffisant de gens peuvent en tirer profit, que leur importent les fermiers ? Et nous ? Qui sommes-nous ? Quelques votes, c'est tout. Un fermier ? Qu'est-ce que c'est un fermier ? Il ne parle même pas l'anglais !

Derrière les murs couverts d'affiches, je voyais les paysans, les champs, et, de l'autre côté de l'Atlantique, la vallée du Chubut, et, au-delà des pampas, les Andes, puis Trevelin ; je lus le mot Yr Ysgol, qui signifie « école » dans notre langue — la première là-bas —, maintenant appelée Esquel en castillan, ce qui veut dire « squelette » : c'est si vrai !

Squelette.

Impuissants, en vérité.

— Qu'avons-nous donc fait ? lui demandai-je. Nous sommes rejetés de partout. Et il n'y a rien à dire ?

— Il y a beaucoup à dire, mais rien à faire. Pas de pouvoir, pas d'armée, pas de police. Les mains nues, voilà tout.

J'en parlai à Val et à Kiri ce soir-là. Kiri abandonna son ouvrage de couture.

— Il en est de même pour nous autres Bretons, dit-elle en un anglais aussi bon, sinon meilleur que le mien. Nous ne pouvons rien faire. Mettre des charrettes en travers de la route, couper des fils téléphoniques. A quoi cela rime-t-il ? Il nous manque beaucoup de choses et nous n'obtenons rien. C'est la même situation.

— S'ils tentaient une chose pareille en Australie ou en Nouvelle-Zélande, ils auraient du fil à retordre, dit Val. Pourquoi ce pays n'a-t-il pas son propre gouvernement ?

— Il n'y en a pas assez qui y croient, dis-je. Seuls les Anglais ont un cerveau, n'est-ce pas ? L'Écosse, bon. Une ou deux concessions, mais pas de gouvernement. Les Irlandais, oui. Ils se sont battus pour en avoir un. Mais ils l'ont eu. On m'a fait un joli tableau de la situation, cet après-midi. Un tableau sombre et peu brillant pour nous.

Valmai posa sa couture sur ses genoux.

— Pourquoi les Irlandais et pas nous ?

— Je te l'ai dit. Il leur a fallu se battre.

— Pourquoi ne le faisons-nous pas ? demanda-t-elle, reprenant son aiguille.

— Ils avaient l'aide de l'argent des Irlandais d'Amérique. Combien pourrions-nous obtenir ?

— Nous pourrions faire une collecte, dit-elle. Nous sommes encore nombreux.

— Pour des bombes et des balles, non, je ne le crois pas, dis-je. Pour moi, je ne donnerais pas un sou.

— Par quel autre moyen arriver à nos fins ? me demanda-t-elle.

— Avec le temps, dis-je. A un moment donné, les Anglais auront quelque chose à nous demander. Ce sera alors le moment, pas avant.

— Ce sera long, dit Val.

— Mais au moins il n'y aura pas eu de jeunes filles avec une jambe en moins, pas d'enfants tués, pas d'aveugles, dis-je. Nous gagnerons quand nous le voudrons, parce que le moment sera venu d'agir pacifiquement. Oui, Kiri ?

— Je le crois, dit-elle, se remettant à coudre. A quoi bon tuer ? Pour quel résultat ? Sept hommes de ma famille, du côté de mon père et de ma mère, ont été tués au cours de la dernière guerre. Et pour quoi ? Il n'y a rien de changé.

– Ils ont aidé à sauver la France, dis-je.

– Ils ont aidé la France à nous enchaîner davantage, dit-elle avec colère, Que *pouvons-nous* faire ? Que *peuvent* faire des prisonniers ? Regarder derrière des barreaux ? Comme vous le faites ?

Je pouvais voir mon père regarder la grille du foyer de la cuisine, sa casquette sur la tête, et l'entendre dire qu'il n'y avait rien, rien, vraiment rien à faire.

Il y avait eu des moments où j'avais souhaité regagner la Vallée, la contempler, réfléchir, me souvenir de tous les disparus que je sentais si proches encore, au point de me rappeler jusqu'au son de leur voix.

Mais à ce désir se mêlait toujours une sorte d'avertissement de ne pas y aller, de rester loin pour ne pas en voir la laideur, de les évoquer tous dans un monde de paix et de beauté.

L'arrivée de Mme Frew en larmes me rappela à la réalité. Elle avait reçu un télégramme disant que sa Mama était malade. Elle voulait se rendre à Pentraeth, mais il n'y avait ni trains ni autobus avant demain et peut-être serait-il trop tard.

– Faites votre valise, dis-je. Je vais tout de suite demander une voiture.

– Oh ! mais c'est trop, dit-elle, séchant ses larmes. Cela coûtera une fortune !

– Allons donc ! dis-je. Votre bonne Mama vous attend. Qu'est-ce que l'argent ?

– Où est Pentraeth ? me demanda Val. Ça vaut-il la peine d'être vu ? Pouvons-nous y aller ?

– Oui, ça en vaut la peine pour vous, dis-je, comme un exemple de construction de l'âge industriel. Voyez les enfilades de rues, les rangées de maisons, et aussi les chapelles, les bâtiments publics, si vous pouvez en trouver en dehors de Cardiff. Oui, allez-y toutes les deux. Ce sera très instructif pour vous.

– Oh ! mais tu viens avec nous, dit Val. Tu pourras nous montrer ce que nous devons voir.

— Non, dis-je carrément. Découvrez-le toutes seules. Vous avez des yeux neufs. Les miens ne connaissent que ce qu'ils ont vu. Je ne crois pas qu'ils aiment ce qu'ils verront maintenant.

Sans elles, la maison était aussi calme qu'une ancienne chapelle, mais Val téléphonait chaque soir. Mme Frew devait rester deux jours pour s'assurer que sa Mama allait mieux ; Cress avait dit non quand je lui avais demandé si elle avait besoin d'aide. Les deux jeunes filles étaient à l'hôtel à Cardiff et parcouraient chaque jour des vallées différentes, visitant Neath, Swansea, pour remonter vers Aberdare et Brecon. Je finis par dire à Val : Ça suffit. Revenez et je vous emmènerai partout où vous voudrez. Leur absence durait depuis une semaine ; mais c'était pour moi des années — je compris alors combien elles me manquaient.

Spécialement Kiri. Le calme qui émanait d'elle, le pli qui se dessinait entre ses yeux lorsqu'elle faisait un croquis, essuyait une plume pour la tremper de nouveau dans l'encre, le mouvement de son corps quand elle croisait les chevilles, les jeux de lumière sur ses mains et ses bras lorsqu'elle pliait le coude. Voilà comment je pensais à elle et aspirais à la voir revenir avec son sourire.

Mais je ne fus pas épargné ce matin-là. Sortant de l'étable principale, après avoir vu donner à manger à la volaille, je me dirigeai vers l'ancienne étable afin d'examiner les tables dressées pour le goûter des enfants. Je passai près du hangar à outils, un long bâtiment où l'on gardait aussi les pots de terre et les engrais. Il y avait là une table et des bancs pour les ouvriers, lorsqu'ils s'abritaient de la pluie, et un fourneau pour faire le thé.

La voix de Rhodrick montait de la fenêtre.

— L'expérience ne s'achète pas. Il faut la vivre.

— Certainement, dit quelqu'un. Ces deux-là dirigent la maison et vous disent : « Faites ceci, faites cela. » Lys Machen, elle, se bornait à jeter un coup d'œil sur le travail et nous le faisions. Pas besoin de bavardages. Celle-là, la Française, arrive ici en se donnant des airs, et elle se trompe toujours complètement.

— Ce n'est pas qu'elle se trompe, dit Rhodrick. Une petite erreur n'est pas se tromper. Les mesures sont exactes, ça, vous le savez. On avait trop creusé là auparavant et il n'en a pas été tenu compte. Si le cottage s'effondre, ce ne sera pas une grande perte. On le reconstruira, et en mieux.

— Ce vieil imbécile est aveuglé par elles, reprit la première voix. J'aimerais avoir du travail, mais sans ces sacrées femmes. Des femmes ? Des fillettes, grand Dieu, et qui n'y connaissent rien.

— Mais elles réussissent des tas de choses sur le papier, dit quelqu'un d'autre. Les dessins sont remarquables.

— Les dessins, c'est très joli, dit le premier. Nous, ce que nous avons, c'est à *travailler*. Mon père a construit sa maison lui-même. Moi, je l'ai agrandie. Avec des dessins ? Ne soyez pas de sacrés idiots !

Là-dessus, j'entrai. Rhodrick posa sa tasse, se frotta la bouche avec le dos de la main et se leva. Deux des hommes étaient des ouvriers à la journée, leurs casquettes dégouttaient encore de pluie. Tom Davies était assis derrière eux, avec Illtyd Edwards, un menuisier.

— Si la pluie n'a pas cessé dans une heure, rentrez chez vous, dis-je. Mes deux assistantes seront de retour dans deux jours. Ce qu'elles désirent devra être fait, et tout de suite. Pas de bavardages. Et, pour le bénéfice de tous ceux qui peuvent entendre, c'est le vieil imbécile qui parle. Et allez au diable !

— Je regrette, sir, dit Rhodrick.

— Ce n'est pas la peine, dis-je. Fermez les fenêtres quand vous discutez. Si certains d'entre vous avaient des fenêtres dans la tête, Dieu seul sait ce qu'on entendrait.

Quand j'entrai dans la maison, Douglas Gough sortit du salon. Il me serra la main ; derrière lui, un gros homme vêtu de noir sourit et fit un petit salut.

— Le père de Kyrille, dit Douglas. Il se tourmente parce qu'elle n'est pas rentrée à la maison. Selon Cress, je crois qu'elle se trouve quelque part dans les vallées ?

— Jusqu'à la semaine prochaine, dis-je. S'il veut rester ici jusqu'à son retour, il est le bienvenu.

Douglas parlait français. Le père de Kyrille leva les bras au ciel, parla pendant quelques instants d'une voix caverneuse. Je pus constater qu'il avait mauvais caractère.

— Non, me dit Douglas. Il doit être à Paris ce soir et chez lui demain. Ça ne lui plaît pas que sa fille vive ici avec un homme.

— Dites-lui que ce n'est pas le cas, m'écriai-je. Elle a une amie ici avec elle et il y a toujours deux autres femmes au moins dans la maison. Il n'arrive rien ici qui n'arrive dans sa propre demeure.

Douglas traduisit. Le père de Kyrille baissa la tête et rejeta en arrière ses cheveux noirs qui se dressaient comme du chaume, parsemés çà et là de quelques mèches grises. Quelques poils gris apparaissaient dans sa moustache. Il marmonna puis rejoignit Cress qui tenait son pardessus.

— Il est allé à la police, où on l'a envoyé à moi. Il n'y a pas à se tracasser. Elle est majeure. Elle peut agir à sa guise. Je lui ai dit d'ôter de son esprit ce vaudeville à la française.

— Quel vaudeville ? demandai-je, tandis que Cress faisait une grimace derrière le dos du visiteur.

— Dans un vaudeville français, un homme et une femme sont toujours un couple, dit Douglas en enfilant son pardessus. Les Français n'ont jamais bien compris l'histoire de Joseph, le pauvre garçon, ni celle de l'Immaculée Conception. Moi non plus, d'ailleurs. Au revoir.

La voiture démarra. Cress referma la porte et resta là debout.

— Je croyais que nous aurions des ennuis, dit-elle, mais en souriant. Il est entré ici et a regardé partout, comme un chien qui flaire une piste. M. Gough a demandé s'ils pouvaient voir les bureaux. J'ai dit que vous le permettriez sans doute, je les y ai fait monter. Tout était là bien en ordre. Il a regardé et regardé, a posé les doigts sur les dessins de sa fille et s'est mis à pleurer comme un bébé. Alors, je les ai fait descendre et leur ai montré la chambre de Mlle Valmai et celle de Mlle Kiri, et il s'est assis sur son lit et s'est remis à pleurer, mais pas longtemps, M. Gough a dit de le laisser. Quand il est descendu, il a essayé de me donner de l'argent. J'ai refusé, et ils ont pris une tasse de thé. A ce moment, vous êtes entré. Ai-je bien fait ?

— Mieux que ça, dis-je. Je vous ferai un cadeau. Je comprends qu'un père se tourmente, mais pas à cause de moi.

— Oh, dit Cress, levant son regard du plateau qu'elle allait emporter, les yeux agrandis et amusés. Et pourquoi pas ? Il n'y a rien qui soit déplaisant en vous. Qui pourrait y trouver à redire ? Demandez n'importe quelle faveur, vous l'aurez.

En sortant, elle souriait encore. Je la regardai traverser le vestibule. Elle avait de belles jambes qui remontaient vers des splendeurs, une taille fine et le reste à l'avenant. Mais demander une « faveur » était pour moi tout nouveau. Si je croyais comprendre ce qu'elle voulait dire, je tremblais à l'idée de me tromper, car il arrive que les gens semblent donner un même sens aux mêmes mots et que pourtant vous ne puissiez vous fier totalement à votre interprétation.

J'en étais là de mes réflexions lorsque la sonnette retentit. Lys Machen se tenait sur le seuil, la main sur le montant de la porte, les yeux baissés. Elle semblait se demander si elle devait entrer ou s'enfuir.

– Monsieur Morgan, dit-elle sans entrer, il fallait que je vous voie. Evan Williams m'a rapporté que vous étiez allé à Gwynaldrod l'autre jour ; il vous a dit que je ne voulais pas les voir travailler plus longtemps. C'est inexact. Je dois me rendre justice. Personne ne peut parler pour moi. Ce qui a été dit reflétait la pensée de Gilbert George.

– L'ingénieur du comté ? Je n'ai aucune sympathie pour lui. Mais il y a quelque chose de beaucoup plus important. Le village de Gwynaldrod va-t-il être immergé ?

Elle leva les yeux sans me regarder.

– Si je peux l'empêcher, cela ne sera pas, dit-elle. J'ai réalisé très peu de choses là-bas, précisément parce que j'attends d'être fixée à ce sujet. Cela peut demander deux ou trois mois. La décision appartient au Parlement. Nous ne pouvons rien dire. Autre chose : c'est à propos du sarcophage. Mon bureau n'a rien à voir avec les informations données à l'architecte expert ou à quiconque. Je dois encore vous apprendre que je n'épouse pas M. George.

– Bien. Dois-je vous dire que j'en suis fâché ? Car ce n'est pas le cas.

De ses yeux gris, elle me jeta un regard en biais, un regard foudroyant.

— Pourquoi donc ? grogna-t-elle comme une mégère.

— Parce que, laissez-moi vous le dire maintenant, je n'aime pas les combinards qui se pavanent avec une pipe vide au bec. Ça ne leur sert qu'à occuper leurs mains ; pour dissimuler qu'ils méditent un mauvais coup, n'est-ce pas ?

Elle haussa les épaules, se déplaça dans la zone obscure.

— Ce genre d'indices ne constituent pas de preuves. Nous ne sommes plus au temps des sorcières. Vous avez deux jeunes filles qui travaillent ici. L'une d'elles a un diplôme de la Sorbonne en architecture. J'aimerais beaucoup la rencontrer.

— Vous êtes joliment bien renseignée. Ou est-ce votre petit doigt qui vous l'a dit ?

— Certains d'entre nous lisent les journaux, dit-elle d'un ton mordant. A vous de trouver. Bonsoir.

Elle s'éloigna en faisant claquer ses talons. Les phares brillèrent. La voiture se mit en marche en grinçant. Tandis qu'elle virait pour rejoindre la route, un hibou lança allégrement son hip-hip-hou-hou-houou-rrp !

Tant de fois dans ma vie j'aurais voulu conclure avec un hou-rrp ! Mais c'est trop simple. Il faut continuer, même si nous ne savons très bien comment. Je revois mon père regardant fixement la grille du foyer et disant qu'il n'y avait rien, rien, vraiment rien à faire.

Mme Frew revint, très calme et vêtue de noir, et nous n'eûmes pas à l'interroger. Cress marchait sur la pointe des pieds pour ne pas faire de bruit et ne disait rien qui pût lui rappeler son malheur, de sorte que la maison ressemblait encore davantage à une ancienne chapelle. J'avais envie de jeter un objet à terre pour l'entendre se briser en morceaux, de crier, de danser, de chanter, de faire n'importe quoi pour recréer une atmosphère saine. Les deux jeunes filles me sauvèrent. Nulle sirène sur son rocher ne chanta jamais notes plus douces que le klaxon de cette petite voiture. Valmai et Kiri accoururent à ma rencontre, je reçus des baisers — elles avaient des joues fraîches et le nez froid ; Valmai fit une révérence à l'adresse de la petite voiture neuve, si petite qu'on se demandait comment elle pouvait contenir deux grandes jeunes filles, et pourtant elles y tenaient avec les bagages, des cadeaux pour Mme Frew et Cress, ainsi que, pour moi, une bourriche de saumon frais fumé, de clovisses et de bigorneaux.

Val et Kiri s'éloignèrent avec Mme Frew et Cress. Je suppose qu'on leur raconta tout ce qu'elles voulaient savoir, car Kiri descendit et dit que, si son père avait été importun, elle en était désolée.

— Il s'inquiétait de vous. Comment un père peut-il être importun ?

— Il peut être beaucoup plus que cela, dit-elle, jetant un coup d'œil sur une lettre. Je ne veux pas qu'il revienne ici.

— Ce sont des paroles bien dures, dis-je, la voyant froncer le sourcil. Êtes-vous une jeune fille sans cœur ?

— Non, dit-elle calmement, mais je le connais. Pas vous. Je n'ai pas de mère. Elle est morte à cause de lui. Je ne l'oublie pas. Je voudrais bien l'oublier, mais je ne le peux.

Je pensai aux larmes du père, mais je ne voulais pas mettre le nez dans les affaires de Kiri. Cress sauva la situation en apportant un plateau sur lequel des tasses s'entrechoquaient. Puis Val accourut avec une lettre.

— Écoutez donc ! Un oncle que je n'ai jamais vu vient de me laisser un tas d'argent. Queensland. J'ignore tout de cet endroit. N'est-ce pas merveilleux ? Bon. Et maintenant, mon petit Huw, que penses-tu d'une transaction strictement commerciale ? Hier, vois-tu, il m'a fallu y regarder à deux fois avant d'acheter cette voiture. Et maintenant, je n'ai même pas à réfléchir pour offrir d'acheter le cottage, là-bas, et, disons, assez de terrain pour un jardin. Qu'en penses-tu ?

— Pas d'histoires d'argent entre nous. Reste là-bas aussi longtemps que tu le voudras.

Elle hocha lentement la tête, avec une assurance qui dénotait la fermeté de son caractère.

— Une transaction ou rien, dit-elle. Kiri sera de moitié avec moi. Nous l'arrangerons pour y vivre et aurons notre bureau dans l'étable. Mais pas de cadeaux. Je ne serais pas tranquille. Il faut que ce soit à *nous*. Tu es d'accord, Kiri ?

— Je suis d'accord, dit cette autre obstinée.

— Bien, dis-je, si c'est ce que je dois faire pour vous garder ici. Je vais envoyer là-bas Douglas et un géomètre. Ils fixeront le prix d'achat du cottage.

Val bondit vers moi pour m'embrasser ; Kiri mit un bras autour de ma taille et posa ses lèvres douces sur ma joue. Deux baisers fort agréables.

— Eh bien, dit Val en tapant des mains, quelle bonne journée nous avons eue, n'est-ce pas, Kiri ? Quel merveilleux retour avec notre Mini qui ronronnait comme une voiture de grand luxe ! Et puis cette lettre. Et, pour couronner le tout, nos deux charmants chevaliers seront là dans une heure environ.

— Des chevaliers ? demandai-je. Viennent-ils dîner ?

— Oh, j'ai dit à Mme Frew que nous dînerions en ville, répondit-elle. J'en suis heureuse. Même sans valse, je me sens comme Matilda *. Et, en m'asseyant sur le siège de la voiture, j'ai l'impression d'être chez moi.

Je sentis qu'une pointe de couteau m'entrait dans le cœur profondément, j'entendis des troupeaux de lamas sauvages galoper dans mes oreilles. Mais je suis sûr que nul Indien n'eut jamais visage plus impassible et yeux moins expressifs.

— Entendu, dis-je.

La lecture du journal fut une bonne excuse tandis qu'elles s'habillaient. Comme elles descendaient, j'entendis des voitures tourner dans l'allée. Cress ouvrit la porte. Val, portant une veste et un pantalon noirs, alla à la rencontre d'un jeune homme aux cheveux longs frisés et vêtu d'une veste en peau de mouton.

— Mon nouvel ami, Glyn Harris, M. Huw Morgan, dit-elle. L'ami de Kiri, Joe Campbell, M. Morgan. Nous ne rentrerons pas

---

* La *Matilda* est une sorte de havresac que les Australiens, voyageant dans l'intérieur du pays, portent sur le dos. La valse fait allusion au mouvement imprimé au sac, ce qui a inspiré une chanson populaire intitulée *Waltzing Matilda*. (N. du T.)

tard. Fais un bon dîner sans deux pestes pour t'embêter. Bonsoir, Cress. Bonsoir, Mme Frew. A bientôt, mon petit Huw !

Le regard de Kiri, quand elle passa devant moi, et son sourire esquissé, adoucirent ma tristesse, comme le bonbon que ma Mama me glissait pendant la prédication à la chapelle. Mais il me fallait tout de même rester là. J'attendis que Cress eût refermé la porte ; je me dirigeai vers le plateau où se trouvaient les apéritifs, mais le whisky n'eut pour effet que de me faire tousser — à tel point que Cress dut répondre au téléphone.

— M. Hooper, sir, me cria-t-elle. Mme Hooper et lui sont au village et voudraient vous voir cinq minutes. Est-ce oui ?

J'acquiesçai d'un signe de tête, demandai à Mme Frew si elle avait assez pour nourrir trois personnes. J'eus juste le temps de faire un brin de toilette. Cress ouvrit bientôt la porte. Ella m'embrassa, Sam regarda autour de lui.

— Eh bien, j'en avais entendu parler, dit-il. Mais voir est différent. Que c'est charmant, hein ? El, voici les vieux étains de Swansea. Te souviens-tu de ce que je t'avais dit ? Les voici, regarde !

Cress apporta le plateau et les verres.

— Mme Frew dit qu'elle a reçu ce matin du saumon braconné dans la Wye. Il y a aussi *sa* mayonnaise et des pommes de terre nouvelles, annonça-t-elle. Dois-je préparer la table pour trois, sir ? Oui ?

— Oui, dis-je en regardant Sam. Cela vous va-t-il ?

— Dieu merci ! J'adore le saumon !

Je savais qu'il n'était pas venu pour l'apéritif et le saumon, qu'il vînt ou non de la Wye ; j'en fus encore plus convaincu lorsqu'il me regarda à la lumière de l'allumette qu'il tenait au-dessus d'un cigare.

— Huw, nous avons un sacré problème ! Le pays est en effervescence. Les mineurs, les cheminots, tous ces gens-là. Un tas d'entre nous, des gens comme vous et moi, veux-je dire, restons sur la touche. Mais nous avons diablement plus à perdre. Et que faisons-*nous* ?

— Y a-t-il quelque chose à faire ? demandai-je à Ella. J'ai toujours eu l'impression que des gens comme nous sont impuissants.

Nous avons notre propre travail. N'est-ce pas à cause de ça que nous payons les politiciens pour s'occuper du reste ?

— Pour s'occuper du reste ? dit Sam, emplissant son verre. J'adore ça. J'adore ça, vraiment ! Écoutez, si je m'occupais de mes affaires comme ces bougres-là s'occupent du reste, savez-vous ce qui arriverait ? Je tomberais raide sur le cul !

— Sam ! dit Ella. Quel langage !

— Ça m'est bien égal, dis-je. Un homme a parfois d'autres choses à dire que des mots polis. A qui peut-il parler, sinon à un ami ? Mais, bavardage à part, que peut-on faire ? J'ai déjà entendu ça, et pas seulement ici. Mais qu'y a-t-il à faire ? Que pouvons-nous *faire, nous* qui sommes assis là ?

Sam regarda son cigare, puis Ella, et sourit.

— J'ai un projet ! dit-il en se redressant sur son siège. Huw, laissez-moi vous l'exposer. Je traite la plupart de mes affaires à Londres, à Birmingham, à Liverpool et à Manchester. Partout où je vais, surtout depuis ces derniers mois, des douzaines de gens comme nous me parlent d'un nouveau parti. Au début, je n'y ai pas prêté grande attention. Vous savez ce que c'est ? La chose a déjà été tentée. Cela a échoué. Nous avons un parti conservateur, un parti travailliste et un parti libéral. Dieu les a faits le septième jour et n'a jamais eu la force de faire autre chose. Il a renoncé. Maintenant, beaucoup d'entre nous aimerions tout renverser avant que les syndicats ne le fassent à notre place.

— Ça représente du travail ! dis-je. Que faut-il pour y parvenir ?

— Quelques idées nouvelles, des femmes et des hommes nouveaux, de l'argent, et encore de l'argent, dit-il. L'argent n'est pas un problème, loin de là. Mais les idées le sont. Personne n'en a. Ou elles sont si saugrenues qu'elles font penser à des bandes dessinées.

— Alors, à quoi bon ? lui demandai-je. Sans idées, à quoi sert de parler ?

— Eh bien, voilà. Il nous faut commencer avec des idées saugrenues, voir si nous avons quelque chance de pouvoir travailler. Une sorte de laboratoire. J'ai de la place chez moi dans la cour.

Nous donneriez-vous un peu d'espace ici ? Pour permettre à... disons une douzaine de personnes de travailler ?

— Premièrement, à quoi ? demandai-je.

— Eh bien, nous nous sommes réunis avant-hier, une vingtaine d'entre nous. Nous nous sommes mis d'accord sur trois points. D'abord, nous réalisons un vaste sondage dans le monde entier au sujet de l'argent. Ce qu'il est exactement. Comment il est traité, qui en a le maniement, donne les ordres, encaisse les bénéfices et si cela se fait avec l'autorisation du gouvernement ou si les banques sont un État autonome. Deuxième enquête : où et comment les prix augmentent-ils et continuent-ils à le faire ? Et troisième question : quel serait le salaire de base pour tous les travailleurs, hommes et femmes, du monde entier ? Un programme politique fondé sur ces données pourrait fort bien nous mettre sur la bonne route.

— Si tout ce que vous voulez de moi est un peu d'espace, vous l'aurez, dis-je. Des idées, je n'en suis pas sûr.

— Qu'entendez-vous par ne pas en être sûr ? demanda Sam, nous regardant, Ella et moi.

— Eh bien, si vous voulez que je vous le dise franchement, je pense que vous finirez dans un tas de papiers, que vous obtiendrez des résultats qui n'en sont pas, dis-je. Je ne crois pas que ce soit ce dont nous ayons besoin. Des arguments, oui, nous en avons à revendre, et des mots plus qu'il n'en faut. Ce dont nous avons besoin est quelque chose que les gens puissent comprendre, les gens ordinaires, à commencer par moi. En fait, chacun de nous en sait un peu plus qu'il ne le montre. Mais comment faire pénétrer en nous de nouvelles idées ? Quand je vois un gros titre dans un journal, je ne lis pas l'article.

— Comme vous avez raison ! dit Ella. Moi non plus !

— Eh bien, que diable, il y a d'autres moyens, dit Sam. La télévision en est un. C'est pourquoi nous avons besoin d'argent.

— Combien de gens écouteront un tas de vieilles fadaises ? Et, pour commencer, je n'ai pas la télévision !

— Allons donc ! Si vous vous mettez à parler d'argent, ils ne manqueront pas d'écouter, dit Sam. Du moment que ça concerne leurs porte-monnaie...

— Mais ils n'écouteront rien et ne liront rien, dit Ella. Moi, je ferme le poste et je fais du feu avec les journaux. Il en est ainsi pour la plupart d'entre nous !

— Écoutez-moi ça ! dit Sam, admirant d'un signe de tête un bel objet dans un angle. Mon épouse ! Écoutez-moi ça !

— Je veux bien faire n'importe quoi pour toi, dit Ella (et je la crus), mais ce fatras politique, non. Tu travailleras deux fois plus que tu ne le fais maintenant, tu auras deux fois plus de soucis ; et tu seras de nouveau au lit. Je ne veux pas de ça. Tu as bien assez à faire. Tu as mis sur pied une affaire merveilleuse. N'est-ce pas suffisant ?

— Ma chérie ! dit-il (et je pouvais voir qu'il hésitait), si les choses continuent ainsi, cette affaire sera anéantie. Grand Dieu ! Je ne puis honorer mes contrats. Il me faut renvoyer un tas de gens. Dois-je me contenter de m'asseoir sur mon cul et accepter ça ?

— Je ne vois rien d'autre sur quoi s'asseoir et tu n'y peux rien, dit-elle calmement. Je pense que Huw a raison. Nous sommes étouffés par les mots. Quel soulagement d'entendre un peu de bonne musique ! Huw, quel bon dîner ! Je souhaiterais vous voir avec une épouse vraiment gentille !

— Moi ? dis-je, étonné. Je suis trop vieux !

— Trop vieux ? s'exclama-t-elle. Trop vieux ?

— Vous pouvez supprimer ce mot-là, dit Sam en levant son verre. On est aussi jeune qu'on se sent jeune, et plus on se sent jeune, plus jeune on est. Et on les culbute toutes !

— Sam ! dit-elle. Tu es impossible !

— Mais j'ai absolument raison, n'est-ce pas ? dit-il en lui prenant la main. Non ?

— Si tu parles pour toi.

Et, me regardant d'un air innocent, elle ajouta :

— Vous devez nous trouver insupportables !

— Non. Revenez quand vous voudrez. Et à propos de Gwynaldrod ?

Sam se leva et entoura Ella de son bras. Je souhaitai pouvoir passer mon bras autour d'un être aussi charmant.

— Il faut que nous en parlions, dit-il. Je crois que Lys Machen a raison. Il est inutile de perdre du temps à construire, si tout doit être inondé. Quelle que soit l'indemnité. C'est Westminster qui détient la décision. Vous voyez ce que je veux dire ? Il faut que nous changions les choses *là-bas* !

– Ce n'est pas *ici* que ça se fera ! dit Ella, passant un bras autour de lui. Viens, mon chéri. C'est moi qui conduis !

J'eus là matière à méditer et, quand les filles revinrent, encore plus.

– Croirais-tu que l'on puisse rester assis dans un bistrot toute une soirée à avaler de la bière ! dit Val, les yeux au ciel. C'est bien fini. Nous leur avons dit que nous partions demain. Savais-tu que cette maison est censée être hantée ?

– Oui, j'en ai entendu parler. Qui te l'a dit ?

– Les garçons. Il y a eu un meurtre ici. Quelqu'un y a été coupé en morceaux et enterré, c'est ce qu'ils ont toujours entendu dire. En sais-tu davantage ?

– Cela ne m'intéresse pas et je ne suis pas de ceux qui croient aux fantômes. S'il y a des âmes inquiètes dans la maison, elles peuvent aller et venir à leur guise.

– Quelle différence cela fait-il ? demanda Kiri. Un fantôme ou une âme inquiète, n'est-ce pas la même chose ?

– L'un a une forme, mais l'autre n'est que dans votre esprit, dis-je. C'est ce que croient les Indiens. mais je ne suis pas indien et je ne le crois pas.

– Que *crois*-tu exactement ? me demanda Valmai. Si ma question n'est pas tendancieuse ? Ou simplement indiscrète ?

– Ni l'un ni l'autre. Je crois à l'esprit. Tout est dans l'esprit. Sans lui, il n'y a rien. Comment pourrait-il en être autrement ?

– Je ne m'y suis jamais réellement intéressée, mais tout cela me laisse sceptique ! dit Val, prenant une tasse de chocolat des mains de Kiri. Il n'y a aucune affectivité là-dedans. Tout cela n'est que question de raisonnement. Si l'on pense d'une certaine façon, on agit en conséquence. Si on raisonne d'une autre manière, on agit de même. C'est ridicule !

– Non, dit Kiri, ce n'est pas ridicule, bien sûr que non !

Valmai agita une main et faillit projeter sa tasse hors de la soucoupe.

– Ah, voilà l'infatigable brûleuse de cierges ! dit-elle d'une voix profonde. Elle a probablement hérité une manie incendiaire. Nous ne pouvions passer devant une église, sans qu'elle y entre avec son rosaire et tout le bazar, et ne s'en donne à cœur joie. C'est le seul domaine où nous ne soyons pas d'accord. Je n'y puis voir aucune raison. Mieux encore, je ne vois pas quel bénéfice cela apporte !

– Mais si nous avions un peu plus de pensées de cet ordre-là, nous pourrions avoir un monde meilleur, dis-je.

– Voilà le mot pivot : *pourrions !* dit Val. Je n'y crois pas. Je ne vois aucune raison pour que nous ayons un monde meilleur que le nôtre, ou de croire en autre chose qu'en nous-mêmes et en nos bons cœurs.

– Mais qu'est-ce qui fait les bons cœurs ? lui demandai-je. Et s'il n'y avait pas eu des gens pour croire avant ta naissance et vivre dans cette croyance ?

– Très bien, dit-elle. Puisque tu uses de cet argument contre moi, pourquoi ne l'adoptes-tu pas ?

– Mais je te l'ai dit ! L'important est que nos ancêtres aient cru.

– Oui, mais cela ne marche pas, dit-elle. Je n'ai jamais connu mon père. Il est mort dans un accident, ainsi que ma mère. Je suis allée vivre dans la famille de l'oncle Davy à Melbourne, tout près de là. Je suppose qu'il y a de quoi être plein de reconnaissance, mais ne puis voir dans ces événements l'effet d'un cierge consumé. Et, laisse-moi te le dire, l'oncle Davy, et l'oncle Owen, et l'oncle Iestyn détestaient tout ce qui avait quelque chose à voir avec ça !

– Qui était l'oncle Iestyn ? demandai-je. Le seul Iestyn que j'aie connu a épousé ma sœur, Angharad. Et ils n'ont pas eu d'enfants. Il est mort en Afrique du Sud. Puis elle a épousé le Révérend Merddyn Gruffydd et ils ont quitté l'Argentine pour la Nouvelle-Zélande. Est-ce bien cela ?

– Et leur second fils était l'oncle Iestyn, dit-elle. Il est mort il y a six ans environ. De la bouteille, et d'une rixe dans un bar de l'intérieur. Il a laissé la famille dans une grande aisance et il a été très bon pour moi. C'est pourquoi je suis ici !

— C'est peut-être grâce aux cierges ? dit Kiri. Ce ne sont que de petites flammes. Mais on les allume avec une prière. Ce sont peut-être les prières qui les font brûler.

— Ça suffit, dit Val en se levant. Ce n'est pas à toi de faire du prosélytisme, bambina. Je t'ai trop souvent traînée, soûle, jusqu'à ta chambre, déshabillée et couchée de force. Cierges et rosaires ne m'étaient alors d'aucune aide, mais seulement la raison de cette vertu, démodée, et beaucoup de force musculaire !

— Je vais me coucher, dit Kiri, se levant et ramenant contre elle sa robe de chambre d'un geste large, comme un éventail qui se referme. (Puis elle regarda Val.) Je crois que ce n'est pas bien à toi de parler de ça. Une amie ne parle pas contre une amie !

— Je ne parle pas contre toi, dit Val, se calant confortablement dans le fauteuil.

Pointant vers moi sa pantoufle, elle ajouta :

— Voilà probablement le meilleur ami que nous aurons jamais. Embrasse-le et va te coucher.

— Non, dit Kiri. Bonne nuit !

J'entendis Kiri monter l'escalier ; j'éprouvais le désir de l'entourer de mes bras. Val me regarda, un doigt entre ses dents.

— Elle est toujours un peu dérangée au moment de la pleine lune. Cela dure parfois une semaine, parfois un jour ou deux. Elle peut alors se déchaîner. Je ne veux pas que cela lui arrive ici.

— Si cela arrive, personne n'en saura rien.

— Pendant combien de temps ? demanda Val, se redressant sur son fauteuil et me regardant. J'étais déterminée à acheter le cottage. J'en ai envie. Je veux le faire toute seule. J'avais dit que Kiri était de moitié là-dedans. Oui, théoriquement. Quand son père mourra, elle entrera en possession de certains biens et me remboursera. Mais je cours un risque. Je l'ai souvent vue sur la mauvaise pente. Si je n'avais été là, que serait-elle devenue ? C'est ce que je me suis souvent demandé.

— Bien, dis-je, et alors ?

Val hocha la tête, se pencha en avant, le menton dans son poing, et, dirigeant son regard vers les apéritifs :

— Où est cette bouteille de whisky ? demanda-t-elle d'une voix lointaine. Elle était là ! Je l'ai vue. Pas toi ?

J'avais ouvert la bouteille plus tôt dans la soirée. Elle avait disparu.

— Cress ne l'a pas prise, dis-je.

Val leva les yeux vers l'escalier, avec un petit sourire auquel se mêlaient la crainte et l'amertume.

— Je vais te dire où elle est ! s'écria-t-elle en se levant pesamment. Je t'ai déjà dit qu'elle s'adonnait à la boisson. Elle devient folle. J'en suis désolée pour elle. Mais je ne crois pas avoir envie de la garder plus longtemps près de moi. Je vais la sortir de là et, demain, elle partira. Es-tu d'accord ?

— Si elle a besoin d'aide, elle l'aura, dis-je. Où ira-t-elle ?

— Chez elle. Je lui paierai le voyage. Personne ne peut rien pour elle. Je l'ai tenté pendant ces deux dernières années. Plus on s'occupe de ces gens-là, plus leur état empire. Es-tu disposé à m'aider ?

Nous montâmes. Val tenta d'ouvrir la porte, puis frappa, appela. Lasse, elle s'appuya contre le mur.

Mais, dans cette maison, les portes étaient aussi vieilles que les murs ; un passe-partout ouvrait à toutes les serrures. J'en décrochai un dans ma chambre et ouvris la porte sans bruit.

Dans la salle de bains, Kiri, en pleine lumière, buvait à même le goulot.

Val courut à elle, lui arracha la bouteille, qu'elle jeta à terre où elle se brisa, et poussa Kiri vers le lit. Celle-ci se débattit, terrible, essayant de mordre, poussant des cris, aveuglée par ses cheveux noirs ; mais un croc-en-jambe la fit trébucher. Elle s'étendit de tout son long. Val, s'agenouillant au-dessus d'elle, lui maintint les épaules. Pendant quelques instants, elles luttèrent dans la demi-obscurité. Comme un éclair, deux mains blanches se dressèrent et Val frappa deux fois. Les bras de Kiri retombèrent. Elle se mit à gémir et à murmurer en français, tentant de refouler ses sanglots. Puis elle poussa de nouveaux cris et la lutte recommença. J'aurais voulu prêter mon aide, mais, parmi les bras et les jambes, je ne savais qui dégager.

— Va-t'en ! dit Val, se tournant à demi vers moi. Je peux m'en tirer.

Elle frappa dur de nouveau et les bras de Kiri s'écartèrent. Val descendit du lit, lui ôta son tricot de laine et se mit à lui déboutonner son pantalon.

— Pourquoi restes-tu là ? me lança-t-elle, furieuse. Empêche les servantes de venir ici. Je ne connais qu'un moyen de l'apaiser.

Elle lui arracha son soutien-gorge, introduisit ses pouces dans son slip, le lui ôta, puis se jeta sur elle.

Bon.

Je voudrais bien savoir par quel chemin ma mémoire me conduisit, de deux filles sur un lit, au rocher, haut de la vallée, où je me tenais toujours pour attendre mon père et mes frères qui remontaient de la mine. Qu'il fît sombre ou non, je les reconnaissais à leur silhouette. Me glissant de force entre mes frères et lui, je prenais la main de mon père, en cachette, pour marcher. Parfois, l'un deux faisait le geste de me donner une taloche, mais ils savaient que si j'avais de la poussière de charbon sur mes vêtements ma Mama en ferait toute une histoire ; et ils me laissaient bientôt tranquille. J'étais toujours fier de faire partie des hommes qui gravissaient la colline pour rentrer à la maison.

Je ne sais plus très bien quand nous cessâmes de chanter en ce temps-là, ni pourquoi, mais un jour nous avons mis fin à nos chants. J'ai tenté de me rappeler si j'avais été sensible au silence. Mais non, cela ne m'est jamais arrivé et je me suis souvent demandé pourquoi. Mon père et les hommes de son âge avaient appris à chanter depuis l'enfance, mes frères aussi, mais mon père avait connu l'âge d'or, où la paie était remise en souverains. Mes frères ne connurent que la fin de l'âge d'or, auquel succéda le temps des billets de banque. Mais ce ne fut plus jamais la même chose. Après les grèves et la famine, je suppose qu'on n'avait plus envie de chanter et qu'on n'aspirait qu'à sortir de la fosse aux esclaves et à rentrer chez soi prendre un bain. Et que le reste aille au diable !

Cela n'incitait guère au chant.

Mais, enfant, je me suis souvent senti soulevé par ces voix chantant sur le rythme des chaussures qui martelaient les pierres. Je les entends maintenant, formées et disciplinées, tous les soirs à la chapelle, chantant d'abord des hymnes, puis des chorals. Au temps de mon enfance, les chefs des chœurs étaient très exigeants sur la tonalité, la qualité du timbre, l'équilibre et la clarté. Il n'y avait pas à discuter et les répétitions se poursuivaient jusqu'à ce que nous soyons écœurés de toute musique. Mais venait enfin le soir où nous nous entendions chanter comme si le Seigneur-Dieu se tenait parmi nous ; nous savions que le chef avait eu raison et gagné à la sueur de son front le « sir » que nous lui donnions toujours après.

Je ne me rappelle plus très bien en quelle année nous fûmes vainqueurs au concours de chorales de toutes les Vallées, d'où les hommes rentrèrent ivres et inconscients. Ellis, le facteur, passa la moitié de la nuit dans la charrette anglaise, à laquelle on avait attelé Lily, la jument blanche ; il ramassait les hommes, les déposait chez eux, puis allait en chercher d'autres qui titubaient ou dormaient au bord du chemin. J'étais dans la cabane du veilleur de nuit, près d'un brasero, et dirigeais un chœur formé de quelques camarades, agitant une baguette d'une main et élevant parfois l'autre, lorsque j'aperçus Ivor, mon brave frère, un doigt pointé vers moi, mais attendant que nous eussions fini *Mon rédempteur vit, je le sais*. Je déposai alors la baguette.

— Allons, viens ! dit-il. Mama t'attend depuis des heures !

— Eh bien ! c'était vraiment parfait, dit Morris Evan, le veilleur de nuit. Ils ont chanté comme de sacrés anges !

— Comme de sacrés anges, ils devraient être au lit depuis longtemps ! dit Ivor. Filez, vous autres, sinon vos papas viendront vous chercher avec une courroie !

Je revois encore détaler toutes ces jambes ! Je rentrai avec Ivor. Ma Mama était assise dans le grand fauteuil, un coude appuyé sur un bras et le poing contre sa joue.

— Alors, mon garçon, tu veux me pousser dans la tombe ? Où étais-tu ?

— Il avait réuni un chœur de garçons chez Morris Evan, le veilleur de nuit, dit Ivor. C'est lui qui dirigeait. Et ils chantaient comme des rossignols. Vraiment, ce jeune homme ne met pas longtemps à apprendre !

Mama se redressa sur son siège ; son visage prit une expression différente. Au lieu de s'emparer du fouet, elle ouvrit le four et saisit un torchon pour en sortir mon dîner. Puis elle déposa l'assiette sur la table, ôta le couvercle qui la recouvrait et tira une chaise.

— Allons, assieds-toi et mange bien. Si nous avons des chefs de chœur dans la maison, il faut qu'ils aient quelque chose de bon à se mettre sous la dent. Et après, tout droit au lit !

— Oui, Mama, dis-je. Mais est-ce que je les dirigeais bien dans le dernier chœur, Ivor ?

— C'était merveilleux, dit-il. Mais tu battais la mesure trop vite. Ils ont besoin de respirer. Tu aurais fini par leur couper le souffle !

— Bah ! cela ira de mieux en mieux, je suppose, dit Mama. Il n'avait sur lui qu'un tricot de laine. N'as-tu pas eu froid, mon petit ?

— Non, Mama. Chanter me donnait chaud.

— Allons, mange ! dit-elle, me passant doucement sa main sur la joue.

Il serait difficile de savoir pourquoi tout cela me revenait en mémoire. Peut-être le spectacle des vases de jonquilles et de crocus envahissant la maison ravivait-il mes souvenirs ; j'imagine qu'ils me faisaient penser à la montagne, et à Mama, et à tous les autres.

Je me la rappelle, un pied posé sur le garde-feu, en train d'écosser des fèves dont les graines tombaient dans la passoire avec un son grêle. Angharad repassait les chemises du dimanche, empesées et luisantes, pour mon père et mes frères, ses tresses d'or roux encadrant son visage éclairé par la lampe. Ceridwen, dans un coin, découpait des patrons avec de grands ciseaux, sa langue se montrant quelquefois entre ses dents qui mâchonnaient. Bron travaillait une pâte au rouleau. On entendit soudain un tumulte, puis le hurlement profond de la sirène de la mine et un cri perçant de Mme Hughes, une de nos voisines. Bron regarda ma Mama, dont les yeux regardaient fixement au-delà des âges et qui élevait une main ouverte comme pour repousser quelque chose.

Ivor mourut ce soir-là avec tous les autres. Pendant des jours entiers, je crus que les cercueils ne cesseraient pas de sortir de chez Jones, le menuisier, pour descendre dans la mine, emprunter la cabine quand elle remontait et se diriger vers les maisons où ils étaient accueillis par les cris et les larmes des femmes et des enfants. Puis ils prenaient lentement le chemin du cimetière en une longue file, entre des milliers de gens venus d'autres vallées. Personne ne chantait. Les maisons restèrent silencieuses pendant des semaines ; la pluie pleurait pour nous tous.

Je ne crois pas que l'un de nous ait jamais vu ma Mama sourire de nouveau. Bron s'enferma dans sa chambre pendant des jours et, plus d'une fois, mon père dut prendre dans ses bras les filles en larmes et leur dire d'être fortes. Mais il eût été difficile de leur dire d'où tirer cette force, sinon des bras chaleureux qui les étreignaient. Peut-être est-ce en ce temps-là que la chapelle perdit ses fidèles. Personne n'avait envie de chanter, donc il n'y eut plus de chœurs. Quelques-uns y allaient encore, mais ce n'était plus comme avant. Il était étrange de voir ses portes fermées, sans que quiconque entrât même pour balayer.

Et rien que cela en disait long. Fermée la chapelle, fermés les magasins et les boutiques.

Bien, bien.

Une telle différence entre ce temps-là et aujourd'hui !

Et combien de fois me suis-je demandé pourquoi !

S'il y a une réponse, je ne l'ai jamais entendue.

Sauf peut-être dans les livres des Prophètes, mais, à bien des égards, ils nécessitent quelques réserves. Il est plus facile de fermer la Bible, de la cacher et de puiser un peu de tintamarre à la radio car, grâce au bruit, vous cesserez de penser, de vous émouvoir ou de vous tourmenter.

Mais, en ce temps-là, nous n'avions pas de tintamarre.

Idris, le facteur, arriva dans sa petite voiture rouge pendant que je me promenais dans le jardin devant Plas Sûs, contemplant les jeunes pousses, les roses en bouton et les plantes à oignon tardives. Cress prit les journaux et les lettres et me regarda.

— Idris réclame le reçu d'hier, sir, dit-elle.

— Quel reçu ? demandai-je au facteur.

— Celui d'une lettre recommandée d'Australie. Cress n'a pas voulu signer.

— Je n'ai rien reçu d'Australie.

Cress désigna la table du doigt.

— Je l'ai mise là, sir, et le reçu par-dessus. Quand j'ai vu qu'elle avait disparu, j'ai pensé que vous l'aviez prise.

— Il me faut ce reçu, sir ! dit le pauvre garçon. Le directeur s'emporte facilement.

— Il n'aura qu'à rester maître de lui-même, dis-je. Passez ici en revenant, voulez-vous ?

Mme Frew, Cress et Mme Rhodrick fouillèrent toute la maison ; moi la bibliothèque et mon cabinet de travail. Pas de lettre.

— Les deux jeunes filles sont-elles parties avant ou après l'arrivée de la lettre ? demandai-je à Cress.

— Après, dit-elle. Leurs vêtements ont disparu, il n'y a rien non plus dans la salle de bains, et, dans les bureaux, il ne reste que les tables et les tableaux !

— Je savais que Kiri partait, dis-je. Mais Mlle Val devrait certainement revenir dans les quarante-huit heures ?

— Ça n'en a pas l'air, sir, dit Mme Frew. On n'a pas besoin d'une douzaine de robes pour deux jours, n'est-ce pas ?

Je commençai à avoir des doutes, mais je n'aurais pu dire pourquoi.

Douglas était au tribunal ; il arriva à l'heure du déjeuner.

— Toute cette affaire est curieuse, dit-il quand je l'eus mis au courant. Le père a laissé son nom et son adresse et celle de sa banque. Je lui ai envoyé ma note et elle est revenue, avec la mention « inconnu » aux deux adresses !

— Une note pour quoi ? Avez-vous fait quelque chose pour lui ?

— Deux heures de mon temps et un projet de contrat de vente pour le cottage derrière le vôtre.

— C'est la première fois que j'en entends parler. Valmai parlait de l'acheter, mais ce projet n'avait pas réellement pris corps !

— Ce n'est pas dans le contrat, mais le prix de cent vingt-cinq mille livres a été avancé, dit-il. Voilà pourquoi je lui ai demandé le nom de sa banque.

— Ou ils sont fous tous les deux, ou je ne suis pas encore réveillé ! Ça dépasse mon entendement. Qu'est-ce que ça peut cacher ?

— Il nous faut attendre, dit Douglas, enfonçant ses mains dans ses poches et s'appuyant tantôt sur un pied, tantôt sur l'autre, plein d'anxiété. Ouvrez n'importe quel journal. Des gens n'arrêtent pas de faire des escroqueries. Il semblerait qu'on ne puisse croire quelqu'un sur parole. C'est pourtant ce que l'on fait et les juges ne chôment pas, et nous non plus. Comment diable n'ai-je pas eu de soupçon ! Mais il doit y avoir quelque chose. Quelque chose de désagréable pour vous.

— Et la lettre recommandée ? dis-je. N'a-t-elle pas été volée ?

— Il n'y a pas de preuve. N'importe qui peut l'avoir prise. Je demanderai à l'inspecteur de jeter un coup d'œil là-dedans. Si vous apprenez quoi que ce soit, faites-le-moi savoir.

Je n'étais pas allé jusqu'au cottage depuis des semaines, des mois peut-être. Il ne m'intéressait guère. J'avais bien des choses à faire plus près de chez moi et je ne me souciais guère de patauger dans la boue accumulée dans la déclivité et plus encore dans les basses prairies. Mais je fus surpris de voir une allée pavée tout le long du chemin ; elle serpentait à travers les champs et continuait jusqu'au haut de la montée. Je n'avais pas commandé d'allée et j'étais certain de n'avoir jamais rien payé pour ce travail.

Une fois au sommet je vis que le bâtiment avait subi beaucoup de changements. Les travaux étaient presque terminés, sauf un échafaudage à une extrémité et une fenêtre qui restait sans encadrement au premier étage. Deux hommes travaillaient sur un côté ; deux ou trois autres surgirent de la façade de derrière avec des brouettes et des étançons.

Je ne connaissais aucun de ces hommes. Ils étaient là sans mon autorisation ; je n'avais rien su de ces transformations.

— Qui est le responsable ? demandai-je.

Un homme pointa le pouce vers la maison ; j'y entrai. Beaucoup de modifications avaient été faites : des murs avaient été supprimés, un bon feu de bûches flambait dans une large cheminée de pierre, un dallage fait de grands carreaux de plusieurs teintes (beige, marron, sable, gris) s'étendait jusqu'à la cuisine, rutilante d'acier et de verre et, au-delà, à la salle à manger ornée de panneaux de chêne. Une porte vitrée menait à ce qui avait été autrefois une étable, mais qui était maintenant une haute et longue salle parquetée de bois huilé. Elle était fort agréable à l'œil.

Un jeune homme était assis à une table à dessin, sous la lumière d'un plafonnier.

Je ne l'avais jamais vu auparavant.

— Mon nom est Morgan, dis-je. Cette maison m'appartient. Que faites-vous là ?

— Je travaille pour la compagnie, dit-il en se levant. Cette maison vous appartient, dites-vous ? Elle a été vendue il y a des mois !

— A quelle heure finissez-vous de travailler ? lui demandai-je.

— Quand le camion arrive, vers cinq heures. Pourquoi ?

— Je vais me renseigner sur la compagnie, dis-je. Qui sont les entrepreneurs ?

Il me donna une carte, désignant du doigt le nom de l'architecte et celui de la compagnie. Ils m'étaient totalement inconnus.

— Il se passe quelque chose de grave. Dites aux ouvriers qu'on n'aura pas besoin d'eux à partir de ce soir. La police sera ici dans une demi-heure !

J'étais trop surpris pour éprouver quoi que ce fût. Un chemin macadamisé à deux sens allait jusqu'au tournant pour rejoindre la grand-route, ce que je n'avais jamais ni commandé ni payé ; en outre, il y avait là un tas de matériaux de construction.

Je rentrai en essayant de réfléchir, puis de ne pas réfléchir, mais je réussis à voir Douglas. « Laissez cela, me dit-il, je vais m'en occuper. »

J'aurais dû le faire bien avant !

C'est alors que je me sentis vieux et étranger. Les gens que j'avais connus autrefois avaient cessé de vivre. Le monde où j'avais vécu était mort. Personne ne pensait comme moi. Chacun tournait les choses non de la façon dont elles devraient être, mais comme il le voulait, et rien de bon n'en sortait parce que rien n'était vraiment honnête.

En revenant, je restai debout devant la glace.

« Sacré vieil imbécile ! dis-je. Tu as mené maintes sortes de vies, mais il suffit de deux brins de filles pour te mettre dans une situation infernale. Que t'arrive-t-il ? Es-tu devenu fou ? »

Je vis des yeux gris, des cheveux gris et encore le teint rougeâtre dû aux années passées dans les pampas et dans les Andes ; mais je me sentais pourtant comme un enfant de cinq ans réclamant sa Mama à grands cris. C'est une impression merveilleuse. Être un homme et pourtant un petit enfant.

— Il ne faudra pas beaucoup de temps pour tirer cela au clair, dit cet après-midi-là Alford, le commissaire de police, tirant d'une mallette un tas de brochures en couleurs. Voyez-vous, monsieur Morgan, vous avez eu de la chance. D'autres ont été plus malchanceux. Maintenant, regardez. Ici, vous êtes loin de tout. D'autres endroits le sont aussi. Voyez ces brochures. Propriétés à vendre en Écosse. Nord de l'Angleterre. Côte du Lincolnshire. Northumbrie. Pays de Galles. Devon. Cornouailles. Comtés avoisinant Londres. La Côte sud. Irlande. Bretagne. Pays basque. Espagne. Portugal. Maroc. Algérie. Tunisie. Maroc espagnol. Même avec un peu d'argent vous pouvez être actionnaire dans l'une de ces affaires, ou dans toutes. Un tas de gens ont investi beaucoup d'argent là-dedans. C'est une escroquerie du commencement à la fin !

— Une escroquerie ? Comment ça ? dis-je. Y suis-je mêlé ?

— Seulement dans la mesure où l'on s'est servi de vous, dit Douglas. Je suis allé chez le haut-commissaire d'Australie. Je regrette de vous dire que cette jeune femme, Mlle John, est inconnue à cette adresse à Melbourne. Quant à l'autre fille, de nationalité française, on ne sait rien d'elle. Pour le moment du moins !

— Mais voyons, dis-je. Beaucoup d'argent a été dépensé sur une propriété qui m'appartient. Pourquoi ?

— Si vous regardez ces brochures, vous verrez qu'il y a plus de quarante endroits où les actionnaires peuvent enterrer leur argent, et rappelez-vous que j'ai employé le mot *enterrer*, dit le commissaire Alford, tapant sur les brochures. Des gens ont perdu des millions. Il y a eu très peu de plaintes. La plupart des gens ont fait la part du feu. Ils n'ont pas envie d'être pris pour des poires. Ce plan est très bien fait. L'impression de ces brochures ne coûte rien, ou presque. Les vendeurs peuvent alors exercer une forte pression. Tout a été calculé dans le moindre détail. Votre domaine, là-haut, est isolé. Très peu de gens peuvent s'y rendre. De sorte que si l'on aménage une propriété que l'on peut photographier, la partie est à demi gagnée !

Il ouvrit une brochure ; le dessin du cottage y figurait ; c'était une copie du lavis, au premier étage.

— Voyez-vous, dit Douglas, on peut amener là des gens. Avez-vous entendu bourdonner des avions aux alentours ?

— Oui, mais je n'y ai jamais prêté attention.

— Ah ! mais si l'on peut montrer une maison en construction et à une bonne distance, on a probablement fait une vente, dit Alford. Pour autant que je le sache, il y a environ deux millions de livres, ou plus, perdus chaque année dans ces sortes d'escroquerie. Personne ne semble en tirer de leçon. Je suppose que vous aurez bientôt ici quelques « propriétaires » furieux. Faites-le-moi savoir. C'est alors que j'entrerai en scène !

— Et les hommes qui travaillent là ? lui demandais-je.

— Ils ont tous été emmenés pour être questionnés, dit-il.

— Et la dépense ? demandai-je à Douglas.

— C'est le moindre de vos soucis, dit-il. Ce ne sera pas la première fois qu'un homme est escroqué par deux jolies filles !

— Escroqué ? dis-je.

— Victime d'un abus de confiance, dit le commissaire.

— Voyons, dis-je, me mettant en colère, deux jeunes filles de bonne éducation viennent ici, l'une prétendant être ma nièce et l'autre une amie à elle. Le père de l'amie vient ici et verse quelques larmes sur elle. Elles travaillent là-haut, puis dans le cottage. Tout ça pour rien ?

— Assurément non ! dit le commissaire. Pendant tout le temps qu'elles sont restées là, la bande a gagné de l'argent. Dès qu'elles en ont reçu l'ordre, elles ont disparu.

— Mais tant d'embarras ! dis-je. Cela en vaut-il la peine ?

— Eh bien, s'ils vendent un millier d'actions sur le domaine, combien ont-ils recueilli ? dit Douglas. Vous avez un bon renom dans la région. Les gens ne doutaient pas de travailler pour vous, puisque c'est votre propriété. En d'autres termes, les escrocs ne dépensaient rien. Les perdants sont des « monsieur Machin », Hooper par exemple. Ils ont fourni des matériaux et ne rentreront jamais dans leur argent.

— Vous vous trompez ! dis-je. Le travail est bien fait. Je paierai. Mais je n'y comprends toujours rien !

— C'est très simple, dit le commissaire. Quelques escrocs s'associent. Ils établissent un plan très simple. Des domaines isolés sont photographiés, ou dessinés, et sont reproduits dans ces brochures. Ces gens savent qu'il existe une grande quantité d'argent louche, non déclarée, dont l'Administration des impôts aimerait connaître l'origine. Les gens investissent, disons, quelques milliers de livres dans des actions représentant un certain nombre de propriétés censées appartenir à la compagnie mère. La compagnie mère n'existe pas, sauf dans ces brochures et à de fausses adresses. Cela se passe en Europe, aux États-Unis, en Amérique du Sud et dans les pays du pétrole, partout où il y a des fonds à investir. Ces fausses compagnies, il en naît à chaque minute !

— Mais je ne vois toujours pas comment on peut perdre son argent dans des absurdités ! dis-je.

— Facile à dire ! répondit le commissaire. Votre argent est de l'argent honnête. Honnêtement gagné, honnêtement payé. Mais la plupart de ces fonds-là ne le sont pas. Les gens qui sont volés ne peuvent se plaindre. Ils auraient le fisc à leurs trousses. Ou nous !

— Et que va-t-il arriver maintenant ? demandai-je.

— Envoyez-moi tous ceux qui se présenteront, dit Douglas. Je ne crois pas que nous ayons beaucoup d'ennuis. Laissez les ouvriers finir leur travail. Vous n'êtes pas le responsable. Il nous faut découvrir qui l'est. Avant tout, retrouvons ces deux beautés. C'est en prison que vous les reverrez.

— Mais quels sont les idiots qui peuvent se laisser prendre ainsi ? m'écriai-je. Comment peut-on gagner de l'argent dans une telle entreprise ?

— Comment ? dit le commissaire, écarquillant ses yeux bleu pâle. Mais cela rapporte des millions !

J'avais l'impression d'être dans une forêt de formes grossières et de sons absurdes, où rien n'était solide. Je pouvais presque voir les éclats or et argent des guitares, et les masques velus des danseurs qui semblaient se livrer à des assauts de boxe. Et, soudain, je fus navré pour tout le monde.

Il n'y avait rien, vraiment rien à faire. Mon père, regardant fixement la grille du foyer, n'était pas plus triste que moi.

Pendant cette période, Mme Frew et Cress écartèrent tous les visiteurs — les amis tout aussi bien — en pimentant simplement leurs propos du mot « police ». C'était magique. Tout le monde s'évanouissait comme dans un brouillard. Mais elles prenaient les numéros des voitures. Un après-midi, le commissaire revint avec une liste de noms ; je ne connaissais aucun d'eux.

— Écoutez, dis-je. Je suis las de tout ceci. Je ne veux plus en entendre parler. Je veux seulement savoir qui était l'architecte, car les travaux sont mieux faits que je n'aurais pu l'imaginer. Qui était-ce ?

— Lys Machen, dit-il. Elle a entrepris les travaux pour le compte d'une autre compagnie. On lui a payé ses honoraires pour les plans. Elle croyait que c'était pour vous !

— Je n'en ai jamais rien su, dis-je. Quelque chose lui est-il dû ?

— Pas que je sache. Mais il y a quelque chose de beaucoup plus sérieux. Cette femme, Kyrille Brieuc. Que savez-vous d'elle ?

— Je n'en sais pas plus que vous, dis-je. Eh bien ?

— Est-elle venue ici avec beaucoup de bagages ? demanda-t-il, consultant des papiers.

— Les bagages habituels, je suppose, mais un tas de caisses avec tout un matériel de dessin.

— Où ces caisses étaient-elles entreposées ? demanda-t-il comme un chien qui flaire une piste.

J'allai chercher Mme Frew et elle emmena le commissaire au hangar à provisions, puis aux bureaux de dessin. Rhodrick le conduisit ensuite dans la jeep au haut de la montée, jusqu'au cottage ; il revint à temps pour le thé, plus silencieux qu'avant son départ.

— On ne connaît jamais le dessous des cartes, dit-il. Ces caisses sont deux fois plus nombreuses que ne le nécessitent les meubles, les tables à dessin et le reste. Avez-vous jamais entendu parler du mouvement autonomiste breton ? C'est l'équivalent des mouvements nationalistes dans les autres pays. Ici, par exemple. Parmi les partisans, il y a peut-être les Arabes. Ils aident l'I.R.A. N'avez-vous jamais rien entendu là-dessus ?

Il me fallut réfléchir.

— Oui, je l'ai entendue parler des Bretons, dis-je. Ils luttent contre les Français comme nous sommes en lutte avec les Anglais.

— En lutte ? Quelle lutte ?

— Eh bien, si vous ne le savez pas, que puis-je vous dire ? J'en sais encore moins. Sauf ce que j'éprouve !

— Êtes-vous nationaliste ? me demanda-t-il, le front bas et le regard dur.

— Naturellement, dis-je. Suis-je anglais ?

— Avez-vous de la sympathie pour les Bretons ? demanda-t-il carrément.

— J'en ai pour tous ceux d'entre nous qui veulent se libérer des étrangers, donc pour les Bretons ! dis-je sans détour. Surtout pour nous !

— Bonsoir, monsieur Morgan, dit-il, se dirigeant lentement vers la porte.

Cress le fit sortir et tira la langue derrière son dos pour me faire rire.

Mais il n'y avait pas de quoi rire.

Les caisses furent enlevées par la police et Douglas parut cet après-midi-là.

— Il vous faudra être circonspect, dit-il. Si l'on découvre que des explosifs sont arrivés dans ces caisses, vous pourrez être tenu pour responsable de bien des choses. Avez-vous signé lors de leur réception ?

— Non, elles sont arrivées dans un camion. Écoutez, Douglas. Toutes ces balivernes ne m'intéressent pas. Si ça continue, je quitterai le pays. Compris ?

— Ce serait interprété différemment ailleurs, dit-il. N'oubliez pas qu'un tas de mouvements nationalistes sont liés. Ils sont financés par les mêmes gens. Beaucoup d'hommes sont formés à se servir d'explosifs. Ils sont payés pour ça, qu'ils tuent, blessent ou non, aussi longtemps qu'ils causent des dégâts. Est-ce là ce que vous voulez ?

— Pas du tout.

— Soyez prudent avec la police, dit-il. Ils ne comprennent pas comment ces deux filles ont pu rester là si longtemps alors que vous en saviez si peu sur leur compte. Ne leur avez-vous pas posé des questions ?

— Au nom du ciel, qu'y avait-il à leur demander ? Elles étaient là. Elles travaillaient. Que demander de plus ? Mais je peux vous dire une chose. Ça ne se renouvellera pas !

Il enfila son pardessus, les bras au-dessus de la tête. Je revoyais sa mère, il y a des années, l'introduisant dans une paire de manches, d'une façon qu'il n'avait jamais oubliée.

— Écoutez, Huw, dit-il. Vous avez été terriblement refait. C'est une chance extraordinaire que les choses n'aient pas tourné plus mal. Tout cela est lié à l'I.R.A. et, en général, à leur mouvement de guérilla. En d'autres termes, suspect !

— Sûrement pas chez nous ! dis-je.

— Partout ! Il y a toujours des têtes brûlées prêtes à faire n'importe quoi, surtout si elles sont bien payées. Quelqu'un vous a-t-il jamais demandé un peu d'argent pour aider le mouvement ?

— Non, dis-je. Et je ne lui aurais rien donné !

— Tant mieux. N'en démordez pas !

Blodwen vint un vendredi après-midi, lorsque j'eus fini de payer les hommes. Et, tandis que nous prenions le thé, elle posa sur mon assiette un chèque couvrant tout le montant du prêt.

— Et pourtant, je ne pourrai jamais te rembourser tout ce que je te dois, dit-elle. Je ne serai jamais plus dans le besoin, je ne tirerais plus le diable par la queue !

Elle était plus femme, plus assurée, mais plus aussi charmante, bien que je ne susse dire pourquoi. Je suppose que si l'on vit parmi des gens frustes, on le devient soi-même. Cela se révèle dans la voix, dans les yeux, dans la façon de tenir ses mains, de s'asseoir ou de se lever, dans la démarche. J'étais navré qu'une autre personne de bonne éducation fût gâtée ; mais, une fois encore, rien à faire.

A la fin de l'après-midi, je l'emmenai à Gwynaldrod voir son domaine. Tout au long du chemin, elle s'exclama sur la beauté des champs, des haies pleines de fleurs en bouton, des arbrisseaux près de s'épanouir et du calme des petits lacs où un seul cercle argenté tracé par un poisson ridait les ombres des arbres.

— C'est encore le plus merveilleux des pays ! dit-elle. J'ai vu la plupart des autres. C'est celui-ci que j'adopte. Ma Mama avait raison !

C'est alors que je lui parlai du projet d'immerger Gwynaldrod. Je crus qu'elle allait pleurer.

— Ce n'est pas possible, murmura-t-elle. Un si charmant petit endroit !

— Les Anglais ont besoin d'eau et ils la prendront !

— Mais qui permet pareille chose ? dit-elle, regardant autour d'elle. Sont-ils fous ?

— Non, anglais.

— Veux-tu dire que c'est inévitable ? s'écria-t-elle. Rien à faire ?

— Non, dis-je, entendant de nouveau le triste écho de ces mots prononcés autrefois. Non, vraiment rien à faire !

Son visage était pareil à celui de sa Mama, telle que je me la rappelais lorsqu'elle était en colère, roulant les yeux, la bouche frémissante, les narines gonflées, tremblant un peu.

— Il n'est pas étonnant que les gens soient nationalistes ! s'exclama-t-elle. Je vais m'informer plus avant.

Nous demeurâmes silencieux pendant le chemin du retour. Une fois à la maison, je lui parlai de Lys Machen. Elle me demanda la permission de téléphoner. Je sortis pour faire, comme chaque soir, le tour de la ferme, et trouvai Rhodrick encore occupé dans la serre principale. J'en étais venu à le tenir pour un brave homme, mais je ne lui parlais que de la ferme, des marchés et de ce qui se passait dans la région ; jamais de politique, étant dans le doute à cet égard.

— Que pensez-vous de cette affaire de Gwynaldrod ? demandai-je tandis qu'il rassemblait des rosiers grimpants à replanter.

— Je n'y pense pas, sir. J'ai cessé de penser. Ces bougres-là vont noyer le pays. Ils se moquent bien de nous, n'est-ce pas ?

— Personne ne fait-il rien à ce sujet ? dis-je, fixant son large dos recouvert de toile bleue.

— Qu'y a-t-il à faire ? Ils nous ont eus. Ils peuvent faire ce qu'ils veulent. Personne n'a rien à dire !

— Et le délégué de la circonscription au Parlement ? N'a-t-il rien dit ? N'y a-t-il aucune réaction communautaire ?

— Oh ! si, dit-il, coupant un nœud. Mais cela servira-t-il à quelque chose ? Non. Pas plus que la dernière fois. Pas plus que cette fois. Ou la prochaine. Nous sommes dévorés par des salauds. Nous l'avons toujours été. Nous le serons toujours !

— Mais pourquoi ? Pourquoi sommes-nous si impuissants ?

— Écoutez, monsieur Morgan, dit-il, se tournant vers moi. J'ai un bon emploi chez vous et il serait dommage de tout gâcher, n'est-ce pas ? Eh bien, je donnerais n'importe quoi pour que nous soyons *nous,* pour que nous ayons notre propre gouvernement, et *au diable* ces maudits Anglais !

— Depuis combien de temps pensez-vous de cette façon ?

— Oh ! depuis que je suis enfant. Mais à quoi bon ? Mon père et mon grand-père pensaient de même. A quoi bon ? Cette bande de *salauds,* à Londres, fait ce qui lui plaît. Pour eux, nous sommes de la *merde* !

— Pourquoi les avez-vous laissés faire ?

— J'avais une famille à entretenir, dit-il, prenant sa casquette et sa gamelle. Bonsoir, monsieur Morgan. Ça n'ira jamais mieux.

— Pourquoi pas ? lui criai-je dans l'obscurité.

— Nous n'avons pas les hommes qu'il faut ! cria-t-il en réponse. Pas de cerveaux. Ils sont les domestiques des Anglais. Les laquais des beaux esprits. A quel moment ont-ils été différents, depuis le temps de leurs pères et de leurs sacrés barrages ? Qu'ils aillent au diable !

Bien.

Je n'aurais jamais cru que Rhodrick, ce brave garçon, pût avoir de tels sentiments. Et combien d'autres comme lui ? Combien de femmes ? Et qu'arriverait-il s'ils prenaient vraiment des décisions ? Défiler dans les villes et les villages ne ferait que rendre la circulation plus difficile. Brûler des fermes nuirait à des gens qui pensent comme eux. Faire sauter des pylônes n'aurait pour résultat que de priver leurs propres maisons de chaleur et de lumière. Détruire des antennes de télévision ôterait aux vieilles gens leurs chances de distractions.

Rien de tout cela n'influerait sur un vote à Londres.

Il en est ainsi, hurlaient les démons.

Je voyais maintenant l'utilité d'un parti nationaliste, ne fût-ce que comme un exutoire normal au désespoir et pour apaiser la haine longtemps contenue. Rien de plus que le témoignage d'un électeur sur un bout de papier ? Peut-être. Mais que cela en valût la peine ou non, peu importait.

Sam Hooper vint après le dîner et dit qu'il avait eu la police chez lui tout l'après-midi. Ils avaient apporté avec eux des tas de papiers et un album de photographies.

— J'en ai reconnu trois, dit-il d'un air maussade. Les hommes les plus charmants que j'aie jamais rencontrés. Eh bien, je me trompais. C'étaient d'anciens détenus. Est-ce croyable ?

— Mais avez-vous accepté les commandes sans argent ?

— C'était votre domaine, dit-il. Lys Machen était l'architecte et les entrepreneurs des gens de la localité. Y avait-il lieu de se tourmenter ?

— Je ne vois pas comment elle est mêlée à ça, dis-je. Les deux filles faisaient tous les dessins.

— Erreur. Lys a fait le plan de fondation et tous les dessins sont l'œuvre du jeune homme que j'ai placé là-bas. Ces deux filles étaient des canailles. Il s'en est aperçu dès qu'il les a vues. J'en avais parlé à Ella, qui m'avait conseillé de ne rien vous dire, de crainte de vous bouleverser. « Laisse-le le découvrir tout seul », m'a-t-elle dit.

— Je leur ai trop lâché la bride, dis-je. Préparez-moi votre note. Si ces entrepreneurs sont des hommes de la localité, qu'ils retournent à leur travail et que le jeune homme reprenne ses fonctions. Ce sera la meilleure façon de mettre fin à cette aventure. Ce lieu est devenu une véritable plaie !

— Ne parlez pas ainsi ! s'écria-t-il. Vous avez transformé ce lieu abandonné en l'un des plus beaux domaines du pays. Ce n'est pas votre faute si des escrocs s'y sont introduits. Je souhaiterais que vous voyiez Lys. Elle se reproche sa participation dans cette histoire.

— Dites-lui qu'elle se blâme sans raison. Je la verrai incessamment. Voudrez-vous le lui dire ?

Je me rendis le lendemain au bureau de Lys. Si elle était encore distante, je me sentis encore plus loin d'elle. Je découvris au moins comment les deux filles avaient opéré, sans cependant m'en trouver mieux. Elle me montra une insertion dans un magazine professionnel disant que Mlle Valmai John, de Melbourne, accueillerait volontiers toutes demandes de renseignements pour la restauration de vieilles demeures de toute époque, dallages en mosaïque, panneaux muraux et ébénisterie. Elle indiquait le numéro d'une boîte postale et, dans deux annonces ultérieures, elle donnait mon adresse.

— Je ne savais rien de tout cela, dis-je. Et je n'en veux rien savoir.

— J'aurais aimé vous parler, dit-elle, regardant par la fenêtre la brume grise qui tombait sur les arbres. Deux des hommes qui sont venus me voir la connaissaient. Ils étaient français, mais un troisième, qui dirigea l'entretien, ne l'était pas. La police a tous les détails. Avez-vous jamais perdu une matinée entière à répondre à des questions ?

— Ne m'en parlez pas ! dis-je. Plus tôt ce sera oublié, mieux cela vaudra. Et que se passe-t-il maintenant pour Gwynaldrod ?

— Rien jusqu'à ce que la Chambre des Communes émette un vote, dit-elle. Je crains bien que nous ne perdions. Nous n'avons pas le pouvoir de les empêcher d'agir. Avez-vous lu les exposés du Plaid * ?

— Non, je pensais que le désir d'une nation ne pouvait qu'être source de divisions. Mais je le crois maintenant nécessaire. Avez-vous eu la visite d'une autre nièce à moi ? Blodwen Tiarks ?

Elle acquiesça en souriant.

— Quelque chose de nouveau pour nous, une pianiste pop ! Elle est charmante. Elle a donné au Plaid beaucoup d'argent. Et nous pourrons en réunir bien davantage. S'il y a une élection !

— Quand il y en aura une, faites-le moi savoir, dis-je, pensant au commissaire Alford et à Douglas. Nous ne sommes pas très populaires, dans certains endroits, n'est-ce pas ?

— Pourquoi le serions-nous ? dit-elle vivement. Impopulaires ? C'est un honneur !

Quelqu'un entra dire qu'une personne attendait. Je m'en allai. Je l'aimais beaucoup plus ; je la revoyais dans son tailleur couleur châtaigne et son corsage blanc, ses cheveux plats bien peignés, ses ongles vernis et du bleu pâle sur les paupières. Mais il fallait rester sur ses gardes et ne pas s'engager. Je me demandai ce qu'elle faisait lorsqu'elle était seule. J'étais fâché de l'imaginer seule.

Comme moi.

— Monsieur Morgan, dit Cress quand je revins de Brecon, la police est venue, une commission rogatoire — imaginez ça ! et ils ont emporté tous les papiers de là-haut. Il y en avait un joli tas !

— Bon. Et quoi d'autre ?

— Ils ont voulu savoir si les filles avaient eu des visiteurs ou des amis. Mme Frew leur a parlé des deux Irlandais. Vous souvenez-vous ? Le soir où elles sont sorties. Ils étaient irlandais !

— Il faut bien qu'on soit quelque chose. Eskimo ou irlandais, où est la différence ? Elles ne sont sorties avec eux qu'une seule fois. Laissons cela !

---

* *Plaid Cymru* (parti nationaliste). Principal groupement nationaliste gallois.

— Une fois ? Nous les avons vus souvent ensemble, Mme Frew et moi !

— Ce n'est pas mon affaire. Que pensez-vous d'une bonne tasse de thé ?

Je sentais bien que Cress mourait d'envie d'en dire davantage, mais je n'étais pas d'humeur à bavarder. Mme Frew se tenait sur le seuil comme une poule qui attend qu'on lui jette du blé, toute prête à se mêler à la conversation. Mais penser à la sournoiserie des deux jeunes filles me donnait la nausée. J'étais presque prêt à croire qu'elles n'avaient jamais mis les pieds dans la maison. C'était absurde, évidemment, mais c'était ainsi.

Cress venait de verser le thé lorsque Douglas parut. Il souriait, mais son visage restait grave ; il refusa une tasse de thé.

— Huw, dit-il en pesant ses mots, je veux que vous m'écoutiez attentivement. Je crains qu'il n'y ait des ennuis à propos des deux filles, cette Valmai, et l'autre, la Française. Elle vous a parlé ouvertement de sa sympathie pour le Mouvement breton ?

— Elle n'en a dit que peu de chose. Mais ouvertement, oui.

— La police ne peut mettre la main sur personne qui corresponde à leur signalement, ni en France, ni ici, dit-il. Pour travailler ici, elles auraient dû avoir un permis. Elles vous ont dit avoir suivi des cours à la Sorbonne, où Valmai avait eu son diplôme, alors que l'autre avait échoué. Elles ne figurent pas dans les archives de l'Université et la police française n'a pas d'autres indices. Ici, elles semblent avoir disparu. Pourraient-elles être allées en Irlande ?

— Je l'ignore. Je sais seulement que je n'ai pas entendu parler d'elles depuis qu'elles ont quitté la maison. Pourquoi ?

Il tapota sa serviette.

— On les soupçonne, ainsi que d'autres hommes de la région, de faire partie de l'équipe de l'I.R.A. Vous êtes connu pour avoir des tendances nationalistes. Leur auriez-vous donné, ainsi qu'à leurs amis, un endroit tranquille où se rencontrer ? Pour mettre au point d'autres attentats de l'I.R.A. ?

Il m'est rarement arrivé de me mettre dans une telle colère. L'idée que l'on pourrait parler d'attentats dans Plas Sûs me faisait la même impression que de rire si quelqu'un avait saisi Sûs et lui crachait au visage.

— Il n'a jamais été question d'attentats ici, dis-je, ni de l'I.R.A., pour autant que je le sache. Je ne permettrais jamais rien de tel ! Ne le savez-vous pas ?

— Un tas de choses peuvent avoir été faites dans votre dos. Ils ne sont pas idiots. Tous leurs agissements sont minutieusement calculés par des gens que personne ne soupçonnerait. C'est pourquoi ils sont rarement pris. Elles avaient ici un endroit tranquille et isolé. N'avez-vous jamais eu d'arrière-pensée ?

— Elles ont toujours été très naturelles avec moi. Elles parlaient comme deux jeunes filles chez elles.

Douglas hocha la tête, prit sa serviette et souleva son pardessus.

— Non, dit-il calmement. Elles avaient une besogne à accomplir et elles l'ont très bien faite. Il y a eu des répétitions, comme pour une pièce. Voilà comment elles se sont évanouies dans les ténèbres. Qui pourrait soupçonner des gens aussi naturels et innocents ?

— Je n'arrive pas à le croire.

— Comment croire qu'ils peuvent jeter des bombes et disparaître ? dit-il, tenant son pardessus et sa serviette. Pourquoi la police ne peut-elle les attraper ? Pourquoi des gens qui prennent tranquillement un verre dans un bistrot sont-ils soufflés par une explosion ? Pas de réponse ?

Parcourir la ferme et regarder la volaille, les coqs se pavanant dans une débauche de couleurs, les vaches laitières, les chevaux, puis me promener dans le jardin ramenait dans mon esprit un semblant de calme et apaisait mes soucis. Mais c'était insuffisant. J'étais content de parler de menues choses ordinaires avec n'importe quel ouvrier. Les visiteurs étaient toujours les bienvenus ; cependant, je redoutais le téléphone, dont la sonnerie me faisait toujours sursauter.

Je l'entendis soudain dans la maison et j'eus envie de m'enfuir, mais je me traitai d'idiot et allai à la rencontre de Cress, qui m'apprit que Douglas était au bout du fil.

— Huw ? Écoutez, mon vieux. Pour le cas où d'autres imposteurs auraient envie de jouer d'autres tours, je vous envoie à signer une lettre dont une copie sera adressée à tous les membres de votre famille que vous savez être encore vivants, où qu'ils soient. Nous aurons alors une vue un peu plus nette de la situation !

— Quelle sorte de lettre ? lui demandai-je, prêt à refuser.

— C'est une enquête de notre bureau, agissant comme votre avoué, demandant à chacun d'eux de déclarer les noms des membres de leur famille immédiate avec des détails sur leurs antécédents et l'indication de tous leurs parents connus et leur adresse. Êtes-vous d'accord ?

— Eh bien, quelle histoire ! En serons-nous plus avancés ?

— De beaucoup, dit-il. N'oublions pas que vous devriez faire un nouveau testament. Tous ces gens feront valoir leurs droits !

— Oh, *diâwl* * ! m'écriai-je. Je n'ai pas encore pensé à passer l'arme à gauche !

— De toute façon, mieux vaut que les choses soient en ordre.

En ordre, vraiment !

Jamais encore je n'avais pensé à la mort. Si je l'avais vue, si j'en avais été près, et bien souvent, il ne m'était jamais venu à l'idée qu'un jour, à un moment donné, je serais mort, attaché sur un étalon et, grâce à une bonne tape sur la croupe de l'animal, expédié dans les pampas. Bien entendu, je pensais comme un Indien et je m'aperçus que j'en venais de plus en plus à penser comme eux.

Il n'y avait là aucun mal. Les femmes et les hommes les meilleurs que j'aie jamais rencontrés étaient des Tehuelches ou des Mapuches. Mais il n'est pas dans nos coutumes d'attacher un homme sur son cheval et de l'envoyer la nuit dans les pampas retrouver ses ancêtres.

Nous préférons la cérémonie du cercueil et des gémissements avant d'abandonner le cadavre aux vers.

Au diable tout ça !

M. Prosser vint avec la lettre. Je la signai et lui donnai toutes les adresses que j'avais, avec les noms de tous ceux dont je pouvais

---

* Diable !

me souvenir. Mais il y avait une autre petite liste, plus triste, de tous ceux que je pouvais voir et entendre avec amour et qui avaient disparu, sauf dans ma mémoire, et dont peut-être, ainsi qu'il en est de beaucoup d'entre nous, personne ne se souvient. Je me suis souvent demandé si c'est là le sort que nous méritons.

Rhodrick arriva un matin, tout rouge et en sueur.

— Ça ne peut plus continuer, monsieur Morgan ! Ça fait des mois que ça dure et que je ne dis rien. C'est pitoyable, oui. Mais maintenant, ça suffit. Voilà qu'elle prend des agneaux !

— Qui ?

— Cette vieille bonne femme, en bas, de l'autre côté de la déclivité. Des poules, oui. Des œufs, toujours. Mais des agneaux ! Grand Dieu ! Il faut tout de même que ça finisse !

— Mais qui est-elle ? Y a-t-il des preuves ?

— Des preuves ? Il y en a dans la boue qui va jusqu'en bas, dit-il. Elle et deux autres. De vieux braconniers qui vivent aux dépens d'autrui et se moquent bien que d'autres soient accusés.

— Allons, venez, dis-je. Suivons les traces dans la boue !

Nous marchâmes pendant plus de trois kilomètres à travers la ferme et les nouvelles terres que j'avais achetées, la plupart du temps dans une boue épaisse parce que les ouvriers ne l'avaient pas encore asséchée. Puis, d'un coup de pied, Rhodrick ouvrit une barrière ; nous montâmes jusqu'à une pelouse de gazon sec, où trônait une vieille roulotte de romanichel autrefois joliment peinte, mais à présent rafistolée avec des clous. Une marmite oscillait au-dessus d'un petit feu. Les chiens grondaient, mais ils reculèrent quand les miens s'avancèrent pour les flairer. Rhodrick gravit les degrés et donna un coup de poing sur la porte.

— Sortez ! cria-t-il, ou je lance une allumette sur la roulotte !

La partie supérieure de la porte s'écarta et une femme, assez vieille pour être ma grand-mère, parut, le regard tourné vers le ciel. Deux nattes très blanches pendaient sur sa poitrine. Elle avait la bouche ouverte et les yeux voilés de blanc. Elle était aveugle.

— Voulez-vous que je vous jette un sort ? murmura-t-elle en gallois d'autrefois. Filez avant que je n'allonge la main !

— Allongez vos vieilles jambes! hurla Rhodrick. Ces agneaux que vous avez pris, où sont leurs toisons, espèce de vieille *pŵt* *?

Elle s'éloigna vers l'intérieur et revint avec une couverture faite de pièces cousues avec de la ficelle.

— Elle me tiendra chaud jusqu'à ce que je sois devant les feux de l'enfer! dit-elle avec un rire à vous donner froid dans le dos. Satanas m'a bénie. Je suis la Vierge noire. Attendez-vous que je vous jette un sort?

Sous le rouge de la bonne santé, le visage de Rhodrick pâlit. Je me demandai s'il en était de même pour moi.

— Seigneur! s'exclama-t-il, voilà une sacrée belle affaire! Dois-je appeler la police, sir?

— Laissez tranquille cette pauvre vieille, dis-je. A quoi bon la police? Elle est assez misérable. Allons, venez!

Je rappelai les chiens et nous nous en allâmes. Nous entendîmes son rire aigu jusqu'à ce que nous eûmes franchi la colline.

— Qui est donc cette femme? lui demandai-je. Comment peut-elle vivre ici toute seule? Qu'a-t-elle à manger? Où prend-elle de l'argent?

— Elle fait un peu de vannerie, dit-il, regardant par-dessus son épaule. Elle faisait autrefois du tissage. Sa sœur et elle avaient une maison non loin d'ici, mais avant notre venue. Je ne sais ce qu'elles faisaient, mais elles ont perdu leur affaire. Elle a alors vécu dans la roulotte, à droite, à gauche. Elle s'est fixée ici depuis deux ou trois ans. Elle touche une petite retraite. Elle ne vit pas dans l'opulence, non. Mais voler des agneaux est sans excuse.

— Mais si elle est aveugle, comment peut-elle voler quoi que ce soit?

— Elle n'a pas besoin de voir. Et ces deux chiens de berger? Ils ne valent pas grand-chose, évidemment. Ce sont de sales chiens. Mais ils rapportent les agneaux et elle travaille sûrement avec deux braconniers qui prennent du saumon et des truites dans la rivière, et des oiseaux partout. J'en jurerais sur ma tête!

* Souillon.

— Les connaissez-vous ?

— Nous les connaissons tous. Ce sont des vauriens.

— Je vais les signaler à la police. Mais laissez la vieille femme tranquille. Je demanderai à Mme Frew de lui préparer un panier de provisions. Je ne veux pas que quelqu'un ait faim si je peux l'aider. Et lâchez nos chiens la nuit !

Mme Frew n'était pas mécontente d'appeler la police et de m'en dire davantage au sujet des deux sœurs.

— Il s'agit d'Elsi et Neges Aravon. Elles avaient une ferme là-haut, à Treweryn. Eh bien, les Anglais sont venus et ont pris la maison et les terres...

— Un instant ! dis-je. Qu'entendez-vous par « ils ont pris » ?

— Ils ont tout noyé pour créer des lacs et avoir de l'eau en Angleterre. Ne le saviez-vous pas ? dit-elle, surprise. Eh bien, je suppose que les deux sœurs se sont débattues, mais on les a expulsées par la force. Elles n'ont jamais touché l'indemnité qu'on leur avait accordée. Il paraît qu'elle est encore à la banque. Je crois que toutes deux sont devenues un peu... eh bien... sauvages. Elles ont le cerveau fêlé. Celle-ci est Neges. L'autre, Elsi, a une boutique à Gwynaldrod, la pauvre vieille !

Bien.

Je m'assurai que Neges aurait son panier de vivres chaque semaine et pris la jeep pour aller à Gwynaldrod. J'entrai dans la boutique d'Elsi, plus poussiéreuse que tous les hangars de la pampa et où il y avait encore moins à vendre que lorsqu'un enfant joue à la marchande.

Les deux sœurs se ressemblaient. Mais Elsi avait le regard clair et une mise soignée. Ses cheveux gris étaient relevés en un chignon retenu par un ruban vert en nylon.

— J'ai des intérêts à Gwynaldrod, dis-je sans préambule. J'aimerais acheter votre propriété si vous êtes d'accord.

— Non, dit-elle doucement sans me regarder.

— J'accepterais votre prix.

— Non, dit-elle avec calme et sans un mouvement.

— Si je vous dédommageais pour ce privilège, me laisseriez-vous modifier la maison pour l'aligner avec le reste du village ? Je voudrais le reconstituer comme il a dû être au xᵉ siècle. Il y a des témoignages qui montrent ce qu'il a pu être, alors. Tout le monde prétend que nous n'avons pas d'histoire, ne l'avez-vous pas remarqué ?

– Non, dit-elle, toujours sans me regarder. Ils ne m'emporteront d'ici que dans un linceul, et mes malédictions les accableront à chaque pas du chemin, et encore après. Avez-vous entendu ? En avez-vous fini ?

– J'ai parlé à votre sœur, dis-je.

– Elle est morte depuis longtemps. *Hors* d'ici !

Il ne rimait à rien de poursuivre. Je voyais qu'elle était aussi folle que sa sœur, mais j'étais certain qu'il ne pouvait lui arriver aucun mal. Je téléphonai à Douglas pour le mettre au courant.

– Rien à faire, dit-il. Elles sont fêlées comme de vieux pots. Il faut attendre qu'elles soient mortes. Elles ont des biens appréciables. Une aubaine pour le gouvernement anglais. Charmante ironie, n'est-ce pas ?

– Ne pourriez-vous les convaincre ?

– Elles n'ont pas assez de raison à elles deux pour défroisser une boulette de papier. Tout le monde dit qu'elles étaient très belles dans leur jeunesse, et très élégantes. Je ne sais ce qui est arrivé. Elles sont aussi toquées que deux vieilles bourriques. Et rien à espérer, n'est-ce pas ?

– Avez-vous des nouvelles de Gwynaldrod ? lui demandai-je.

– Non. Pas de nouvelles, mauvaises nouvelles. Ils réussiront, vous verrez. L'endroit sera noyé. Nous ne sommes pas les maîtres de notre propre maison. Nous ne sommes que des pauvres bougres avec une sébile. Un échelon plus bas et ce sera la cliquette du lépreux. L'entendez-vous ?

Si Douglas pouvait parler ainsi, je me demandais où en était le moral national.

A ma connaissance, Rhodrick et les ouvriers agricoles n'étaient pas différents.

Mme Frew disait toujours, ainsi que Cress, « ces satanés

Anglais ». D'autres aussi. Mais beaucoup de gens disaient : « Allons, laissons cela ! Nous ne gagnerions rien avec les nôtres. Ils ont moins d'expérience et moins d'autorité. Qui sommes-nous pour parler de gouvernement autonome ? Avec quoi ? »

La voix de près de deux mille ans d'esclavage parlait clairement par leur bouche, mais plus fort encore par celle des possesseurs d'esclaves.

— Oui, dit Lys Machen cet après-midi-là en versant le thé. Nous sommes en réalité un tas d'esclaves qui feignent de ne pas l'être. Mais nous sommes dans les fers. Comment nous en débarasser ? Dieu seul le sait. J'ai essayé, mais je crois que les femmes sont pires que les hommes. Elles ont moins de courage. Elles craignent que les pensions et les salaires anglais ne soient supprimés. Alors quoi ?

— Votons pour les libéraux, dis-je.

— Bien sûr, dit-elle. Ils ne sont pas aussi anglais que les conservateurs, mais moins nationalistes que nous. Nous voulons notre propre gouvernement, bon ou mauvais, mais qui plaidera en notre faveur.

— Attendez ! Avons-nous un délégué capable de défendre nos intérêts ? Dans n'importe quel domaine, veux-je dire.

— Bien entendu, répondit-elle. Qui dirige les industries et les affaires ? Les universités, les écoles ? Nous avons assez de gens intelligents qui peuvent s'en occuper. Nous n'avons pas besoin d'aide extérieure !

— Et l'argent ?

— Nous en avons plus que n'importe qui, dit-elle. Et un potentiel beaucoup plus grand. Nous avons la plus grande partie du charbon. Tout l'étain. Du fer. De l'acier. Avec le pétrole de la mer d'Irlande, nous en aurons plus qu'assez. Nous ne sommes que deux millions et demi, ne l'oubliez pas. Le gâteau sera découpé en tranches beaucoup plus larges. Pour nous, pour changer !

J'étais déconcerté. On apprend à connaître les gens en conversant avec eux et on les connaît mieux encore par le timbre de leur voix. Oui, j'aimais bien Lys. Je savais qu'elle avait son caractère. Elle parlait net et avec logique. Elle était douée dans sa profession, sensée ; l'aspect de son bureau, où il n'y avait ni encombrement ni confusion, disait son efficacité. Mais son soutien des nationalistes jetait une petite note discordante ; peut-être parce que, longtemps auparavant, j'avais vu les Gallois à l'œuvre. Nous étions en nombre insuffisant sur les terres de Patagonie, mais nous eussions certainement pu déléguer plus de représentants auprès de l'État et du Gouvernement fédéral pour maintenir notre influence. En fait, peu d'entre nous s'intéressaient à la politique ; après les inondations, quand le pays s'emplit de Basques, d'Arabes, de Libanais, d'Italiens et d'autres étrangers, notre temps était fini et nous n'en avions plus pour longtemps.

J'avais l'impression que, dans le pays de Galles, nous livrions le même genre de bataille d'arrière-garde et comptions sur le sentiment plus que sur les faits et la froide réalité. Je n'avais vu que trop souvent de grandes et saines entreprises, reprises par des amateurs, s'effondrer de mois en mois, des gouvernements chanceler, la valeur de l'argent diminuer de jour en jour, tout simplement parce que personne n'en savait assez pour diriger et que le manque de compétence mène à la ruine.

Ces deux millions et demi de Gallois avaient besoin de se voir assurer le petit déjeuner, le déjeuner, le thé et le dîner pour une année au moins, ou de quelque chose de plus que la perspective de quelques clameurs et d'une paire de drapeaux.

Que faire ? Dieu seul, dans Sa sagesse, pouvait le dire ; s'il était vrai qu'Il en eût, nous n'en avions eu que peu de preuves dans toute notre histoire, sans parler de notre époque.

Le bruit de la porte de derrière refermée avec fracas et d'une course précipitée sur le parquet, au rez-de-chaussée, me tira du lit. Mais avant d'avoir eu le temps d'enfiler mes pantoufles, j'entendis des pas marteler les marches, puis des coups frappés à ma porte.

— Monsieur Morgan, pouvons-nous entrer, Cress et moi ? dit Mme Frew d'une petite voix aiguë.

— Entrez. Que se passe-t-il ?

Toutes deux avaient des figures d'enfants effrayés et des yeux écarquillés.

– Qu'y a-t-il ? demandai-je.

Mme Frew inspira l'air profondément et murmura dans un souffle :

– Nous avons vu le fantôme !

Puis, regardant Cress :

– Très distinctement, n'est-ce pas ?

– En train de courir, tout blanc, et clair comme le jour, dit Cress. Et ce n'était pas un rêve.

– Bien, bien, dis-je pour les calmer. On m'en a parlé. J'aurais bien voulu le voir. Sûs eût adoré ça. Elle aurait su lui parler. Je crois qu'une tasse de thé nous ferait grand bien à tous, ne pensez-vous pas ?

– Pas pour moi, dit Mme Frew. Je ne descendrais pas ce soir pour tout l'or du monde.

– Moi non plus, dit Cress, toute tremblante. Oh, monsieur Morgan, j'en suis toute glacée !

– Je vais m'habiller et jeter un coup d'œil partout. Si quelqu'un a voulu faire une farce, je lui donnerai vraiment de quoi rire !

J'entrai dans le cabinet de toilette et enfilai un pantalon et un veston par-dessus mon pyjama, puis je pris la canardière dans le placard et sortis. Comme je m'y attendais, il n'y avait pas le moindre mouvement, excepté les chiens qui vinrent me flairer et se faire gratter les oreilles, puis disparurent. Je trouvais étrange que, s'il y avait eu quelque chose, aucun des chiens n'eût aboyé. En tout cas, je n'avais rien entendu.

J'étais maussade.

La maison était silencieuse et, de nouveau, je pensai à ma Sûs reposant tranquillement avec sa grand-mère, et sa Mama, et ses sœurs – *oui !* – puis à Lal, dans les ondulations de la rivière et le bruissement des saules ; dans tout l'univers, il n'y avait nul endroit plus merveilleux ni plus approprié pour contenir l'unique beauté que j'eusse jamais connue.

Mais c'était inexact : j'avais connu ma Mama, et mes sœurs,

non moins charmantes, ou peut-être même plus belles que Lal et Sûs. Comment avais-je pu oublier ? J'étais mécontent d'avoir si bien oublié et m'arrêtai près du plateau, où je bus deux petits verres ; ils furent si bienvenus que j'en pris deux autres, regardant le feu et voyant des visages que j'avais connus et d'autres jamais vus.

Je montai l'escalier, me déshabillai et entrai dans la chambre à coucher.

Je ne vis d'abord que la lampe de chevet. Mais, dans l'angle le plus éloigné, sur le parquet, Mme Frew et Cress étaient étendues sous des couvertures. Toutes deux étaient éveillées.

– J'espère que vous voulez bien, monsieur Morgan ? dit Mme Frew. Nous ne pouvions nous faire à l'idée de dormir seules, en bas. Seulement pour ce soir, n'est-ce pas ?

– Si vous avez envie de dormir, couchez-vous dans le lit, dis-je. Il y a assez de place.

– Oh ! monsieur Morgan, nous sommes bien embêtantes, dit Mme Frew. Laissez-nous dormir là et prenez vos aises.

– Je ne crois pas qu'un homme ait jamais trouvé qu'une femme dans son lit était un embêtement, dis-je, et deux femmes encore moins. Allons, au lit !

Toutes deux grimpèrent dans le lit, Mme Frew au bord, Cress au milieu, près de moi. J'éteignis la lumière. Je sentis bientôt la chaleur du corps de Cress. Il est merveilleux de sentir près de soi la chaleur d'un corps de femme. Je suppose que Cress, elle aussi, éprouvait ce contact.

Puis vint le contact d'une main, léger, mais conscient.

Mme Frew ronflait.

Cress se retourna lentement pour ne pas faire de bruit, se souleva pour retrousser sa chemise de nuit et, se poussant davantage, se trouva contre moi.

– Allez, murmura-t-elle. Si vous voulez de moi, prenez-moi. Je le désire depuis si longtemps ! Vous êtes content, à présent, n'est-ce pas ?

Personne ne fut plus content que moi.

Content, vraiment.

Je me demande si un homme est jamais plus content que dans une bonne fille. Je suis sûr que non.

Content, oui, devant Dieu et Sa bonne mère.

— Huw, que faites-vous demain et après-demain ? me demanda Sam au téléphone. Ella va chez sa mère. La pauvre vieille a une névrite. Je dois aller pour affaires à Cardiff et à Swansea. Nous pourrions revenir par la côte en passant par Cardigan et Aberystwyth. C'est une belle région. Vous avez fait ce trajet, n'est-ce pas ?

— Oui, il y a des années. A quelle heure ?

— Sept heures. Ça vous va ?

Sept heures sonnèrent. Il était à la porte. Lys et une autre jeune fille que j'avais vue dans son bureau étaient assises sur la banquette arrière.

Certes, j'en étais heureux ; mais tous furent plus heureux encore de voir le panier de victuailles que Mme Frew avait préparé, et un carton contenant le vin et les verres apportés en rechignant par Cress.

— Buvez-vous toujours du vin à chaque repas, Huw ? me demanda Sam, mettant la voiture en marche.

— Toujours depuis que je suis allé au Chubut. Sans vin, on ne peut goûter aucun mets. C'est vraiment la bénédiction supplémentaire.

— Je commence à être d'accord avec vous, dit-il. Avez-vous appris la nouvelle ? Les mineurs sont en grève. Il y a une élection générale. Ces pauvres diables de mineurs, c'est toujours eux qui prennent !

— Ils veulent encore plus d'argent ? dis-je. Auront-ils toujours à faire grève pour quelques shillings ?

— Pour avoir de quoi vivre, dit-il avec un signe de tête pour désigner une vache qui traversait la route d'un air majestueux, comme si elle savait que tout le monde s'arrêterait. C'est illégal. Ce fermier devrait être frappé d'une amende !

— Pourquoi ? dit Lys calmement. Il y avait des bestiaux bien avant les autos. Ancienneté ? *priorité !*

— Pas nécessairement, dit Sam tout aussi calmement. J'aurais pu lui rentrer dedans et nous tuer tous les quatre !

— Et la vache ? dit Lys, toujours sur le même ton. Les vaches coûtent de l'argent. Nous ne valons rien !

— Oh, Lys, allons ! dit Sam avec un petit rire. Est-ce l'un de vos mauvais jours ?

— Mais qui se lamenterait pour l'un d'entre nous ? dit-elle. On nous enterrerait, on supputerait les testaments et ce serait fini. Alors que vous auriez une grosse somme à payer pour cette vache, selon le taux de son rendement en lait. Votre rendement en lait est-il bon, Sam ?

— Non, dit-il sans rire. Mais vous me donnez envie de boire quelque chose !

— Les bistrots n'ouvriront pas avant des heures, dit Lys. Prendriez-vous un peu de café ? De l'instantané, naturellement. Mais il nous faudra nous arrêter pour faire bouillir l'eau. Et le bois est mouillé à cause de la pluie de la nuit dernière. Tout n'est-il pas contre nous ?

— Lys, dit-il, baissant la tête, est-ce que personne ne vous a jamais botté le derrière ?

— Certes, beaucoup ont eu envie de le faire, dit-elle (et les deux filles se mirent à rire), mais ils se sont ravisés !

— Il y a aujourd'hui un peu trop de ces foutaises sur la libération des femmes ! dit-il, baissant un peu plus la tête. Si vous voulez être traitées comme des hommes, vous devriez recevoir aussi le même traitement !

— Comme des hommes, non, dit Lys, toujours calme, comme des femmes, oui. Non comme des poupées ou des irresponsables, ou je ne sais quoi d'autre, mais comme étant nous-mêmes. Différentes quant à la conformation, aux points de vue, et même aux réalisations. Devons-nous recevoir des coups de pied chaque fois que vous n'êtes pas d'accord ?

— Oh, ça suffit ! dit-il d'une voix aigre, mais feignant de rire. Vous avez perdu plus d'une affaire en en disant trop !

— Des affaires dont je ne voulais pas, oui. Mais j'ai eu celles que je voulais. Et sans le moindre conseil et sans aucune aide, j'en aurai d'autres.

Il eût fallu aller jusqu'au pôle Nord pour respirer un air plus glacé.

– Est-ce que vous vous livrez à un jeu, tous les deux, ou aimez-vous à mettre les gens mal à l'aise ? demandai-je à Sam.

– Nous économisons l'essence d'un voyage d'affaires, répondit-il, inclinant la tête. Elle est l'architecte pour quelques travaux et je fournis les matériaux. Ce n'est pas une sinécure, croyez-moi ! Jamais plus je ne travaillerai avec une femme !

– Très bien ! dit Lys, posant la main sur la poignée de la voiture. Arrêtez ici, s'il vous plaît. Je ne voyagerai pas avec vous un instant de plus !

– Ah, pour l'amour du ciel ! dit-il sans ralentir. Lys, n'avez-vous pas l'âge de raison ?

– Arrêtez ! dit-elle avec un tremblement dans la voix. Sinon, je me jette par la portière !

La portière s'ouvrit brusquement. Sam freina suffisamment pour nous projeter en avant.

– Qu'est-ce qui vous prend ? hurla-t-il. Où voulez-vous en venir ?

– Je veux simplement ne plus vous voir, ni vous ni ceux qui vous ressemblent, dit-elle, impassible. Mes amitiés à Ella. Venez, Teleri.

Toutes deux descendirent avec leur sac de voyage et se tinrent sur l'accotement de la route bordée de gazon.

J'ouvris ma portière et sortis également.

– Je ne puis les laisser, dis-je. Merci !

– Et le panier du déjeuner ? cria-t-il, vraiment en colère.

– Dégustez-le, dis-je. Avec les compliments de Mme Frew et de Cress !

Il s'appuya contre le siège pour me regarder.

– Ce n'est pas après moi que vous en avez, n'est-ce pas ? Ce n'est pas de ma faute.

– Je passerai à votre bureau à Cardiff. Laissez-y un message disant où je peux vous joindre.

Je refermai la portière et il attendit un moment avant de repartir dans un grincement de roues qui en disait plus que des mots.

– Vous n'aviez pas besoin de nous suivre, dit Lys en souriant. Nous sommes en sûreté.

– Je vais me procurer une voiture, dis-je. Si vous le permettez, bien entendu.

Elle eut un sourire de résignation et se mit à marcher. Elles ne me laissèrent ni l'une ni l'autre porter leurs valises, alors que chacune d'elles en avait une grande et une petite. Je me détournai pour faire signe à une voiture, mais elle passa sans ralentir, ainsi qu'une deuxième et une troisième. Un tracteur déboucha d'un champ devant nous et j'appelai le conducteur, un jeune homme dont les cheveux tombaient jusqu'aux épaules, comme ceux d'une fille.

– Juste en haut de cette route, vous pourrez avoir un taxi, dit-il. Grimpez, je vous emmènerai jusque-là.

Ce fut un voyage cahoteux. Je n'entendais pas un mot de ce qu'il disait à cause du bruit du moteur. Ce devait être intéressant car, lorsque nous parvînmes au garage et qu'il arrêta son moteur, il était en train de dire : « Elle avait la gorge tranchée, et pas d'indices, et rien depuis lors. »

– Bien, bien, dis-je. On pourrait encore broder là-dessus, hein ?

Il me regarda de travers, secoua la tête pour refuser le billet que je lui tendais et s'éloigna.

– C'est de sa sœur qu'il parlait, dit le chauffeur de taxi. Elle a été assassinée là-bas, en Angleterre. Il ne parle de rien d'autre. Il est fou à lier !

En allant prendre les deux filles, je songeai à l'étrangeté de cette matinée, étrange pour moi, en tout cas. Je suis bien sûr qu'autrefois, du temps où j'étais enfant et dont je me souviens si bien, il y avait moins de chamailleries, peu de querelles et beaucoup plus de rires. Il y avait bien plus de drôlerie et nous étions tous en veine de plaisanterie. Mais, de nos jours, tout le monde semble susceptible, même les gens les plus sensés, et prêt à se battre pour le plus petit mot ou à répondre à n'importe quelle remarque un peu vive, peut-être simplement pour adoucir une peine intime ou pour avoir le plaisir de blesser les autres.

Mais on ne rit plus.

Jadis, nous n'avions ni radio, ni télévision, ni cinéma. Nous avions plus d'espace pour nous découvrir nous-mêmes, affirmer notre personnalité et savourer tout ce qui s'offrait à nos sens.

Nous étions beaucoup plus nous-mêmes, nous nous appartenions et les femmes étaient très certainement elles-mêmes. Elles n'étaient les servantes de personne et avaient un partage égal en toutes choses.

Tous les propos que l'on entendait aujourd'hui avaient, me semblait-il, quelque chose d'acide. Ce qui était censé être des plaisanteries, que la radio de Mme Frew nous transmettait dans la cuisine, n'était même pas digne d'un sourire. J'étais intrigué de les voir rire, Cress et elle. Quand j'interrogeais Mme Frew, elle répondait que c'étaient des choses que l'on disait comiques ; et si l'on vous dit qu'une chose est drôle, il faut bien rire, n'est-ce pas ? Tous les autres rient, de sorte que vous craignez que le sens des paroles ne vous ait échappé ; vous ne voulez pas avoir l'impression que les autres ont mieux compris que vous. Donc, riez. Cela vous fait du bien, n'est-ce pas ? Il n'y a guère de quoi rire, de nos jours. Soyons donc reconnaissants de la moindre aubaine.

J'ai la conviction que mon père et les gens de sa sorte n'ont jamais pensé de cette façon. Si quelqu'un était drôle, ils riaient, mais s'il ne l'était pas, ils prenaient un air pincé et gardaient le silence, ce qui était pire que tout.

Je demandai à Lys ce qu'elle en pensait.

— Nous avons tous la peau dure, dit-elle. La foi, l'espérance et la charité, c'est fini. Nous ne les avons plus parce que nous n'en avons pas besoin. La foi en quoi ? L'espérance de quoi ? Et qui désire la charité ?

— Eh bien, quelle vie splendide vous avez ! dis-je. Qu'avez-vous pour vous soutenir ?

— Nous-mêmes, et ce que nous pouvons faire. Devrions-nous nous occuper des autres ? Pourquoi ?

— Mais les autres ne sont-ils pas nécessaires ? dis-je. Sans les autres, où est le monde ?

— Il faut choisir, dit-elle. Il y a beaucoup de mondes. Découvrez le vôtre et restez-y !

Solide comme un roc, elle regardait fixement devant elle. Pensant brusquement à l'ingénieur du comté, je me demandai ce qu'il pouvait avoir de commun avec elle.

— Je voudrais marcher ici, dit Lys. J'aimerais vous montrer l'une des fermes les plus ravissantes du pays, probablement la plus vieille. Elle n'est pas aussi montée en bétail que la vôtre, ni aussi bien entretenue, assurément. Mais c'est un exemple parfait de l'une de nos fermes du XVe siècle, ou bien avant encore. Ses fondations remontent au XIVe siècle et j'ai demandé à creuser en quelques endroits. Mais le propriétaire dit : « Non, laissez-les en paix ! »

— Bien ! dis-je. Il en sera de même chez moi. Pas de fouilles !

— Alors comment saurons-nous jamais comment les choses se passaient ici autrefois ? demanda-t-elle. Tout le monde croit que nous allions nus et peints comme des sauvages. Combien de gens connaissent le discours de Caractacus devant le Sénat de Rome ?

— Je n'ai jamais entendu parler de lui, dis-je. Encore un libéral, hein ?

— L'un des nombreux libéraux et parmi les plus grands et les meilleurs, dit-elle, tandis que Teleri se mettait à rire. C'est *là* le fond de nos conflits. Nous ne connaissons pas notre histoire. Nous sommes un peuple d'ombres. Depuis quand possédons-nous notre langue ? Nos critiques ne peuvent répondre à cette question. Elle est aussi vieille que le sanscrit. Les Anglais peuvent-ils en dire autant ?

— Mais qu'est-ce que ce sanscrit ? dis-je. Pourquoi les Anglais se tracasseraient-ils ?

— Il n'y a pas à se tracasser, dit-elle en riant. C'est la langue mère de l'humanité. Et notre langue y a puisé ses racines. L'anglais est un ramassis de tout. Mais il est très utile et pratique. C'est avant tout la langue de la révolution industrielle. Et celle d'une certaine sorte d'érudition. Mais elle est comme un tas d'autres langues. Elle ne peut toujours être traduite. Une langue de machines ? Parfait. De poésie ? En un sens, oui. Mais rebelle à la traduction, sauf peut-être pour être transcrite de façon boiteuse, à cloche-pied pour ainsi dire. On cherche des parallèles. On oublie ceux qui l'ont parlée. On ne considère que les mots. On ne pense jamais aux esprits du passé qu'ils représentent, n'est-ce pas ?

Cela passait joliment mon entendement.

La ferme était assurément une petite merveille. Construite en pierre, elle comprenait, au rez-de-chaussée, une longue et large salle dallée et ornée de poutres, deux autres pièces grandes comme la moitié de la salle, une grande cuisine avec un four de brique et un fourneau de fonte, une salle de bains toute neuve. Au premier étage, il y avait quatre chambres et une salle de bains et, au-dessus, cinq mansardes, le tout meublé de pièces qui n'avaient pas moins de trois cents ans, toutes bien astiquées et luisantes.

— Ça n'est pas sans raison que je vous ai amenés ici, dit Lys d'un air froid et distant. Les propriétaires enterrent leur mère demain. C'est pourquoi Sam n'avait pas envie de venir ici. C'est ainsi qu'il a trouvé un bon prétexte. Pour *moi*. Je vendrais tout ce que j'ai pour acheter la ferme au comptant. Ils veulent la vendre. Mais il y a plus de cent soixante hectares. C'est au-dessus de mes possibilités. Il y a la concurrence des compagnies financières. Elles achèteront la ferme, y apporteront ce qu'elles appellent des améliorations et la revendront à quelque étranger trois ou quatre fois plus qu'elles ne l'auront achetée. C'est une escroquerie. Une perte totale pour les contributions. Voulez-vous l'acheter avec tout ce qu'il y a dedans ?

J'acquiesçai d'un signe de tête.

— Je l'achète, dis-je. J'enverrai Rhodrick examiner les terres et le bétail. Pourquoi Sam ne voulait-il pas venir ici ?

— C'est un éclaireur... ou un racoleur... pour nombre de compagnies financières. Je lui avais dit que je voulais vous montrer ce domaine !

— Mais quel genre de compagnies financières ?

— Elles achètent des propriétés, y mettent une salle de bains, l'électricité, et la vendent cinq fois plus qu'elles ne l'ont payée. Dix fois même. Une hypothèque est d'un bon profit, n'est-ce pas ? Pendant des années. Les Anglais, ou d'autres quels qu'ils soient, peuvent avoir un bon abattement sur leurs impôts. Pour eux, c'est une ferme. Une ferme peut procurer des déductions. Acheter et vendre ces propriétés constitue une affaire profitable. Les meilleures terres sont vendues à des étrangers. Et pour un bon bénéfice. Pour les prêteurs sur gages !

— C'est la première fois que j'en entends parler, dis-je. En suis-je un ?

— Bien sûr que non ! dit-elle. Mais je souhaiterais vous voir acheter quelques fermes abandonnées et les garder. Si l'on pouvait faire échec aux enragés avides d'argent ! Le gouvernement devrait intervenir, mais il n'en fait rien. Les jeunes gens ne peuvent acheter une maison. S'ils le font, à quel prix revient l'hypothèque ? Peuvent-ils y faire face ? Ce pays est plein de dettes, monsieur Morgan, et rien ne peut nous sauver. Je parle des jeunes. Non pas de ceux qui ont eu le temps de gagner de l'argent en des temps meilleurs, mais des jeunes de *maintenant*. Comment peuvent-ils avoir une maison ?

— Voilà qui me dépasse, dis-je. Je ne connais pas le marché.

Elle se mit à rire.

— Combien y en a-t-il qui le connaissent ? demanda-t-elle, levant les yeux au ciel. Il vous faut aller à Londres pour le découvrir. Et combien vous le diront ?

— Quel tas de gens intelligents vous êtes ! m'écriai-je. Je souhaiterais pouvoir connaître un autre pays où aller. Mais je ne crois vraiment pas que j'en trouverais un meilleur que celui-ci !

— Gardez bien cela en mémoire, dit Lys, posant une main sur son genou. Et que ce soit une certitude. C'est nous qui valons le mieux. Si nous pouvons enlever l'écume. Voulez-vous voir le reste du domaine ?

— Non, je l'achète !

— Je n'en suis pas surprise, dit-elle. Chauffeur, prenez la route de Cardiff, tout droit, s'il vous plaît !

Plus un mot ne fut prononcé jusqu'à notre arrivée à Cardiff. Je les déposai chez Ansell, entrepreneurs en bâtiments.

– Merci, monsieur Morgan, dit Teleri. Je regrette de ne pas vous avoir parlé. Ma famille est encore au Chubut. Je suis la seule à être ici. Tom Rowlands, de Gaiman. Le connaissez-vous ?

– Oh ! m'exclamai-je. Grand Dieu ! Je serai de retour après-demain. Me promettez-vous de téléphoner ? Nous prendrons une tasse de thé, n'est-ce pas ? Je connais votre famille, bien entendu. Tom et moi avons été jeunes ensemble !

– Tom était mon grand-père, dit-elle. Dafydd est mon père, voyez-vous. Il vient de terminer la tonte et dit qu'elle a été merveilleuse !

Ces seuls mots déclenchèrent une nostalgie assez vive pour me transporter en Patagonie ; je revis les espaces plantés de saules, et les régions à blé parsemées de pâturages, et l'eau verte et scintillante de la rivière. Mais lorsque je commençai à penser aux Andes, il me fallut m'arrêter ; sinon, je me fusse mis en route séance tenante. Le cœur me faisait mal de penser à la pêche aux truites arc-en-ciel dans le silence des grands lacs, au saumon dans les cascades et à la chasse au sanglier. Tandis que je restais là à respirer la puanteur d'un tas de voitures et à écouter le bourdonnement de bavardages que je ne comprenais qu'à moitié, il me semblait, en vérité, que j'étais en train de perdre un temps précieux.

« Mon fils, réfléchis toujours à deux fois », disait mon père. Je n'ai jamais oublié sa voix et je suis heureux de l'avoir alors entendue car, lorsque j'arrivai au bureau de Sam, on me donna un télégramme qu'on avait fait suivre de Plas Sûs. Taliesin, le fils de Bron et Ivor, était à Londres et désirait me voir.

Je lui envoyai donc une dépêche, rédigeai un billet pour Sam, me procurai rapidement une voiture et, pendant tout ce temps, bénissais mon père de m'avoir évité une stupidité. Je me demande combien de fils ont béni leur père pour un bon conseil donné tant d'années auparavant.

Dès que nous nous rencontrâmes à la gare, nous nous sentîmes de la même souche. Il ressemblait tant à Ivor ! J'en aurais pleuré.

Mais son sourire, c'était Bron. C'était un grand jeune homme aux cheveux bien coupés et son costume portait la marque d'un tailleur londonien. Je souhaitai qu'il fût mon fils. S'il en avait été ainsi, rien ne m'eût retenu ici.

Pendant la plus grande partie de la soirée, nous bavardâmes. Comme les noms et les lieux étaient loin de moi, j'écoutais et, lorsque le nom de Valmai fut prononcé, je l'arrêtai et lui racontai ce qui était arrivé. Il fronça le sourcil et hocha la tête.

— Valmai est une Vénus de poche, dit-il, élevant la main jusqu'à une hauteur d'environ un mètre cinquante. Une vraie poupée. Elle est venue chez nous d'Australie il y a cinq ans. Papa avait pris l'habitude de la promener aux alentours et j'en faisais autant quand j'avais du temps libre. Elle aimait les animaux. Elle est allée chez l'oncle Owen et a passé sa licence à l'université de médecine dentaire de Northwestern. Elle était la première de sa promotion. Je viens de recevoir une lettre d'elle. Elle restera à Jakarta pendant deux ans. Elle travaille dans le laboratoire dentaire et se consacre à la recherche. Comment a-t-on pu utiliser son nom dans de telles histoires ?

— Parce que beaucoup d'entre nous manquons de prudence. J'aurais dû prendre des renseignements. Où en es-tu dans cette affaire du Plaid Cymru ?

— J'y suis plongé jusqu'au cou, dit-il sans détour. Je suis sud-africain, mais gallois de naissance. J'ai ça dans le sang. Il en était de même pour Mama. Penses-tu qu'il y ait des chances ?

— Comme si, comme ça, dis-je. En général, non. Cela dépendra des jeunes. Les vieux sont lamentables, je regrette de le dire.

— Mon père serait d'accord avec toi, dit-il. Il est revenu ici il y a des années, mais il n'a pu supporter de telles conditions. Il a été bien content de s'en aller !

— Attends un peu ! dis-je. Ton père, mon frère Ivor, était mort bien avant que je n'aille en Argentine !

Il me regarda fixement. Puis son visage prit une expression comique et il se mit à rire.

— Je sentais bien qu'il y avait quelque chose qui clochait, dit-il.

Je regrette de n'avoir pas été plus clair. Le prénom de mon père est Taliesin. Il est le plus jeune des fils de grand-père Ivor. Ma grand-mère était Bronwen !

Je me levai et m'étirai avec une lassitude que je n'avais jamais connue encore. Oh ! mon Dieu, le poids des ans !

— Nous vivons dans de petits mondes de grisaille, bien à nous, dis-je. Nous oublions. Dors bien. Bonne nuit !

Je savais presque pourquoi j'avais accepté Valmai comme quelqu'un de la famille. Sans y penser, j'avais manqué toute une génération.

Il suffit de savoir et de regretter. Il n'y avait rien d'autre à faire que d'aller au lit et d'essayer de dormir, mais tous ceux de la Vallée ressuscitaient pour me tirer la langue et me demander si je perdais le nord.

Il est donné à peu de gens d'oublier toute une génération de vivants, sans qu'aucun d'eux vous manquât un seul instant. Nous vivons en égoïstes et nous le sommes toujours. Mais c'est le chagrin qui nous attend au réveil.

Je commençai à retrouver mes esprits avec la tasse de thé que m'apporta Mme Frew. Après le petit déjeuner, Taliesin et moi partîmes dans la jeep nous promener dans la région. Il s'arrêtait maintes fois avec des oh ! et des ah ! devant les lacs et les montagnes et la demi-lune que formait une baie de la couleur du ciel, frangée de blanc. Il descendait de voiture lorsqu'il y avait des bouquets d'arbres, allait les regarder, parlait aux hommes qui étaient là. A leur visage, je voyais qu'ils avaient du respect pour le forestier qu'il était ; je savais très bien qu'Ivor et Bronwen souriaient en quelque endroit et étaient aussi contents que je l'étais. Il est agréable de ressentir l'honneur d'être du même sang qu'un brave garçon.

Nous longeâmes tout le Lleyn, contemplant la campagne qui n'avait guère changé depuis deux mille ans, excepté, témoins de notre époque, les terrains de camping, les boutiques de plats à emporter, et des bâtiments que l'on qualifie d'hôtels. Il n'y avait là aucun des mets que j'avais connus ni de ceux que préparaient Mme Frew et Cress.

— La plupart de ces provisions sont dans des sacs de plastique ou des boîtes de conserves, dit Taliesin. Mama ne le permettrait pas dans la maison !

— Elle a raison, dis-je. Ton arrière-grand-mère les aurait menacés avec un couperet !

— Cela fait gagner du temps, dit-il. Si les femmes doivent aller travailler, que peuvent-elles faire pour nourrir leur famille ? Préparer un bon repas réclame diablement du temps. Quand Mama va rendre visite à son père, Papa et moi mangeons des conserves. Nous n'avons pas le temps de faire de la cuisine et Mama fait une vie d'enfer chaque fois qu'elle revient. Mes sœurs sont heureusement à l'école. Gareth s'est fait une clientèle en Rhodésie. Nous nous attendons à le voir expulsé un jour ou l'autre. Ou encore pis. Il est plus ou moins un Plaid Cymru noir. Il n'aime pas la ségrégation. Nous non plus. Mais vous n'êtes pas beaucoup mieux lotis ici, n'est-ce pas, avec les Anglais ?

Je restai silencieux, parce qu'il avait mis le doigt sur la plaie. Il n'y avait pas grand-chose à dire, rien de sensé en tout cas.

Nous voyageâmes sans nous presser pendant trois jours. Chaque moment et chaque lieu nous offraient une joie particulière. Nous arrivions aux vallées ; Taliesin voulait en voir chaque parcelle, le grand et le petit Rhondda et les petites vallées entre les deux ; mais j'essayais de trouver un moyen d'éloigner son esprit de notre Vallée, dont tout le monde avait si souvent parlé, ainsi que son père, jusqu'à ce qu'il eût fait ce dernier voyage et fût rentré chez lui pour oublier.

— Je n'ai pu tirer de lui un seul mot, dit Taliesin, debout sur l'escarpement et regardant le roc altier de St. David's Head. Il était tout surexcité avant de partir. Et bouche cousue au retour. Nous nous sommes souvent demandé pourquoi.

— Pour quelle raison ne m'a-t-il pas écrit ? lui demandai-je. Et comment as-tu pu me découvrir ?

— D'abord, il ne savait pas où tu étais. Ensuite, nous avons reçu une lettre de ton avoué et mon père m'a télégraphié pour que j'aille te voir. Tu es l'homme mystérieux de la famille. Et le troisième millionnaire !

– Qui sont les deux autres ? Et comment le sais-tu ?

– C'est bien simple. Réputation de solvabilité. Les deux autres ? Mon père et l'oncle Owen, qui a des brevets d'invention en quantité. Vous autres, qui êtes plus âgés, avez eu de la chance. Vous avez gagné de l'argent et l'avez fait fructifier, je veux dire. Si nous en gagnons un peu, ces satanés politiciens nous le prennent. Pour s'offrir un bon train de vie. Ils peuvent voter eux-mêmes leurs propres émoluments. Qui d'autre peut le faire ?

Il avait une carte sur les genoux et alla partout où il voulait ; et plus nous nous rapprochions de la Vallée, plus je souhaitais le voir rebrousser chemin. Mais rebrousser chemin n'était pas dans sa nature. C'est ainsi que j'eus la certitude qu'il était vraiment de la même souche que moi. La Vallée ne figurait pas sur la carte, mais, lorsqu'il tourna sur la route, je compris que c'était sans espoir parce qu'il y avait des écriteaux. Lorsqu'il vit le premier, il poussa un cri de triomphe et se tourna vers moi.

– Nous y sommes ! s'écria-t-il comme un petit garçon. Je vais câbler à Papa d'ici. Juste un témoignage !

J'ai toujours recherché les petits miracles. Mais c'en est un grand qui se produisit à ce moment. Le moteur cracha et s'arrêta. Taliesin freina brutalement et tira sur le starter.

– Plus d'essence, dis-je. Très bien, ça ne fait rien. Tu vas prendre un taxi pour aller là et revenir. Je m'occuperai de la jeep et je t'attendrai tranquillement dans ce petit cabaret, là-bas. Tout s'arrange merveilleusement, n'est-ce pas ?

– Ah, tu ne viens pas avec moi ? dit-il. Je pensais que tu m'indiquerais où se trouvait chaque chose.

– Tout est sous les scories, dis-je. C'est pour ça que je ne vais pas avec toi. Ton bon père a éprouvé la même chose, n'est-il pas vrai ?

Il tourna les yeux du côté où étaient autrefois les collines et fit claquer ses paumes sur la portière de la jeep.

– Je vais aller voir ce que tu veux dire, dit-il.

Il traversa la route et monta la colline jusqu'au garage. J'allais plus lentement. Mais, ayant eu le temps de regarder autour de moi, j'observai un changement.

C'était étrange.

Toutes les maisons, des deux côtés de la colline, luisaient, repeintes à neuf. Toutes étaient de couleur différente et les jardins débordaient de fleurs.

C'était là quelque chose de nouveau. Je tentai de me rappeler la dernière fois où j'avais vu des fleurs dans un jardin placé à l'entrée. Généralement, dans les jardins derrière les maisons, on plantait des légumes de toutes sortes; il y avait des fleurs çà et là : quelques perce-neige, des jonquilles, des crocus, des primevères, des violettes et des roses, toutes sauvages et poussant à leur guise, et personne ne s'en plaignait.

Ces jardins placés aux entrées n'étaient pas très grands, mais leurs couleurs chantaient; ils étaient vraiment beaux, se succédant tout le long de la montée, comme si un accord les unissait l'un à l'autre. Oui, tous chantaient; un hymne de force et d'espoir s'élevait, annonçant des temps meilleurs.

— Que se passe-t-il donc? demandai-je au propriétaire du garage, Howell Williams, dont le nom était sur la camionnette. Je ne me souviens pas avoir jamais vu une fleur dans le Rhondda. Et c'est partout fleuri. Et de la peinture fraîche!

— Eh bien oui, dit-il, emplissant un bidon à la pompe. Mais nous avons un personnage royal, voyez-vous!

Je le regardai bien en face. C'était un compatriote et je savais fort bien qu'il disait la vérité.

— Quel personnage royal? lui demandai-je. Est-ce quelqu'un qui diffère de l'ordinaire, de nous?

Il me regarda fixement et arrêta la pompe.

— D'où tombez-vous, mon vieux? Grand Dieu, tout le monde le sait!

— Mais qui donc? lui demandai-je, sentant la colère me gagner. Si vous me dites que c'est une vedette de la télévision, vous aurez affaire à moi!

— Une vedette mon cul! dit-il. Une vedette n'a pas de sang

bleu. C'est le prochain roi. Ce sacré prince de Galles, mon vieux. *Y Twyssog* *. Le nôtre. Le sacré dernier, voyez-vous. Le dernier, et on lui a dit de ficher le camp ! Mais il a eu diablement raison. Il avait donné sa parole royale à une femme. Il l'a tenue. La parole royale. *Voilà* la différence. On ne doit pas manquer à une parole royale. On lui enlèvera tout, sauf sa parole. Sa parole est *là*, sans fard. Voilà ce qu'est la parole royale. Eh bien, voilà ce que nous avons.

– Si nous l'avons, bien, dis-je. Et alors ? Que *peut-il faire* ?

– Eh bien, ce qu'il nous a dit qu'il ferait, dit Howell Williams, laissant les dernières gouttes tomber de la pompe dans le bidon. Et en deux langues ! En anglais et dans la nôtre. Sans aucun doute. La même chose en *deux langues*. Nous manquera-t-il de parole ?

– Mais qu'a-t-il dit ? J'étais à l'étranger. Je n'en ai jamais entendu parler.

– Bon dieu ! dit-il avec impatience. Je croyais que tout le monde était au courant. Tous les gens des environs, en tout cas. Nous savions ce qu'il allait dire avant qu'il ne fasse ce merveilleux discours. C'est pour ça que nous avons acheté des pots de peinture, planté des fleurs, que nous nous sommes faits beaux. Si vous devez être regardé, vous vous faites beau, n'est-ce pas ? Et il est venu ici. Il est passé devant nous, à moins de deux mètres. J'avais mis de sacrés drapeaux partout. Et il nous a salués. Oui, nous avons eu son salut, *ici*. Oh, quel type merveilleux ! Il est des *nôtres* !

– Comment le savez-vous ? Ils répètent tous la même chose.

– Pas celui-là, dit-il en revissant le bidon. Voyons, c'est un personnage royal. Nous avons sa parole royale. Pour nous, c'est suffisant. Par le drapeau, nous avons confiance en lui !

Bien.

J'emplis le réservoir et me dirigeai vers la croisée des chemins, regardant les maisons et les boutiques, luisantes de peinture fraîche, les caisses à fleurs sur le rebord des fenêtres, ce qui était pour moi une nouveauté, et les jardins resplendissants.

Il est bizarre que nous oubliions de nous servir de nos yeux.

---

* Le prince.

Mais maintenant, je savais, je voyais partout l'indice d'un personnage royal. Il est étrangement merveilleux de penser que, de nos jours, un être humain puisse provoquer un miracle dans l'esprit des gens, et même changer jusqu'aux cailloux des rues.

La voiture de Taliesin entra dans le garage. Il en sortit avec un petit homme noir qui parlait avec ses deux mains, même lorsqu'il jeta un sac sur son épaule et se dirigea vers moi.

— M. Singh, dit Taliesin. Nous l'emmenons jusqu'à Ponty. Il a eu la malchance de naître dans l'Ouganda !

— Ce n'est pas une malchance d'être né là-bas, mais c'est une malchance d'avoir un militaire pour chef de gouvernement, dit M. Singh, qui semblait aller vers la quarantaine et parler entre ses dents. L'Ouganda est un pays où l'on peut mener une vie civilisée, heureuse et paisible. Maintenant, c'est un repaire où grouillent et braillent des sauvages. Des bandits. Nous pensions leur avoir appris quelque chose. Mais que leur avons-nous appris ? A voler ? A piller ? A escroquer ? A violer ? A tuer ? Nous avons de la chance d'être ici. Ils étaient tous censés être chrétiens. Ils agissaient assurément comme tels. Mais comment pouvons-nous les blâmer ? Nous étions sans protection. Nous avions tous des passeports anglais. Mais à quoi cela servait-il ? Plus nous montrions notre passeport, plus nous étions malmenés et détroussés. Les Anglais ont-ils fait quoi que ce soit ? Ils nous ont tous mis dans un camp. Ils mettent toujours les gens dans des camps. Maintenant, ils veulent renvoyer un grand nombre d'entre nous. Ma femme et moi. Ils disent que nous avons toujours été des Indiens. Pourquoi ? Est-ce un crime d'être indien ?

— Soyez ce que vous voulez, dit Taliesin d'un ton jovial. Dans ce pays, ils ne peuvent rien contre vous. Avez-vous une affaire ici ?

— Oui, j'ai un restaurant, dit-il. Vous êtes invités. Ma femme et sa mère savent cuisiner. Nous avons le meilleur curry. Il dépasse celui de Bombay. Nous avons également d'autres spécialités. Mais nous nous affligeons pour ce que nous avons perdu. Nous n'avons aucun recours. Comment savoir ce qui arrivera à nos enfants ? Ils peuvent être déracinés, eux aussi, et violés, pillés, malmenés et détroussés.

— Ça commence à ressembler à notre situation, me dit Taliesin par-dessus l'épaule. Grand Dieu ! C'est une honte !

— Ce n'est pas notre dieu, dit M. Singh. Nous n'avons pas de dieu. Comment pourrions-nous nous agenouiller jusqu'à n'avoir plus de sang dans notre chair ? Nous n'avons pas non plus d'idioties théologiques. Nous sommes nous-mêmes. Nous vivons et nous mourons. Nous faisons cuire du riz au curry pour vivre. Mais ce gros Amin n'échappera pas à la malédiction. Avec sa graisse, il vit dans la malédiction. Elle l'encercle. Il n'y échappera pas. Lui, et non les siens. Il est perdu. Voulez-vous parier ?

— Quand ? lui demanda Taliesin. Je serais ravi de gagner quelque chose là-dessus !

— Quand vous apprendrez qu'il est malade, dit M. Singh. Sa graisse ne le sauvera pas. Il mourra pourri par nos malédictions. Le prochain tournant, s'il vous plaît. Là ! A l'enseigne : L'Étoile d'Asie.

Taliesin s'arrêta devant la petite boutique qui portait l'enseigne et où un menu était affiché. La porte s'ouvrit et une jeune femme en robe indienne accourut pour prendre son mari dans ses bras. Il était agréable de les voir et d'entendre un autre langage, inconnu, il est vrai, mais dont les voix révélaient le sens, et ces voix et ces gestes exprimaient l'amour.

— Entrez ! Entrez ! dit M. Singh. Ma femme préparera pour vous la meilleure des viandes et les meilleurs des légumes. Demandez ce que vous voulez. Mais vous n'êtes pas anglais ?

— Nous le sommes, que diable ! dit Taliesin. *C'est* notre pays.

— Je vous en prie, je vous en prie, ma mère ne cessera de me reprocher de vous avoir laissés partir sans un signe de remerciement pour avoir ramené mon mari ! dit Mme Singh, parlant l'anglais aussi bien que M. Singh.

Elle avait environ vingt-cinq ans et, retenant son souffle, elle souriait. Ses sourcils étaient noirs, elle avait une petite tache rouge au milieu du front et ses mains délicates semblaient parfois s'envoler.

— Nous avons eu de l'agneau tout frais ce matin, poursuivit-elle. Tendre au possible. *Tandouri.* Rôti dans un four à brique. Je vous en prie !

— Nous avons un rendez-vous à Cardiff, dis-je. Mais je viendrai sûrement sur le chemin du retour.

Elle me prit la main.

— Je vous en prie ! dit-elle doucement. *Vous promettez ?* Combien y a-t-il de bonnes personnes ? Aimables avec nous ? Nous aimons aussi à être aimables. Mais combien de fois pouvons-nous être aimables avec les gens ? Et combien en rencontrons-nous ?

— Mais les gens d'ici ne sont-ils pas gentils ? lui demandai-je. Ne vous plaisez-vous pas avec nous ?

Ses yeux devinrent soudain de grands lacs salés et brillants.

— Avec vous, oui, murmura-t-elle. Mais combien êtes-*vous* ?

Ils agitèrent la main derrière nous, et nous longeâmes le Rhondda pendant des milles avant d'échanger un mot. A chaque mètre, je voyais les maisons peintes, et les fleurs dans les jardins. Un personnage royal avait parlé sans détours et un peuple parlait, plus franchement encore, de lui. Oui, de lui.

— Seigneur ! Quel fatras, hein ? dit Taliesin. Pourquoi les gens devraient-ils être ainsi malmenés ? Qui en a le droit ? Les astronautes ont pu en avoir une idée juste. Ils ont vu tout ça d'une sphère. Nous tournons et nous sommes tous sur cette planète. Et un salaud vient à vous, vous tape sur l'épaule et vous dit : *Hors d'ici !*

— L'autorité, dis-je. La brute et le fusil, n'est-ce pas ?

— Pas ici, dit-il. C'est le dernier endroit où ces choses arrivent.

— Ne parle pas si vite ! Nous ne sommes pas à la fin de l'histoire. La brute est encore en nous. Cela pourrait arriver ici !

— J'attendrai ça, dit-il. Tu n'as pas l'intention de retourner chez ces deux-là ?

— Mais si. J'ai promis. Que penseraient-ils de moi si je manquais à ma promesse ?

— Ce qu'ils pensent est-il important ?

— Très important. C'est un couple solitaire dans un pays étranger. Ne peuvent-ils croire en la parole d'au moins une personne ? Quelle sorte de vie mènent-ils ?

— Seigneur ! s'écria-t-il. Il est vrai que les gens doivent souffrir pour vivre. Les Noirs, ici. Et les mineurs ! C'est une sacrée condition, et pire pour un tas de Noirs en Afrique du Sud. Leur peau est noire. Ceux d'ici peuvent se savonner et redevenir blancs !

– Pourquoi le permettez-vous ? lui demandai-je.

– Et pourquoi permettez-*vous* ce qui se passe ici ? A propos, je ne veux pas en faire une histoire, mais qu'est-ce que tu m'as raconté à propos de la Vallée ? Tu m'as dit que c'était un spectacle terrible. Pas du tout. C'est le plus beau paysage que j'aie jamais vu ! C'est admirable !

– Mais quoi donc ? Quel paysage ?

– Si c'est l'endroit dont tu m'as parlé, tu te trompes ! dit-il. Vas-y jeter un coup d'œil !

– Bon. Je suis las de penser. Je vais repasser chez ces deux-là, et puis j'irai dans la Vallée, et nous verrons.

Mais parler est une chose et agir en est une autre.

Pour donner à chaque mot son poids exact, je redoutais de retourner dans la Vallée pour voir ce que j'y avais vu et détesté. Cette laideur était une insulte à ceux que j'avais connus, même s'ils avaient vécu pour la créer sans le savoir, simplement pour gagner de quoi vivre.

On ne sait que faire ! J'entendais la voix de M. Gruffydd, bien que cela remontât à nombre d'années, mais personne n'y prêtait attention. Nous étions aveugles dans les mines, aveugles dans la cuisine, aveugles dans les bistrots, aveugles sur les bancs de l'église.

Aveugles et luttant pour quoi ?

Parce que, quoi que ce fût, ce n'était rien.

La grève, et encore la grève, et pour quoi ? Pour quelques pennies ou quelques shillings. Et, quand les shillings n'eurent pas plus de valeur que les pennies, pour des livres. Mais ces pauvres livres n'eurent bientôt plus de valeur. En conséquence, encore la grève. Absurdité sur absurdité, et pas de solution, sauf une autre grève.

Nous pouvions voir les piquets de grève tout le long du chemin. A certains endroits, des hommes faisaient chauffer des gamelles de thé sur des braseros ; à d'autres, ils s'assemblaient autour de feux de menu bois et de braise. Mais il n'y avait d'enfants nulle part, dans le cas où une bagarre se produirait, et je savais que derrière toutes ces portes closes des hommes attendaient pour se joindre à leurs frères, prêts à se battre.

— Il ne faudrait pas longtemps pour que tout ce coin explose, dit Taliesin. C'est dans l'air. Je peux le sentir !

— Prions Dieu pour que cela n'arrive pas, dis-je. Ce ne sont pas des petits garçons et les inciter à l'action serait dangereux. *Et* les femmes, ne l'oublie pas. Elles sont tout aussi dangereuses que les hommes !

Je commençais à être fatigué de voir, de chaque côté, les petites maisons se dérouler en rubans de couleur, sachant très bien quel aspect elles avaient à l'intérieur. Brusquement, j'eus envie d'être chez moi, et en paix. Je dis à Taliesin de garder la jeep aussi longtemps qu'il lui plairait et le laissai à Treforest, un peu triste, mais un jeune homme seul dans une jeep peut agir plus à sa guise qu'avec un vieil imbécile, et je le savais fort bien.

Et lui aussi.

Je retournai par le chemin le plus long pour éviter la Vallée. Plas Sûs avait encore meilleur air que je ne m'en souvenais. Tout était en fleurs ou en boutons ; à l'intérieur, régnait un calme merveilleux, évoquant Sûs... *Oui !*... car elle n'était jamais loin de moi. Mme Frew m'effleura la joue et je bénéficiai d'un peu plus de tendresse de Cress, tant elles étaient contentes de me voir revenir. Je ne parle pas d'une bonne tasse de thé...

— M. Gough n'a cessé de téléphoner, dit Cress, en me servant. C'est très important.

— Huw ! hurla-t-il. Vous êtes rentré, Dieu merci. Le commissaire Alford veut vous parler. C'est urgent. Puis-je vous l'amener ?

— Au diable le téléphone ! Venez !

J'eus tout juste le temps de donner un coup d'œil à la ferme. Tout était en ordre, bien entendu. Rhodrick et ses aides emballaient des œufs dans des caisses à claire-voie et les filles dépotaient des plantes dans les serres. Cress vint me chercher en courant ; il me fallut rentrer.

— Voici la situation, sir, dit le commissaire quand nous nous fûmes assis. Ce n'est pas simplement une affaire locale, voyez-vous, et nous ne sommes pas les seules forces de police intéressées. Tout le monde l'est, jusqu'au Service Secret. Je ne suis guère en faveur, de sorte qu'il me faut obtenir des réponses rigoureusement exactes. Pourquoi avez-vous pris chez vous ces deux filles ?

— Je croyais que Valmai était une parente à moi. Elle m'a demandé si elle pouvait amener une amie et j'ai dit oui. C'est tout.

— Toutes deux ont donné un faux nom, dit-il en ouvrant un dossier. Quelle sorte d'homme était le père ? Je vais vous éviter un effort de mémoire. Est-ce lui ?

Je regardai la photographie et me souvins.

— Oui. Le père de Kiri, n'est-ce pas ?

— Il prétendait l'être, dit le commissaire. Il s'est échappé de prison il n'y a pas longtemps.

— Mais pourquoi serait-il venu ici ?

— Vous étiez absent. Il avait là l'occasion de jeter un coup d'œil dans la maison, peut-être de voir si quelque chose d'important n'avait pas été oublié. Eh bien, c'était le cas. Et ça n'est pas rien ! Êtes-vous en relation avec les carrières ?

— Les carrières ? Non, vraiment pas.

— Vous savez qu'il y a des carrières tout alentour ? dit-il. On y fait sauter des roches à la dynamite.

— Nous les entendons toute la journée, dis-je. Parfois, les explosions font même trembler les vitres.

— Si vous n'avez rien à voir avec elles, pourquoi y aurait-il ici des dessins de ces carrières ? dit-il en déroulant un plan. En particulier des endroits où l'on garde les explosifs ?

— Cela passe mon entendement, dis-je.

— Au cours des trois nuits qui ont précédé la fuite des jeunes filles, on a volé dans deux carrières de la gélignite, des détonateurs et de la poudre. Nous croyons finalement qu'elles se sont enfuies à cause d'une lettre d'Australie qui déclarait nettement que si quelqu'un disait s'appeler Valmai John, c'était une imposture. J'ai une copie de cette lettre. Puis-je vous la lire ?

— Mon avoué est assis près de vous, dis-je. Qu'*il* la lise!

— *Lisez!* dit-il. Oh! ça n'est pas une lecture glorieuse. Avez-vous rencontré les hommes avec lesquels elles sortaient?

— Une fois, Ils ne sont jamais revenus.

— Un coup d'œil sur les lieux et ils n'ont pas eu besoin de revenir, dit le commissaire. Comme le soi-disant père!

— Mais il a *pleuré!*

Le commissaire me regarda, les yeux écarquillés.

— Ce sont des acteurs consommés, dit-il. Ils font autant de répétitions qu'il est nécessaire. Il a pleuré et on l'a laissé tout seul? Quelle meilleure occasion de tout examiner dans la pièce? Quelque chose y aurait-il été laissé? Il l'aurait pris. Avez-vous ici un appareil de radio?

— Oui, Mme Frew en a un dans la cuisine.

— N'avez-vous pas d'émetteur? demanda Douglas, se penchant en avant.

— Un émetteur? Qu'est-ce donc?

— Pour envoyer des messages.

— Allons, mon vieux, vous savez qu'il n'y en a pas!

— Eh bien, dit-il, tirant une enveloppe de sa serviette, voici un rapport des Postes disant que des messages sont envoyés de cet endroit. De votre propriété!

Voilà qui donnait à réfléchir.

— Qu'on vienne ici, dis-je, et qu'on fouille chaque pouce. On ne trouvera rien qui ne me soit connu.

— Je regrette, dit le commissaire, qui ne semblait éprouver aucun regret, mais nous avons trouvé un tas de preuves que le mélange a été fait dans le hangar, au-delà de l'endroit où sont les dindons. *Ici!*

Il mit un doigt sur un point de la carte.

— Voilà qui est nouveau, dis-je froidement. Avez-vous interrogé Rhodrick?

— Il ne sait rien, dit le commissaire. Mais il est nationaliste. Comme vous!

Nos regards restaient attachés.

— Allez au diable ! dis-je. Bien sûr que je suis nationaliste ! Et, dans votre propre langue, allez vous faire foutre !

Il se leva et rassembla ses papiers.

— Vous regretterez ces paroles.

— Je peux quitter le pays à tout moment, dis-je. Je me fiche éperdument de vous et de vos semblables. Soyez-en sûr !

— Attendez donc ! dit Douglas. A quoi bon tout cela ?

— A quoi bon ? dis-je. Qu'est-ce que cette histoire à propos d'un mélange ? Un mélange de quoi ?

— D'explosifs, dit Douglas. On pense que beaucoup de bombes employées en Ulster ont été fabriquées ici ou dans un endroit proche. Tout comme les colis piégés. Huw, nous sommes dans un pays en paix. Nous avons un littoral allongé. Nous pourrions fabriquer des bombes et les expédier de l'autre côté de la mer d'Irlande. On pourrait les utiliser en Ulster ou n'importe où ailleurs.

— Mais voilà qui est absolument différent ; c'est quelque chose que je ne comprends pas et que je regrette assurément, dis-je. Si je savais que quoi que ce soit ayant un lien avec moi a été utilisé pour arracher des jambes à des fillettes, ou pour aveugler ou pour tuer, ce serait faire de moi un ennemi. Si vous pensez que cette maison a servi à aider ce genre de salauds, dites-le-moi et je vous prêterai mon concours, croyez-le bien !

— Je l'espère, dit le commissaire, remettant ses dossiers dans sa mallette et s'apprêtant à partir. Mais j'aimerais savoir comment ces deux filles ont pu rester ici tout ce temps et aller en Irlande ou en France à leur guise sans que vous le sachiez.

— J'étais leur hôte. Pourquoi aurais-je mis le nez dans leurs affaires ? Chaque fois que je suis allé là-bas, je n'ai rien vu. Toutes deux dessinaient ou peignaient, ou Valmai tapait à la machine. Aucun indice de bombes ou de ce genre d'inepties.

— Ces centaines de morts et de mutilés et tous ces dégâts ne sont pas des inepties, dit le commissaire. Monsieur Morgan, j'aimerais avoir votre autorisation d'amener ici des hommes et d'inspecter, comme vous me l'avez dit, chaque pouce de cette maison, des bâtiments et des terres. Je vous le demande formellement, à l'instance de votre avoué. Je vous dirais que je n'aurais pas attendu plus tard qu'aujourd'hui. J'ai déjà le mandat!

Je sortis les clés de ma poche et les posai sur la table.

— Eh bien, dis-je, fouillez!

— Merci. Maintenant, j'aimerais que vous fassiez à l'inspecteur Lewis une déclaration détaillant votre emploi du temps depuis que vous avez quitté cette maison, le 10.

— Je veillerai à ce que l'interrogatoire soit en règle, dit Douglas.

Je m'assis et parlai tandis que l'inspecteur Lewis écrivait. Il était heureux que j'eusse toutes les notes des hôtels, les reçus des garages et les additions des restaurants. C'est alors que je me rappelai ma promesse.

J'avais oublié L'Étoile d'Asie.

— Il faut que je retourne quelque part sur la route de Brecon, dis-je.

L'inspecteur Lewis me regarda par-dessus ses lunettes.

— Où donc?

— Je ne connais pas le nom de l'endroit, mais je saurais y aller.

— Si cela ne vous fait rien, j'irai avec vous.

— Eh bien, venez!

— Nous irons dans ma voiture, dit Douglas. Cela nous fera gagner du temps.

Bien entendu, j'avais oublié l'endroit exact. Toutes les rues, dans les vallées, ont le même aspect. Une ville fait suite à l'autre; il n'y a guère une brique qui diffère dans toutes ces maisons de même dimension. Les boutiques elles-mêmes se ressemblent toutes.

— Attendez! dit l'inspecteur lorsque nous nous fûmes trompés quatre ou cinq fois. Tournez ici et, s'il vous plaît, arrêtez-vous à cet endroit, sir.

Nous stoppâmes devant un poste de police. Quelques instants plus tard, l'inspecteur en sortait avec un morceau de papier; après avoir fait demi-tour, nous tournâmes à gauche : l'enseigne de L'Étoile d'Asie était devant nous. M. et Mme Singh nous reçurent à bras ouverts ; on aurait pu nous prendre pour les Rois Mages. La mère de Mme Singh sortit de la cuisine dont s'échappait une alléchante odeur. Une jeune femme se tenait timidement à la porte. Nous nous assîmes et bûmes un *whisky and soda.*

— Je suis heureux que les choses aient tourné ainsi, dit Douglas. L'inspecteur pensait que vous pourriez rencontrer quelques-uns de vos amis irlandais. N'est-ce pas, inspecteur ?

— Nous devons nous assurer des faits, dit-il. Dans une affaire comme celle-ci, si nous manquons un coup, nous sommes bons à jeter aux chiens. Nous n'en avons pas envie !

— Mais écoutez, dis-je, qu'est-ce qui vous fait penser à des bombes ? Nous n'avons jamais eu de bombes dans ce pays, que je sache.

Tous deux continuèrent à manger.

Douglas rompit un morceau de *chupatti.*

— Huw, dit-il, chez nous, des gens ont ouvert l'ère des bombes. Deux individus sont impliqués là-dedans. Au cours de ces quelques dernières années, nous avons eu l'Armée galloise libre. Et deux autres mouvements. Nous avons eu des hommes soufflés par leurs propres bombes. *Ici.* Ne vous y trompez pas. Il nous faut penser aux bombes et à ceux qui les fabriquent. Ils représentent un danger permanent, nuit et jour.

— Je n'ai jamais entendu parler d'eux, dis-je. Ça n'est certainement pas dans mes idées.

— Mais, monsieur Morgan, vos idées importent-elles ? me demanda l'inspecteur. Il y a des gens qui fabriquent des bombes. On les utilise pour une œuvre de destruction. Destruction de gens, de propriétés, de la paix de l'esprit. Ils gagnent beaucoup d'argent. Que ce soient des Arabes ou d'autres, cela revient au même. Notre tâche est de les découvrir. C'est aussi simple que ça.

— Tout le monde, dit Douglas, nous prend pour un peuple pastoral vivant sur les flancs des montagnes. On oublie que nous sommes près de trois millions. Il est commode de l'oublier. Ce que l'on ne devrait pas oublier, c'est que nous ne sommes pas tous pourris par la télévision. Sur ces trois millions, un certain nombre de gens désirent se libérer des Anglais. Ceux-là sont prêts à sacrifier leur vie. S'ils peuvent aider les Irlandais ou les Bretons, ou les Basques, ou les Kurdes, ou les Grecs, peu importe, ils le *feront*. Ils sont aussi prêts à mourir pour leur propre liberté que pour celle des autres et rien ne les arrêtera. Et au fur et à mesure que les enfants grandiront ce sera pire. Les Anglais ont fait leur temps. Si seulement ces bougres d'idiots pouvaient s'en rendre compte !

— Cela demandera de longues années, dit l'inspecteur, regardant autour de lui. Pouvons-nous avoir l'addition, s'il vous plaît ?

— Pas d'addition, dis-je. M. Gough et vous êtes mes invités.

— Non, dit-il, je ne suis l'invité de personne. Ma note, s'il vous plaît, il faut que je rentre.

— Je regrette, dit M. Singh. Ce monsieur est invité, et ses amis aussi. Nous ne vous avons servis qu'à cause de lui, car nous n'ouvrons qu'à six heures.

— Je ne puis être l'invité de personne, dit l'inspecteur. J'ai besoin d'une note et je veux payer, entendez-vous ?

— J'entends parfaitement bien, dit M. Singh, mais je n'ouvrirai pas avant six heures, l'heure légale anglaise. Avant, je n'exerce pas et, par conséquent, pas d'addition. Seulement des invités. Et les invités ne paient pas !

— Écoutez, dit l'inspecteur, s'emportant un peu, je suis un agent de la sûreté. Donnez-moi mon addition, voulez-vous ?

— J'ai rencontré beaucoup d'agents, dit tranquillement M. Singh en regardant à travers les rideaux de dentelle de la vitre, des agents de police, des militaires et autres. Un tas de voleurs et de pilleurs, et qui violent les femmes. Je gratte de la boue sur leur mémoire comme les chats grattent de la terre sur leurs crottes. Nous sommes de l'Ouganda. Nous sommes victimes d'une énorme duperie. Êtes-vous du même acabit ?

— Un instant ! dit Douglas. Nous avons eu un excellent déjeuner. Ne le gâtons pas. M. Morgan et nous sommes vos invités. C'est bien ça ?

— Exactement, dit M. Singh, passant un bras autour de la taille de sa femme, qui s'appuya contre lui, les mains serrées sous le menton. Nous sommes heureux d'ouvrir nos portes toutes grandes à un brave homme. Nous n'acceptons pas d'argent !

— C'est clair et cela suffit, dit Douglas. Le déjeuner était délicieux !

M. et Mme Singh me prirent dans leurs bras ; la vieille femme sortit de la cuisine en s'essuyant les mains et portant des paquets. La jeune fille timide se tenait de nouveau sur le seuil.

— Nous sommes heureux que vous soyez venu, dit M. Singh. Revenez, je vous en prie. Les braves gens ne sont pas si nombreux. Nous craignions que vous n'ayez oublié. Une blessure de plus est pour nous peu de chose, mais une promesse tenue est une rare merveille. Un pansement pour empêcher le sang de couler. Vous savez où nous sommes. Revenez, je vous en prie !

— Un assortiment de sucreries, dit la vieille femme. Pensez à nous en les mangeant.

Nous ne dîmes pas grand-chose en revenant, sinon que les restaurants indiens étaient presque aussi nombreux dans le pays que les restaurants chinois. Nous nous demandâmes combien de restaurants gallois nous trouverions en Chine ou en Inde et même au pays de Galles ; Douglas dit que nous avions perdu nos traditions, et qu'il n'y en avait aucun là-bas et aucun ici.

Je le croyais aussi car, lorsque Mama faisait la cuisine, nous mangions beaucoup de plats que je n'ai jamais goûtés depuis, bien que Lal en tînt la recette de sa Mama et confectionnât quelques-uns d'entre eux, tout comme Sûs. Mme Frew préparait certains de ces mets et Cress en connaissait d'autres, mais ils n'avaient pas le goût dont j'ai gardé le souvenir depuis l'enfance. Au lieu de cela, nous avons les français dans les restaurants — comme on les appelle : tout farine et graillon, ou les anglais : bœuf congelé ou mouton qualifié d'agneau, un pudding par-ci, un pâté par-là, des desserts en sachets, tout cela ayant le même goût. Et Dieu vienne en aide aux pauvres légumes ! Un sac en plastique contenant du canard à l'orange n'est, par le Christ, qu'une nourriture mortuaire.

Tout pour nourrir le ventre, rien pour vous mettre l'eau à la bouche, rien pour le souvenir, et au diable !

— Pourquoi se tourmenter ? dit l'inspecteur au bout d'un instant. Tout tombe dans le trou de la même façon.

— Nous aussi, dis-je. Dans une cathédrale, sous une dalle de marbre ; ou encore nos os sont dispersés dans les pampas. Mais cela dépendra de ce qui s'est passé auparavant, cela on s'en souviendra sûrement, n'est-ce pas ? Que se rappellera-t-on de nous ? Un tas de choses insignifiantes. Pas même notre nourriture à nous. Que sommes-nous ? Une cuisine oubliée ? C'est l'histoire d'un peuple oublié, n'est-ce pas ? Ce que vous mangez vous fait ce que vous êtes. Si vous mangez ce qui est étranger, qui êtes-vous ?

— Un client du supermarché, bien entendu, dit Douglas. Que sommes-nous d'autre ? Menés par les politiciens et les damnés banquiers. Ceux qui gagnent gros ont la vie facile. Les esclaves suivent. Ou sentent le fouet. Qui diable sommes-*nous* ? Qui diable avons-nous jamais été ? Depuis le temps de ces satanés Romains ?

Mais la vue de Plas Sûs tout illuminé fit cesser la conversation. La soirée était sombre et la maison avait l'air d'une tache de lumière matinale. Toutes les lampes étaient allumées autour de la maison et dans les bâtiments de ferme, ainsi que tout le long du chemin qui conduisait aux champs.

— Qu'est-ce que ça signifie ? s'exclama Douglas.

— Une perquisition, dit l'inspecteur. Ils ont trouvé quelque chose. Les chiens sont là.

Le commissaire Alford vint à notre rencontre et désigna du doigt le salon.

— Monsieur Morgan, pour le moment, je vous prie de rester là, dit-il. Plus tard, je vous demanderai de m'accompagner en certains endroits de cette ferme pour vérifier quelques trouvailles. Ne tentez pas de partir, n'est-ce pas ?

— J'accompagnerai M. Morgan, dit Douglas. Y a-t-il un peu de whisky ?

Cress apporta le plateau et je pus voir qu'elle avait pleuré. Je ne dis rien, mais lorsque retentirent les sifflets de la police et des cris lointains, la respiration lui manqua et la pauvre fille s'enfuit en courant. On entendit un sanglot avant que la porte de la cuisine ne se refermât.

— Ils ont trouvé quelque chose, dit Douglas. Ils avaient probablement un indice. Ça commence à être sérieux, hein ?

— Ça *commence* ? dis-je. La police dans une maison, c'est toujours une chose sérieuse.

Je détestais voir Plas Sûs envahie par les bottes des policiers. Puis je crus entendre Sûs leur faire un bel accueil en tehuelche et je me mis à rire à l'idée de ce qu'elle pourrait leur dire.

— Eh bien ! dit Douglas, votre notion du sérieux est vraiment très éloignée de la mienne. Y a-t-il là une bonne plaisanterie que je n'ai pas saisie ?

J'étais sur le point de m'expliquer lorsque le commissaire ouvrit la porte et se tint un moment sur le seuil sans nous regarder.

— Monsieur Morgan, je désire que vous veniez avec moi pour une identification. Un cadavre a été découvert en bas, dans la roulotte. Êtes-vous prêt ?

Douglas vint avec nous dans la voiture de police. Nous empruntâmes la route passant de l'autre côté, jusqu'à un chemin qui montait. Je sentis la mort quand nous nous arrêtâmes. Les morts humains ont une odeur différente de celle des animaux morts. Les deux chiens, morts, étaient étendus sous la roulotte.

Il y avait des lumières et des policiers partout. Du doigt, le commissaire m'indiqua les marches.

— Dites-moi si vous savez qui il est. Ne touchez à rien, n'est-ce pas ?

Je montai et regardai dans la petite pièce qui était ravagée, comme si quelqu'un avait tout fracassé et arraché.

Le cadavre gisait à terre et ses yeux, qui regardaient fixement le plafond, ainsi que deux dents de devant, luisaient dans la lumière.

Un seul regard me suffit.

— Je ne me rappelle pas son nom, dis-je. C'était l'ingénieur du comté, n'est-ce pas ?

— Exact. Gilbert George. Nous allons retourner à la maison et j'enregistrerai vos déclarations. Pas d'objection ?

— Qu'ai-je à voir là-dedans ?

— C'est votre propriété, dit-il en se dirigeant vers la voiture. Par ici !

— Un moment ! m'écriai-je. Où est la femme qui vivait là ? On l'appelait la sorcière. Celle qui volait mes agneaux. Elle était fêlée, la pauvre vieille !

— Attendez ! dit Douglas. J'assisterai à la déposition de M. Morgan. Allons à la maison et mettons tout en ordre. Puis je vous demanderai de tout faire pour retrouver la propriétaire de la roulotte. Ne savez-vous pas où elle est ?

Cette semaine-là on aurait mis le diable et sa suite au défi de démêler quelque chose dans toute l'histoire. J'allai au commissariat, et au tribunal, et à l'Administration du comté, et chez Douglas, et chez les avocats des parties intéressées — c'est ainsi qu'on les appelait —, mais quant à y comprendre quelque chose, j'y renonçai.

— Remettez-vous-en à moi, dit Douglas.

Et c'est ce que je fis.

J'avais l'impression d'être renvoyé de l'un à l'autre comme un ballon de football, mais je ne dis rien jusqu'à ce que Taliesin revînt ce soir-là. Je lui racontai tout.

— Grand Dieu ! dit-il. Te prennent-ils pour cible ?

— Je n'en sais rien. Je me demande ce qui se passe.

— Je le saurai bientôt ! dit-il, ce soir-là ; mais, le lendemain, il paraissait indécis et, plus tard dans la matinée, il sortit avant l'arrivée de Douglas.

— Il semble que nous soyons dans un beau gâchis. On ne peut retrouver les deux sœurs, ni celle de la roulotte, ni celle de Gwynaldrod. On ne peut retrouver Lys Machen, qui pourrait être aux États-Unis. On ne peut découvrir ce que l'ingénieur du comté faisait dans la roulotte. Il a été tué d'un coup de couteau. Il n'y a là-bas aucune arme. Les chiens ont été empoisonnés. Qui l'a tué ? Mystère. C'est le coroner qui nous dira le reste, n'est-ce pas ?

Ces jours-là, je les passai comme si j'étais un Indien, sentant tout, mais ne sachant rien. Les policiers restaient tout alentour durant des heures, mais Dieu sait ce qu'ils faisaient. Je n'y prenais aucun intérêt. Je me promenais dans la ferme, faisais un signe de tête à Rhodrick, qui soulevait sa casquette, tout comme les autres hommes. Les jeunes filles qui mettaient les plantes en pot dans les hangars me souriaient, je soulevais mon chapeau, et c'était tout.

Nous avions tous un poids sur le cœur.

Et un poids mort.

C'était dans l'air.

Nous réagissions en chrétiens, je suppose ; pour nous, le meurtre était une horreur, le dernier des péchés, un péché bestial, un péché mortel.

Je savais que c'était dimanche parce que, le vent soufflant devant nous, je pouvais entendre les gens, en bas dans la chapelle, chanter *Mon pasteur est le roi de l'amour*. Pourquoi n'étais-je pas avec eux ? C'était vraiment une énigme, mais, avec les années, je suppose que nous abandonnons nos habitudes pour agir à notre guise, et jamais pour le mieux, j'en suis certain.

Je pensai alors à ceux de la Vallée. Je pouvais entendre leurs voix et revoir toute la famille sortant, deux par deux, de la chapelle, Mama et Papa en dernier lieu, et le dîner du dimanche qui sentait si bon et vous mettait l'eau à la bouche, oui, une odeur que l'on ne sent plus aujourd'hui, ce qui est grand dommage. Je me suis souvent demandé quand les gens avaient cessé de cuire des choses qui flattaient l'odorat aussi bien que le palais, et pourquoi. Ma Mama, j'en suis sûr, n'avait jamais eu d'argent à jeter par les fenêtres, loin d'elle cette idée, car la vieille boîte à thé en fer-blanc était toujours sur la cheminée ; la moindre pièce de monnaie épargnée y était toujours la bienvenue. Mais, si peu qu'elle dépensât dans les petites boutiques du haut de la colline, elle donnait à notre famille une nourriture dont je me souviens encore, bien qu'elle n'usât d'aucun produit de luxe, ni de ces merveilles que l'on voit dans les magasins d'aujourd'hui, mais seulement de ce qui venait des fermes, de l'autre côté de la montagne, ou de nos jardins, ou de chez Ellis, le facteur.

Il est vrai qu'avec Mme Frew et Cress dans la maison, je n'avais pas à me plaindre le moins du monde. Notre cuisine était bonne, sans aucun doute, mais sans comparaison avec celle de ma

Mama ou celle que l'on servait dans certaines maisons là-bas, en Patagonie, que ce soit à Trelew, du côté de l'Atlantique, ou du côté opposé, dans les Andes. Mais il y avait une raison à cela. A deux reprises, des inondations avaient englouti tout le résultat d'une vie de travail : maison, bétail, approvisionnement. Tout était allé dans l'Océan, perdu à jamais ; la noyade de milles et de milles de bonne terre n'encourageait guère à faire cuire quoi que ce fût pour qui que ce fût. Avec un cœur en peine, il était plus simple d'allumer un feu de branches, d'étendre les braises, de suspendre le mouton à un gril, d'attendre qu'il fût cuit et de le manger avec la moitié d'une miche de bon pain et une gorgée de vin, puis de rendre grâces à Dieu. C'est ainsi que les jours se succédaient. Maintenant, le plaisir de la cuisine n'est plus que souvenir, une chose d'une autre époque, d'un autre univers, une pensée dans une vie passée depuis longtemps, bien longtemps, dans l'amour de grand-mère et la bonté de Mama.

Mais il était amusant de penser aux dizaines de milliers de pièces : souverains, demi-souverains et guinées, toutes en or, entassées dans les boîtes à thé de toutes ces maisons sur la colline, pareilles à la nôtre, et que personne n'eût jamais osé toucher, et voler encore moins.

Nous étions naïfs et honnêtes, grâce à la chapelle et grâce à la Bible.

Cela n'existe plus.

Ni la chapelle, ni la Bible.

J'entendis la sonnette de la porte résonner dans l'office et Mme Frew vint me dire que Mlle Rowlands, de Gaiman, désirait me parler. Je rentrai et sursautai de surprise. Elle était vêtue du costume national : chapeau par-dessus le bonnet de dentelle, ruban de soie noué presque sous le menton, bas blancs et souliers à grosses boucles d'argent.

Parfait.

Elle fit une petite révérence en tenant sa jupe.

— C'est l'anniversaire de ma Mama, dit-elle. Nous portons toujours le costume national pour les anniversaires. Monsieur Morgan, voici un message de Lys Machen. Elle a de sérieux ennuis.

— De quoi s'agit-il ?

— Elle seule vous le dira. Je dois vous emmener là-bas. Ce n'est pas loin, mais la route est mauvaise.

— Nous prendrons Mari Fach, la jeep. Venez !

Ce n'était pas loin, en effet, mais le chemin était raboteux, plein d'ornières qui remontaient à des années et amolli par l'accumulation des feuilles mortes. Mari resta en quatrième vitesse lorsque nous eûmes quitté la grand-route. Nous traversâmes une forêt, des champs, de petits ruisseaux, pour arriver enfin en terrain à découvert. Là, dans les prés, se trouvaient du bétail et des moutons qui m'appartenaient, et même des poules, des canards et des oies.

J'étais intrigué.

Le cottage était fraîchement peint de blanc avec des volets verts et une porte rouge, ce qui le transformait complètement, et un jardin merveilleusement ordonné et plein de toutes sortes de plantes, des rosiers aux oliviers, une vraie symphonie de couleurs. Lys, qui se tenait sur le seuil, descendit l'allée de briques.

L'angoisse contractait ses traits ; elle put à peine esquisser un sourire.

— Grâce à Dieu, vous êtes venu ! Ici, je deviens folle !

Nous entrâmes dans la salle qui donnait sur la façade et contenait des trésors d'ébénisterie et de porcelaine. Comme si elle nous avait attendus, une jeune fille entra avec un plateau. Lys s'assit au bord d'un fauteuil de l'époque de la reine Anne et se mit à verser le thé.

— Maintenant, je m'en vais, n'est-ce pas, Mlle Machen ? dit la jeune fille.

Lys acquiesça d'un signe de tête et versa une tasse de thé pour Teleri, ajoutant d'office deux cuillerées de sucre.

— Du sucre, monsieur Morgan ? demanda-t-elle.

— Deux, s'il vous plaît. Quelle jolie maison vous avez là ! Comment l'avez-vous trouvée ?

— Lorsque Hywel John, un petit fermier, est mort, sa femme me l'a vendue, dit-elle. Je l'ai transformée et j'y viens pour les week-ends, ou quand je suis sur une grosse affaire et que j'ai besoin de réfléchir. Et, maintenant, il me faut réfléchir. Je crains bien d'avoir introduit une criminelle dans la maison. Elle a sa sœur pour complice. Ce sont des tantes à moi. Elles sont toquées toutes les deux. Je n'ai pas envie de les dénoncer, les pauvres vieilles. Elles sont retombées en enfance. Mais il est affreux de se ronger le cœur. Elles sont venues demander mon aide. Je les ai toujours secourues. Dois-je les dénoncer ? Ou les garder ici ?

— Allons, ressaisissez-vous, dis-je. Elles sont recherchées par la police. Ça, vous le savez, n'est-ce pas ? Si vous les aidez un seul instant, que ce soit ou non pour leur donner refuge, vous devenez leur complice. Ainsi que Teleri. Ainsi que moi. Voulez-vous que nous allions tous en prison ? Bon ! Je vais faire appel à Douglas Gough. Il verra M. Soper Reynolds et elles seront placées quelque part en sécurité. Finissons-en. Allons, soyez raisonnable !

Je sortis dans le couloir, jetai un coup d'œil dans les pièces du rez-de-chaussée, puis je montai l'escalier, regardai dans deux chambres où il n'y avait personne, mais dans la troisième, au fond, les deux femmes étaient étendues sur le plancher, endormies, et sales au point de donner la nausée à une bête. De la boue séchée. Pauvres vieilles !

Je refermai la porte et descendis. Lys pleurait. Teleri, l'entourant de son bras, tentait de l'apaiser.

— Venez, dis-je. Ces deux femmes ont besoin de soins. Vous vous mettez dans une situation qui peut vous valoir la prison. Allons, venez vite !

Elle se jeta sur moi toutes griffes dehors, hurlant comme une furie, et je compris qu'elle était devenue folle. J'écartai ma tête de ses doigts recourbés, me baissai et lui assenai sur le plexus solaire un uppercut qui lui coupa le souffle et l'étendit sans force sur le sol.

— Prenez-la par les épaules, dis-je à Teleri, qui s'était mise à pleurer. Allons jusqu'à la jeep. Allons, venez ! Tenez-la bien tout le long du chemin pour qu'elle ne tombe pas par la portière.

Nous regagnâmes Plas Sûs, la transportâmes à l'intérieur et la déposâmes sur le divan. Puis je téléphonai à Douglas, mais il était au club de golf et il me fallut attendre.

— Très bien, Huw, dit-il. J'amènerai là-bas le juge et le commissaire et, grâce à Dieu, toute l'équipe sera incarcérée. Je me demande vraiment ce qui a pris à Lys !

— Elle est aussi folle que celles qu'elle a tenté de protéger. Pour son propre bien, faites-la mettre quelque temps dans une maison de santé. Elle n'est plus elle-même !

Plas Sûs s'emplit bientôt de policiers et d'hommes et de femmes en longues blouses de toile. Des voitures et des ambulances attendaient à l'extérieur. Puis la maison se vida et redevint silencieuse. Il ne resta là qu'un brigadier qui installait de petits postes de radio émetteurs et récepteurs dans le salon, dans la chambre à coucher et dans la jeep, le tout branché sur le réseau de la police.

C'est alors que Mme Frew et Cress, en chapeau et en manteau, parurent à la porte.

— Monsieur Morgan, dit Mme Frew, nous en avons assez. Avant, les gens bavardaient et bavardaient. Mais, maintenant, la police est quasiment installée dans la maison. Et il y a des fantômes. Et une meurtrière. Qu'y aura-t-il encore ? Non. Notre argent, s'il vous plaît, nous partons !

— Bien, dis-je. M. Gough vous paiera et vous donnera vos certificats. Vous aurez de bonnes références.

— Nous n'en avons pas besoin, dit-elle. Nous avons commandé le cab. Je regrette d'avoir mis les pieds ici. Ça nous desservira toujours, vous comprenez ?

— Eh bien, partez ! dis-je.

Mais c'était un triste moment. Deux braves filles s'en allaient. Il n'y avait personne dans la maison désormais. Les gens ont leur façon à eux de penser et les autres n'ont rien à dire.

— Ne vous tourmentez pas, monsieur Morgan, dit Teleri. Je resterai ici. Il n'y a aucune difficulté. J'en ai fini avec les examens et je suis libre. Je pense que vous jouez de malchance avec toutes ces inepties. Mais vous voilà débarrassé de ces femmes. A votre place, je voudrais ne jamais les revoir. Et elles sont à moitié anglaises, *Ach y fi* *, vraiment !

* Dégueulasse.

— Qu'avez-vous donc contre les Anglais, lui demandai-je.

— Rien. Je leur demande simplement de nous laisser et de s'en aller. Nous nous débrouillerons fort bien sans eux !

— Depuis combien de temps appartenez-vous au Plaid Cymru ? lui demandai-je.

— Depuis que je suis née, dit-elle, le regard clair. J'étais chez mon grand-papa. Il détestait les Anglais. J'ai essayé de ne pas être comme lui. Mais ils n'ont rien fait pour nous aider. Un tas d'imbéciles, et avides de ce que nous possédons. Comment peuvent-ils nous fouler aux pieds ? Pourquoi les laissons-nous faire ?

A présent c'était comme si Sûs était revenue à la maison. Si les deux autres savaient cuisiner, Teleri était vraiment une artiste en la matière. Lorsque Sam et Ella vinrent un soir, Sam dit que je prenais un peu d'embonpoint et Ella affirma qu'il était grand temps. Teleri était allée faire des courses avec la jeep, de sorte que c'est moi qui apportai le plateau et les apéritifs.

— Qu'est-ce que toute cette histoire à propos de Lys Machen ? me demanda Sam. On l'a mise dans un asile d'aliénés ? Mais avez-vous des détails ? Du reste, cela ne me surprend pas. Demandez à Ella. J'ai toujours dit qu'elle était fêlée. J'ai découvert toute l'affaire il y a deux jours. Le personnel de son bureau n'avait reçu aucun salaire au cours de ces deux dernières semaines et un homme du nom d'Anstruther est venu me voir. C'est le dessinateur en chef. Il ne m'a pas fallu longtemps pour savoir ce qui s'était passé. Écoutez *ça*. Je l'ai toujours respectée en tant qu'architecte pour ses dessins, ses calques, ses toisés. Pour le travail.

Il se renversa sur son siège.

— Il y a des années, cet Anstruther avait fait de la prison pour subornation de témoins, corruption de fonctionnaires et diverses autres choses. En tout cas, je l'ai repris à mon service, ainsi que la plus grande partie du personnel. C'est un véritable architecte et il sera pour moi une aide merveilleuse. Je lui ai donc demandé comment elle s'en était tirée et il m'a répondu : avec du culot. Elle avait assez de matière grise pour lui donner un poste et il se chargea de diriger le personnel. Elle était bien de sa personne. Elle obtenait les contrats. Ne me demandez pas comment. Il faisait le travail. Cette maison, et le cottage, là-haut, c'était son œuvre à lui. Tous les autres ? Également. Je lui ai demandé pourquoi il ne travaillait pas à son compte. Il m'a dit que les repris de justice sont censés ne pas valoir grand-chose. Une enquête et ils sont fichus. Je pense que c'est dommage. Laisser se perdre de l'intelligence ne fait de bien à personne. Je l'ai donc engagé, ainsi que ceux qu'il a formés. Vous allez me voir prospérer !

– Mais la pauvre fille ? dis-je. Mais Lys ?

– Il y a là un peu de mystère, dit Ella. A cause des choses qu'on a trouvées, on raconte qu'elle a travaillé pour l'I.R.A. On a volé des explosifs dans chaque carrière. Elle en avait les plans. L'emplacement des hangars était exactement indiqué. En tout cas, elle possédait un bateau de plaisance à Aberporth depuis cinq ans. Il lui était facile de faire la traversée jusqu'en Irlande. On dit que Gilbert George était un informateur et qu'on l'a supprimé !

– Je trouve ça difficile à croire, dis-je. Que faisait-il dans la roulotte ?

– Mais on a découvert qu'on y fabriquait des bombes, dit Sam. Il y a des traces. Ne l'avez-vous pas su ? Ne lisez-vous pas les journaux ?

– Non. Quelles traces ?

– Là où ils apportaient les matériaux pour faire les bombes, dit Ella. Volés dans les carrières. Bien entendu, ils ne peuvent plus rien voler maintenant. Il n'y a plus rien à faire. Mais cette roulotte était parfaite. Solitaire. Isolée. Je ne pense pas du tout que Lys était fêlée. Elle était comme les autres. Bien exercée et *très* bien payée !

– Je n'aime pas penser à elle sous ce jour, dis-je. Elle a essayé de sauver deux vieilles tantes. Je pense que je ferais de même.

– Il vous faudrait en découvrir la raison, dit Sam, allumant un cigare. Pourquoi cette vieille chouette restait-elle dans cette boutique à Gwynaldrod ? Pourquoi l'autre logeait-elle dans la roulotte ? Toutes deux ont des comptes en banque qui se chiffrent par milliers de livres. Pour ne parler que de ce qu'on a découvert à ce jour. Lys Machen a bien plus d'argent encore. D'où vient-il ? Et pour *quoi* ?

L'Irlande du Nord ? Les républicains irlandais ? Les hommes de l'Ulster ?

– Cela passe mon entendement, dis-je. Je crois que nous sommes tous devenus toqués. Il n'y a rien à faire, n'est-ce pas ?

– Il y a près d'un millier de morts, et des milliers de mutilés, et des dizaines de milliers de gens qui vivent tous les jours dans l'angoisse. Pas une nuit de bon sommeil pour personne. Rien à faire ? dit-il. Vous abandonnez la partie à ces maudits assassins ? Combien de temps s'écoulera-t-il avant que ça arrive ici ?

– Ici, jamais ! m'écriai-je.

– Allons, Huw, dit-il. Nous avons ici le même genre de sacrés idiots. En quantité. Ils feraient n'importe quoi pour de l'argent. Vous le savez aussi bien que moi, que diable ! Ça commencera ici si nous ne sommes sur nos gardes. L'armée forme des soldats par milliers. Et s'ils quittent l'armée ? Ils ont un emploi tout prêt, n'est-ce pas ? Faire exactement ce pour quoi ils ont été formés. En doutez-vous ?

– Je déteste penser à tout ça, dis-je. Je n'aime pas non plus penser que les bombes ont été fabriquées ici. J'interrogerai Douglas là-dessus.

Mais, avec Douglas, ce fut pire.

– Écoutez, dit-il, si je n'avais parlementé pendant tout ce temps, vous seriez déjà sous les verrous. Vous avez la chance d'avoir autour de vous de braves gens sur qui compter. Rhodrick et les autres. Ils vous sont dévoués et leur témoignage compte. De plus, vous vous tenez sur votre quant-à-soi. Mais cette roulotte aurait vraiment pu être une tuile ! Il est heureux qu'elle se trouve dans ce qui a toujours passé dans la localité pour le Champ de la Sorcière. Personne n'y allait jamais. Il est heureux aussi que vous n'ayez jamais fait labourer le champ à cause du marais qui se trouve au bas du terrain. Cette parcelle est inutilisable, sauf pour les oies et les canards. Mais la carrière la plus éloignée n'est qu'à neuf kilomètres de là et la plus proche à moins de quatre kilomètres. Ils pouvaient cacher là les matériaux, puis les transporter à Gwynaldrod à leur convenance.

– A la convenance de qui ?

— De ceux qui avaient besoin d'explosifs. Les policiers ont trouvé toutes les preuves dont ils avaient besoin : chez vous, dans le hangar aux provisions, dans le placard de l'étable, dans le cottage, là-haut, sur la hauteur, et dans la roulotte. La seule raison pour laquelle vous êtes libre aujourd'hui est que l'on ne peut en rien vous associer à tout ça. Vos domestiques, les deux premières, et les deux dernières, celles que je vous ai envoyées, ont été interrogées pendant des heures. Tout ce qu'on a tiré d'elles a porté sur les hippies. Et une nièce à vous. Nous nous sommes procuré quelques-unes de ses cassettes. Nous l'aimons bien. Elle joue merveilleusement du piano. L'entendre est un vrai régal !

— Que dois-je faire ?

— Ne bougez pas d'ici. Laissez-les tous aller au diable. Je serai toujours là !

C'était charmant.

J'avais l'impression d'être un bandit recherché par la police.

Rhodrick se mit à rire quand je lui en parlai.

— Écoutez, sir, dit-il. Nous avons connu Lys Machen toute petite fille. Elle a toujours été un peu bizarre. C'est dans la famille. Ils sont tous timbrés. Mais elle est intelligente, comme le père. Il était marchand de meubles. Il est mort à force de boire. La mère faisait des confitures, des pickles, et toutes sortes de choses, pour envoyer les enfants à l'école. Elle a vendu son commerce pour une grosse somme d'argent et est allée vivre en France. Un suicide. Comme Lys. Pendant des semaines, tout allait bien, et puis elle déraillait. Nous n'avons jamais aimé en parler. Ça porte malheur, voyez-vous. Et une sorcière dans la famille, oh ! Seigneur, qui a besoin d'une telle bénédiction ?

— Mais saviez-vous ce qu'ils fabriquaient ici ?

— Non, vraiment, dit-il. Tous ces derniers mois, on a construit dans les environs et les maçons font toujours un beau gâchis.

— Ils ont pu faire pis que jeter un coup d'œil sur les maçons, dis-je. Connaissiez-vous certains d'entre eux ?

— Non. Ils venaient d'ailleurs. Ce n'étaient pas des gens de la localité. C'est M. Hooper qui les employait.

— Je vais lui en parler, dis-je. A présent, que vais-je faire du bétail et de la volaille qui sont là-haut, dans ce cottage ?

Ses yeux bleu pâle regardèrent fixement par la porte ouverte et l'on n'eût pu dire à quoi il pensait. Il se tut un moment.

— Monsieur Morgan, laissez-moi tout vous expliquer sans m'interrompre, dit-il en remuant les pieds. Dès le début, nous avons su ce qui se passait. Nous ne vous connaissions pas alors. Mais vous vous souvenez que je vous ai emmené jusqu'à la roulotte ? Vous l'avez vue. Eh bien, quand je l'ai raconté à ma femme, elle a bondi. « Elle va nous jeter un sort ! » a-t-elle crié. Oh, Dieu, je n'ai pas eu de paix pendant des jours et des jours. Je n'en ai donc pas dit davantage. Mais, sans aucun doute, tout ce qui est là-haut est à vous et, sans aucun doute, c'est la vieille sorcière qui l'a volé. Voilà pourquoi les gens la voyaient la nuit. Et ils avaient peur d'elle. Oui, il la craignaient !

— Ainsi, les bêtes sont perdues ?

— Non, non, mais ne les ramenez pas ici. Le sort reste attaché sur elles. C'est impossible de les ramener. Vous vous attireriez des ennuis *ici*. Mieux vaudrait demander à un boucher qui ne soit pas d'ici de faire une offre pour le bétail et la volaille et de les transporter *lui-même*. Ne vous en approchez pas !

— Bien, dis-je. Occupez-vous-en et prenez la jeep tout de suite !

Il me regarda fixement de ses yeux bleu pâle pleins de frayeur.

— Oh, monsieur Morgan ! Vous ne m'envoyez pas là-haut, n'est-ce pas ?

— Le boucher, dis-je. Allons, et ça suffit avec les vieilles sorcières !

Mais, ayant vécu avec les Indiens, j'en savais trop pour blâmer le pauvre homme. Il n'est pas douteux que certains êtres humains ont un don spécial. Certains l'emploient pour le bien, d'autres pour le mal ; dans les deux cas, les dons opèrent. J'ai vu les deux, mais plus souvent le mal, en vérité, parce que, pour certains, le bien est terne, tandis que le mal est le jeu des démons, et les gens s'en délectent.

Sam protesta avec véhémence quand je le mis au courant. Il n'avait jamais eu là d'ouvriers à lui. Il fournissait les matériaux, mais les ouvriers étaient ceux de Lys Machen. Il était le fournisseur et rien de plus. Je téléphonai à Douglas. Il me dit que je pourrais bien avoir une révélation et qu'il allait téléphoner au commissaire.

La ferme s'emplit de nouveau de policiers qui posèrent mille questions, mais personne, à commencer par moi, ne pouvait donner ni noms ni adresses, bien qu'il me paraisse étrange qu'un tas de gens puissent travailler quelque part pendant des semaines en restant inconnus. Mais ce n'étaient pas mes ouvriers et je ne les payais pas ; ainsi, nous ne mettions pas le nez dans leurs affaires, ne savions rien d'eux. Nous avions l'air d'une bande d'idiots.

Après onze heures, ayant pris le café, Rhodrick vint me retrouver dans l'étable où je humais la pénétrante odeur du lait. Il m'attira vers la meule de foin d'où s'élevaient des bouffées odorantes et, regardant par-dessus son épaule, il me murmura que la plupart des hommes de Lys Machen étaient connus comme des nationalistes, ou des membres de l'Armée galloise libre, et que tout le monde avait peur de provoquer un ou deux enterrements, en disant un mot dc trop.

Je me détournai et m'éloignai.

« Mon Pasteur est le Roi de l'Amour et sa Bonté ne Faillit Jamais. »

Mais nous faisons ici-bas un joli gâchis sans aucune aide, ou même sans le vouloir. Qui donc, oui, *qui donc* est le Roi de l'Amour ? Et qu'a-t-il à voir avec l'Armée galloise libre ?

Et combien seuls et abandonnés sont nombre d'entre nous !

A moins que nous ne trouvions une brave fille que nous puissions prendre dans nos bras, qui sommes-nous ? Où sommes-nous ?

Je fus d'autant plus heureux de voir Taliesin arriver avec une gentille fille, d'un mètre quatre-vingts environ, joliment bronzée par le soleil d'Afrique du Sud, une vraie beauté. Il l'appelait Daise et tous deux rentraient par avion pour se marier à Pretoria. Elle était allée rendre visite à un oncle à Cardigan et je compris pourquoi il était parti si allègrement dans la jeep. Il savait où il allait. Ils étaient venus rendre Mari Fach et jeter un coup d'œil à la ferme. Nous déjeunâmes de steaks, de rognons et de champignons, de choux de

Bruxelles et de pommes de terre nouvelles, cuits avec une petite branche de menthe, la meilleure chose que j'aie jamais savourée — rien ne me fera changer d'avis là-dessus. Daise en reprit une fois et Taliesin deux fois. Nous eûmes ensuite une tarte aux prunes avec de la crème et une excellente tasse de café de notre cafetière à pression, une amie fidèle. Je me demande souvent pourquoi les Anglais, autrefois si renommés pour leurs cafés, peuvent avaler cette lavasse qu'ils appellent aujourd'hui café. Même le thé n'est plus ce qu'il était ; Teleri devait en commander du spécial pour avoir du vrai thé. Sûs, qui n'avait pas l'habitude de boire du thé et n'y connaissait rien, s'accommodait de ce qu'elle trouvait, et je ne disais rien, car à quoi bon ?

Ils s'en allèrent, à contrecœur, comme dit Daise, dans la *Nelly-Kelly,* mais elle emportait la recette du pâté de Teleri. Je n'ai jamais vu plus beau couple. Je promis d'aller les voir en Afrique du Sud si je me rendais là-bas. Teleri dit qu'il devait être agréable de franchir toute cette distance par avion, et de voir tant d'endroits nouveaux, et d'être marié. Avais-je bien entendu une petite brisure dans sa voix ? Mais elle avait disparu avant qu'il ne me fût possible de l'interroger. Je me demandai alors pourquoi une belle fille comme elle était ainsi livrée à elle-même et pourquoi tous les hommes qu'elle devait avoir rencontrés avaient été assez toqués pour la laisser de côté.

Il me fallut du temps pour découvrir celui qui était réellement toqué, mais, à ce moment-là, je n'avais pas le moindre soupçon.

Sam et Ella venaient deux ou trois fois par semaine, soit pour prendre un verre, soit pour dîner ; j'allais aussi chez eux. Souvent, Douglas et sa femme, abandonnant le club de golf, les accompagnaient. Mais Emily, la femme de Douglas, était toujours obsédée par le désir d'aller retrouver ses trois enfants ; elle le harcelait pour s'en aller, même si la mère de Douglas était avec les enfants ; de sorte qu'il n'y avait de repos dans la maison que lorsqu'ils étaient partis. Nous pouvions alors parler.

— Vous savez, je suppose, que cette pauvre vieille de Gwynaldrod est morte ? dit Sam ce soir-là. L'autre ne vaut guère mieux. Lys est mal en point, dit-on, et à tous égards. Il lui faudra répondre à des accusations. J'espère qu'on conclura qu'elle est loufoque et qu'on la mettra dans une maison de santé, ce qui vaut mieux que la prison. Nous pourrions aller la voir de temps à autre et lui apporter quelque chose, des livres, des friandises. Nous avons l'intention d'y aller pendant le week-end. Voulez-vous nous accompagner ?

— Certainement.

— Il se fait tard, dit-il en se levant pour partir. N'avez-vous reçu aucune lettre de menace ? Ou des communications téléphoniques ? Vous avertissant que si vous témoignez contre elle, vous vous réveillerez mort ?

— Non. Et je n'y prêterais aucune attention. Et quel témoignage pourrais-je donner ?

— Il le faudra, dit-il. Vous figurez sur la liste. Si vous receviez quoi que ce soit, lettre ou appel téléphonique, informez-en la police, n'est-ce pas ?

Il me fallait penser à Teleri. Quand je leur eus dit au revoir, je rentrai fermer les portes à double tour, branchai le système d'alarme dans une petite pièce et allumai toutes les petites ampoules bleues, qui devenaient rouges lorsque quelqu'un entrait, tandis que toutes les sonneries retentissaient partout, que la sirène mugissait et que le signal d'alarme alertait les voitures de patrouille de la police.

Eh bien, *Iesu Mawr**, quelle merveilleuse façon de vivre !

La pauvre Irlande du Nord vivait ainsi nuit et jour ; il n'y avait rien qui pût lui donner la paix ou le réconfort, Dieu dispensait son amour à chaque instant à nos frères et à nos sœurs ; rien, non, vraiment rien à faire.

Ce matin-là, M. Anstruther vint m'apporter un message de Sam Hooper disant que le cottage de Lys Machen et la boutique de Gwynaldrod allaient être vendus aux enchères avec d'autres petites propriétés sur les collines ; je téléphonai à Douglas pour lui dire de les acheter. Mais il n'en avait pas la moindre envie.

---

* Seigneur Jésus.

— Il y a une malédiction là-dedans, dit-il. Elle ne sera jamais oubliée !

— Ah, pour l'amour du ciel ! en voilà assez ! Vous êtes un fonctionnaire du tribunal, n'est-ce pas ?

— Oui, dit-il calmement. Mais je suis aussi un homme. Et ma femme est mortellement effrayée. Que lui dirais-je ? Savez-vous que les enfants sont les premiers à souffrir des malédictions ?

— Allez au diable ! m'écriai-je. Confiez l'affaire à quelqu'un d'étranger. Je désire ces propriétés. Et ça suffit.

M. Gammons vint me voir au sujet de la vente et je lui demandai de trouver un enchérisseur.

— Je vous en trouverai un qui s'y connaît, dit-il. Matt Lewis. La commission habituelle, n'est-ce pas ?

— Oui, dis-je. Mais pourquoi pas l'homme de Mlle Machen ?

Il ferma à demi un œil ; sa langue et sa lèvre inférieure formèrent un petit cercle.

— Il n'est plus chez elle, dit-il. Il travaillait autrefois pour moi. C'est un combinard. Un combinard ? C'est toute une bande de combinards. Matt est l'homme qu'il vous faut. Mais, monsieur Morgan, je dois vous avertir. C'est ici une chose normale. On dit que ces lieux sont maudits. Personne n'y allait jamais. Je suis un catholique romain et je n'ai pas la moindre peur. De m'occuper de la vente, veux-je dire. Mais vraiment, devant Dieu, je n'irais pas là-bas, voyez-vous.

— Je ne crois pas à tout cela, dis-je.

Ce n'était pas tout à fait vrai. J'en avais vu assez pour connaître le pouvoir du mal et j'étais le dernier à me moquer de la crainte d'une malédiction. Mais, cependant, j'en connaissais le remède. Cet après-midi-là, je pris la Mari Fach pour aller à l'église de l'Immaculée Conception et trouvai le père Herlihy en train de faire du jardinage.

C'était un jeune homme à l'abord agréable, mais il prit vite un air sérieux.

— Je consens, dit-il. C'est une grave affaire. Très bien ; quand vous aurez acquis les propriétés, faites-le-moi savoir et je ferai le nécessaire. Mais que *personne* n'aille là-bas sans moi, n'est-ce pas ?

J'y veillai de près. Quand M. Gammons vint me dire que j'avais acheté les lots pour une bouchée de pain, j'allai de bonne heure à la messe et fis brûler des cierges pour Lal et Sûs, et pour nous tous, avec une bonne prière contre Satan et sa suite. Le père Herlihy déclara qu'il serait prêt cet après-midi-là avec un acolyte et le sacristain. Je les invitai tous à déjeuner ; mais le prêtre me dit qu'il ne prenait jamais de repas le dimanche ; et la pauvre Teleri dut mettre tout le bœuf Wellington qu'elle avait fait cuire, et qu'elle réussissait à merveille, dans la glacière ; aucune importance : consommé froid, ce bœuf est excellent !

J'allai les chercher l'après-midi. Le père Herlihy portait la Bible dans une jaquette de feutrine rouge bordée de dentelle d'or et fermée par des cordons noirs. L'acolyte portait quelque chose enveloppé de feutrine verte. Le sacristain avait de longs cierges enroulés dans une toile ; un autre assistant transportait un paquet aux angles bien nets. Je pensai que nous formions un beau commando pour aller livrer bataille au diable. Et que l'enfer l'engloutisse !

Nous parvînmes là-haut. Nulle part je n'avais vu quelque chose d'aussi beau que ces pâturages, ces arbres, ces fleurs sauvages. Nous nous arrêtâmes sur le chemin, près de la maison.

— Veuillez rester là, monsieur Morgan, dit le père Herlihy en descendant de la voiture. Vous entrerez quand j'aurai fini mon travail. Je vous le ferai savoir. Si vous entendez beaucoup de bruit, c'est naturel. N'y prêtez aucune attention. Je me charge de tout.

Je sortis de la Mari Fach et allai me promener dans ma propriété. Je constatai que tout y avait été négligé. Les œufs n'avaient pas été ramassés et les rats s'en étaient repus. Mais mon regard fut attiré par des animaux qui boitaient, même parmi la volaille. Je le vérifiai en examinant une vache, un mouton, une oie et une poule. Mais je n'eus pas le cœur d'en regarder davantage.

On leur avait fait à tous une entaille au tendon pour les faire boiter.

Il avait fallu le faire avec un couteau.

Même à une pauvre poule.

A une oie, à un canard. Oui, un pauvre canard boiteux.

Qui pouvait être si cruel ?

Quand entendis-je le premier cri strident ? Je n'en suis plus très sûr. J'étais à bonne distance de la maison. Je revins en courant à travers les prés jusqu'à la cour de la ferme, où même les poules semblaient se cacher sous leurs ailes ; les cris retentissaient encore comme si de nombreuses créatures se déchiraient la gorge en hurlant d'horreur. Des cris qui dépassaient les limites de l'ouïe humaine, faisaient éclater la tête, troublaient la vue, broyaient les poumons, coupaient le souffle. Je ne pouvais plus ni entendre ni voir ; il n'y avait plus de lumière. J'étais un petit enfant tout seul dans un monde de ténèbres, s'agenouillant pour implorer de l'aide.

Que la brise chaude qui m'effleurait fût réelle ou non, peu importait, mais je sentis une poussée soudaine me jeter hors de l'endroit où je me tenais. Les cris devinrent plus sonores encore, puis se turent brusquement. En un instant, le calme était revenu. Les arbres bruissaient, les oiseaux gazouillaient, des voix d'hommes s'élevaient et se fondaient en un chant unique. Une cloche retentit, un fracas à vous rompre les oreilles ; je crus entendre les échos de ces cris, mais j'étais dans le soleil, le silence de l'herbe et des arbustes, dans la pureté des chants d'oiseaux ; j'étais soulevé de terre pour être avec eux tous, et je pouvais entendre Sûs.

« Va prendre le cheval, mon garçon ! criait-elle. Il n'y a pas de ruse en lui, il a son caractère, mais, à part ça, il est franc ! »

Mais, là, cinq bons chevaux avaient un tendon coupé et boitaient.

Le père Herlihy parut sur le seuil, portant la Bible. Des gouttes de sueur perlaient sur son visage et brillaient comme de l'argent dans la lumière. L'acolyte, les traits contractés, était blême ; détournant de moi son regard, il balançait l'encensoir. Le père Herlihy lui mit une main sur l'épaule.

— Une sale affaire, dit-il. Je pense que c'est fini. Mais donnez-moi la permission de venir ici deux fois par semaine pendant un mois environ. Je ne veux en aucun cas que *vous* mettiez les pieds ici, entendez-vous ?

— Très bien, dis-je, regardant le jeune garçon balancer l'encensoir. Qui donnera à manger aux animaux et traira les vaches ?

— Ah, oui ! Il n'y a personne ici ?

— J'ai vu une jeune fille.

Il hocha la tête et continua à s'éponger la figure.

— Je verrai si un homme de la paroisse a besoin de travailler, dit-il. Je vous l'enverrai. Et maintenant, allons-nous à Gwynaldrod ?

Grâce à Dieu, le village était tranquille. Il n'y avait même pas un chien dehors ; jamais rue ne semble plus vide que sans un chien. Je m'arrêtai devant la boutique. Le père Herlihy descendit.

— Vous pourriez faire une petite promenade, dit-il. Quand je serai prêt, j'actionnerai le klaxon. Y a-t-il de l'eau dans la maison ?

— Il y a un puits derrière. C'est la meilleure eau du monde. En attendant que les Anglais inondent le puits.

Il détourna les yeux, fit signe aux autres qui se tenaient sur le seuil et me prit les clés des mains.

— Je continuerai ainsi jusqu'à ce que je sois sûr que tout va bien, dit-il. Quant à l'immersion, un de ces jours, ces vulgaires Anglais iront trop loin. Ils ont joué aux idiots tout-puissants pendant trop longtemps. On leur apprendra à vivre !

Je m'éloignai de là avec plaisir ; à la croisée des chemins, je me dirigeai vers le domaine de Blodwen. Le jardin était envahi par la mauvaise herbe ; les rosiers avaient besoin d'être taillés, mais la maçonnerie était irréprochable. Je pouvais constater que le jeune Evan Williams avait fait du bon travail. Des traces de boue toutes fraîches allaient jusqu'à la porte placée au dos du plus grand des cottages. Comme les habitudes prises pendant des années ne vous quittent jamais, je mis en pratique le peu de savoir indien que je possédais pour suivre cette piste le long du sentier qui sortait du village et rejoignait le ruisseau. Deux hommes l'avaient traversé, tous deux portant des souliers de cuir, moins lourds que des bottes. Celui qui allait en tête avait pris son temps. Il s'était trompé de chemin à deux reprises, était revenu sur ses pas et avait gratté plus d'une douzaine d'allumettes pour trouver la porte de derrière.

Mais il n'y avait aucune trace devant la façade, ni sur la marche, ni dans l'allée dallée.

J'entendis des cris et d'autres bruits, au loin, tandis que je gagnais rapidement la cabine téléphonique pour appeler Douglas. « Bien, dit-il, la police sera là-bas dans dix minutes. »

Elle fut devant la maison bien avant ce délai : deux braves garçons qui ne plaisantaient pas. Ils allèrent jusqu'à la porte et frappèrent. Les volets étaient clos. Pendant qu'ils faisaient le tour de la maison, une autre voiture s'arrêta. Le commissaire Alford et l'inspecteur Bennett en sortirent avec deux agents en uniforme.

— Ça suffit, Roberts ! dit le commissaire Alford. Forcez la porte !

Le brigadier prit un trousseau de clés ; l'une d'elles ouvrit la serrure. Ils entrèrent.

Je m'éloignai, descendis la rue, cette longue, longue rue, si courte quand chaque pas est une pénitence. Je n'entendis aucun son, ni de la maison de Blodwen, derrière moi, ni de la boutique dont je me rapprochais. Quand j'y arrivais, le sacristain en sortait. Il déposa les cierges dans la Mari Fach. L'acolyte vint y mettre le sac de feutrine verte, le père Herlihy ferma la porte à clé.

— Ce ne fut pas aussi maléfique que je le croyais, mais ce l'était bien assez comme cela, dit-il en mettant les clés dans sa poche. C'est tout pour aujourd'hui. Je continuerai demain pour les autres. Que personne n'approche d'ici avant que tout n'ait été complètement purifié. Le diable ne se laisse pas facilement déraciner.

— Y croyez-vous, mon père ? lui demandai-je.

Il parcourut la rue du regard.

— Vous avez *entendu*, dit-il. Vous n'avez pas vu ce que nous avons *vu*. Oui, je crois au mal. Comme je crois au bien. L'obscurité existerait-elle sans la lumière ? Ou pourquoi m'occuperais-je de cette affaire ? Pour de l'argent ? Ce n'est pas le cas !

— J'aimerais vraiment vous donner quelque chose pour ce que vous avez fait, dis-je. Dites-moi quoi.

— C'est gratuit ! s'écria-t-il d'un ton brusque qui ne lui était pas habituel. Notre Mère l'Église ne fait rien payer pour un devoir qu'elle est tenue d'accomplir. Nous sommes ici pour expurger le mal. C'est tout. Si vous avez envie de souscrire à la réparation du toit de l'église, bien entendu, c'est différent !

– Vous aurez un toit neuf.

Et je pouvais entendre le *Oui, oui* de Sûs, et je savais que j'avais raison ; un sentiment bien agréable.

Elle était toujours avec moi.

En un clin d'œil, ma jolie Sûs était auprès de moi.

Je ne racontai rien à Teleri.

En la voyant, je fus heureux que la vie quotidienne fût bien ordonnée, entre des mains compétentes, sans anicroche, sans lacune. J'en venais à éprouver pour elle un sentiment chaleureux ; je sentais qu'elle m'aimait bien, à la façon dont elle m'aidait à ôter mon pardessus, à mettre un fauteuil près du feu, à servir le thé.

Mon vrai souci était la police. Douglas me dit de rester tranquille et de m'en remettre à lui pour tout, ce que je fis. Mais j'étais fâché pour Valmai, quelle qu'elle fût et où qu'elle se trouvât, et pour Kiri. Toutes deux étaient de braves filles, j'en étais persuadé. Si elles agissaient selon leur conviction, il m'était difficile de leur en vouloir. Elles avaient été merveilleuses pour moi, bien qu'il soit facile d'accepter n'importe quelle tâche si elle vous permet d'arriver à vos fins. Je m'attristais cependant à l'idée qu'on avait fait de Plas Sûs un mauvais usage et que deux jeunes filles s'étaient payé ma tête. De toute façon, le souvenir de la beauté de Kiri restait à deux doigts de ma mémoire. Si Cress, à sa façon, avait été un apaisement, ce n'était rien de plus que ce que pouvait donner n'importe quelle autre femme, c'est-à-dire la chaleur d'un corps. Il n'y avait pas eu cette note de tendresse qui me faisait regretter Sûs.

Oui, Sûs manquait à mon cœur, à mon esprit et à mon âme, bien que je ne sois pas sûr qu'il y ait une différence entre les trois ; peut-être les trois ne sont-ils qu'une seule et même chose. Peu importe, car ils vous blessent de la même façon. Il me fallait souvent parcourir la ferme pour oublier ou tenter de réchauffer cette glace qui enfermait mon cœur, sans jamais s'amollir, et sans fondre moins encore.

Ma jolie Sûs m'avait été enlevée. Personne, non, personne ne pouvait prendre sa place.

Taliesin avait sa Daise et les autres la leur. Moi, il me fallait rentrer dans une maison vide avec, pour toute chaleur, une couverture chauffante.

Oui, c'est confortable, mais ce n'est pas la même chose.

Sam et Ella vinrent cet après-midi-là avec une tarte aux reines-claudes.

— Nous avons pensé que vous aviez de la crème, dit Sam. El a eu une idée formidable. Un cirque doit venir ici la semaine prochaine. Que penseriez-vous si nous réunissions tous les gosses de l'école du dimanche pour un goûter ? Ils ne sont jamais gâtés, les pauvres ! J'ai pensé que nous pourrions réserver l'emplacement pour l'après-midi, nous assurer de deux autobus et demander à... machin... le traiteur, de préparer le thé et les gâteaux, de leur acheter des chocolats, et ils seront heureux comme des rois. Qu'en pensez-vous ?

— D'accord, dis-je. Moitié-moitié, vous et moi ?

— Coupons la poire en deux, dit Sam. Entendu. Huw, je suis désolé de vous le dire. Je viens tout juste d'apprendre que vous allez perdre Gwynaldrod. On va noyer l'endroit. J'en ai été informé cet après-midi. Je n'ai pas été long à envoyer là-bas les camions pour enlever tout le matériau possible : briques, blocs de pierre, ciment. Ces choses ont été payées. Par vous. C'est une honte !

— N'y a-t-il rien à faire ? demandai-je. Et la population ?

— Que peut *faire* la population ? Sortir dans la rue ? Briser les vitres ? Où cela mènerait-il ? Avez-vous envie que les gens réussissent des exploits comme ceux de l'I.R.A. ? Des bombes dans les voitures ? Dans les magasins ? Des balles dans le dos ? Non. Que ces cochons aient leur maudite eau ! J'espère qu'elle les empoisonnera. J'aimerais y mettre du poison !

— Toute notre faute est d'avoir l'eau, dit Ella. Je suppose qu'ils prendront aussi notre pétrole.

— Pourquoi pas ? dit Sam, saisissant la bouteille. Ils ont pris le charbon et le reste. N'ont-ils pas obtenu les votes nécessaires ? Que leur faut-il de plus ?

— Il n'y a donc aucun moyen de les combattre ? lui demandai-je. N'est-ce pas de la lâcheté de notre part, ou quoi d'autre ? N'est-ce pas baisser les bras et laisser les autres faire tout ce qu'ils veulent ?

— Qu'une trentaine de vos nationalistes soient d'abord élus au Parlement. Ils feront bloc avec les nationalistes écossais. Ensemble, ils pourront renverser en un clin d'œil n'importe quel Parlement. Voilà ce qu'il faudrait faire. Mais vous devez obtenir les votes !

Il y avait là de quoi réfléchir. J'étais navré pour les propriétés de Blodwen. Serait-elle dédommagée ou dépossédée par les Anglais sans contrepartie ? Je lui télégraphiai à l'adresse qu'elle m'avait donnée en Amérique. Deux jours plus tard, je recevais un câble m'annonçant qu'elle viendrait bientôt me voir ; elle m'assurait de son affection.

La lettre mensuelle de Solva, que j'attendais toujours avec impatience, arriva. Mais, cette fois, elle n'avait rien de réjouissant.

« Oh, Huw, écrivait-elle sur du papier bleu (de sorte que je vis qu'elle était allée à Buenos Aires), je ne sais vraiment comment t'écrire. Non pas à notre sujet, mais à propos de ce pauvre pays. Nous avons des hommes terribles en action, ici. Il y a tous les jours des enlèvements, des menaces avec chantage. Et rien en face pour les arrêter. Des millions sont demandés pour des rançons. Les pauvres femmes deviennent folles en apprenant ce qui arrive à leur mari et à leurs fils. Le matin, tous les gens ont peur d'aller travailler, se demandant s'ils rentreront le soir. Ce n'est pas une vie, même pour des chiens. Oracio dit que l'armée devrait reprendre les choses en main. On en viendra aux meurtres, parce qu'il n'y a plus de droits civiques. C'est le désordre le plus complet. Ici, nous n'avons pas d'ennuis parce que tout le monde connaît tout le monde et que tout mouvement d'étrangers est remarqué, mais mon mari dit que cette pourriture ne tardera pas à nous atteindre. Il y a trop d'argent à gagner, simplement en retenant un pauvre homme jusqu'à ce que quelqu'un envoie une somme suffisante pour qu'il soit libéré. Nous sommes arrivés au temps de l'Antéchrist. Nous sommes devenus de vieux sauvages, le respect de la loi ne suffit plus. Mon mari dit que les animaux ont besoin d'être dressés et que nous ne sommes que des animaux. La ferme est vraiment belle. Tu ne croirais jamais à un tel changement. L'année dernière, nous avons planté des arbres sur toute la colline ; la beauté du jardin, tout autour de la maison, t'irait droit au cœur. Les moutons ont donné une tonte record et sont retournés, bien gras, dans le Territoire. Le gros bétail est multiplié presque par cinq et chaque bête est aussi lustrée que le satin. Nous envoyons du beurre et du fromage au marché local et à Bahia Blanca. Oracio pense que, l'année prochaine, nous aurons de bons débouchés à Mar del Plata et à Buenos Aires. Ce n'est qu'une question de transport, et nous avons maintenant un service de transports aériens. Quand viens-tu ici ? Nous sommes impatients de te voir. Un gros baiser. S. »

A cela aussi il me fallait réfléchir.

J'avais envie de retourner là-bas.

Je voyais le Chubut s'écouler, tout vert, dans l'ombre des saules, l'écume éclater sur les pierres et les petites îles, et mes charmantes filles glissant gracieusement parmi les fleurs dans ce vaste silence des pampas. Mais je pensais aussi à ma Mama et à ses sœurs, et à tous les braves gens de son temps, et à Ivor et à bien d'autres de son âge, et à mon père, et aux pères de tant d'autres enterrés dans la Vallée, et réenterrés sous les déchets des mines qui, d'heure en heure, s'entassaient sur le cimetière, sur les maisons dans lesquelles ils avaient vécu, sur les rues qu'ils avaient gravies en rentrant de leur travail, et sur tout ce qu'ils avaient connu.

Même dans la mort, ils ne s'appartenaient pas.

Jésus, gardien de mon âme.

Nous avons un lien de parenté.

Prends-moi dans Ton sein.

J'entends cette prière s'élever des voix enterrées, des voix qui, jamais, ne seront silencieuses.

Elles chanteront à travers les temps, à travers les pierres du cimetière ; et elles monteront des déchets pour éclater en un tonnerre fracassant. Ceux qui ont un cœur pour entendre sauront qu'ils vivent, maintenant comme autrefois, dans une perfection et une plénitude qui ne sont ni de notre temps ni des jours à venir.

Nous n'avons pas la Bible. La parole de Dieu a cessé d'être pour nous le pain de vie ou celui du Ciel.

Nos chapelles sont des boutiques et des magasins.

Quand avons-nous cédé un cœur pour un lot de déchets ? Pour quelques pièces de monnaie ? Trente deniers ont acheté le Christ.

Nous avons vendu pour beaucoup moins.

Les clowns pédalaient sur des cycles à une roue, se frappant les uns les autres avec de longs ballons, déchirant leurs vêtements lorsqu'ils descendaient, les accrochant quand ils remontaient, mettant en lambeaux leur pantalon pris dans la selle. Les enfants étaient en joie. Près de moi, une petite fille, qui pleurait de rire, en tomba sur le sol ; sa Mama, pleurant elle aussi, la souleva. Tout le monde poussait des acclamations. Mais les clowns semblaient connaître le moment où ils devaient s'arrêter. Ils disparurent et des éléphants entrèrent en barrissant, portant de petites maisons dorées sur le dos, ornés de plumes. Les enfants se mirent à crier d'une voix différente, si jolie et si étrange !

Rhodrick, au bout du rang, agita la main pour attirer mon attention. Je fis un signe à Sam et à Ella et longeai la rangée pour le rejoindre.

– C'est Mlle Teleri qui m'envoie, sir. Il y a une pauvre fille à la maison. Elle vous demande. Je ne sais qui elle est ni ce qu'elle veut.

– Très bien. A la maison !

Inutile de l'interroger. C'était celle que j'avais connue sous le nom de Valmai.

Mais elle était maigre, anguleuse, ridée par le souci. Après s'être baignée, elle avait retenu ses cheveux en un chignon. Elle portait le peignoir de bain de Teleri ainsi que ses chaussons. Elle s'écarta de moi, effrayée.

– Laissez-moi vous dire, je vous en prie, murmura-t-elle. Je sais que j'ai mal agi. J'ai eu le temps de m'en apercevoir. Kiri est partie. Elle est de retour chez elle. Je ne pouvais l'accompagner. Je ne connais pas le français. Écoutez, monsieur Morgan. Je ferai n'importe quoi. N'importe quoi. Pourriez-vous me prêter assez d'argent pour retourner en Australie ? Pour prendre un avion de la Qantas. Pour moi, c'est le paradis. Je vous en prie. Je vous en prie !

Je croyais éprouver ce que M. Parry, le diacre, avait ressenti lorsque la pauvre Meillyn Lewis se tenait devant lui, attendant son jugement *.

La voyant là, faible et en larmes, je remontai dans le passé et l'entourai de mon bras.

— Pourquoi êtes-vous venue ici sous le nom de Valmai ? lui demandai-je.

— C'était une tentative, dit-elle, se renversant dans son fauteuil, et ça a marché. Cela avait marché auparavant. Les gens aiment à savoir qu'ils ont des parents. Nous avons lu en vous. Je suis allée à l'école avec Valmai. Nous avons tenté le coup. Cela a réussi, n'est-ce pas ?

— Oui, vous avez réussi à vous payer ma tête. Fabriquiez-vous des bombes dans la propriété ?

— Oui, nous les préparions, dit-elle. Ici et là-haut, dans le cottage. La matière brute était d'abord transportée dans la roulotte, puis jusqu'à ce village, là-bas. C'est là qu'allaient les détonateurs et les amorces. Et de là sur le bateau. Nous travaillions alors sans accrocs. Je ne sais comment les choses se sont gâtées. Nous aurions pu continuer. Comment est-ce arrivé ?

— Qu'est-ce qui est arrivé ?

— Comment les choses se sont gâtées ?

— Est-ce vraiment là votre point de vue ? Comment les choses se sont-elles gâtées ? Comment les choses se sont *gâtées* pour arrêter le meurtre d'un tas d'innocents ? D'hommes en train de boire un verre dans un café ? La destruction de foyers de familles pauvres ?

— Les vies humaines ne signifient rien, dit-elle. Nous voulons une Irlande unie, c'est tout. Quand nous l'aurons, la paix régnera dans tout le pays. Faites la même chose ici et vous aurez bientôt votre propre gouvernement.

— Dans ces conditions, non. Je ne lèverai pas un seul doigt.

---

* Allusion à un épisode de *Qu'elle était verte, ma vallée !* (N. du T.)

— Vous n'avez pas de cœur au ventre, dit-elle, se laissant glisser dans le fauteuil et écartant le peignoir de bain. Allons, Huw, mon petit Huw, mordez, voici la pomme. Ça me paiera une partie du billet. Vous préférez que nous montions là-haut ?

Le bouton d'alarme, qui me reliait à la police, se trouvait sous le bras de mon fauteuil. Par trois fois, je le pressai longuement. Aucun son ne se fit entendre dans la maison.

— Cela ne servira à rien. Vous n'aurez pas de billet. Pour une raison : ma maison m'est chère. Vous et les autres en avez fait une écurie. Adressez-vous à vos amis arabes. Ils vous prêteront de l'argent.

— Vous semblez ne pas comprendre, dit-elle à voix basse en joignant les mains. Nous ne pouvons bouger. Nous serions cueillis. Nous ne pourrions parcourir un mille en mer. La police maritime est partout. Dans ce pays, nous ne pouvons aller nulle part. Les flics n'attendent que le moment de nous mettre la main au collet. Voilà pourquoi je suis ici. Il n'y a personne d'autre vers qui je puisse me tourner.

Il y avait un appel dans ses yeux, dans sa voix, dans son jeune corps, et je m'interrogeai : si elle était une nationaliste galloise dont le désir d'obtenir un gouvernement autonome était la seule excuse pour tuer, mutiler et détruire, l'aiderais-je, elle, ou quiconque ? Je secouai négativement la tête.

— Vous avez dit *nous*. Y en a-t-il ici d'autres que vous ?

— Ce n'est ni ici, ni là-bas, dit-elle en se levant, ouvrant son peignoir de bain et s'exhibant. Allons, Huw, mon petit Huw, allons-y. J'en ai envie. Ne me faites pas attendre !

La colère n'est pas le mot qui définit ce que je ressentais. Oui, j'étais furieux d'entendre ce qu'elle disait, et fâché de la voir se conduire dans Plas Sûs comme une putain dans un bordel de matelots ; j'étais honteux qu'elle pût me croire aussi faible, j'étais écœuré d'être là, d'éprouver tant de sentiments mêlés sans rien trouver à dire. Tout à coup, je revis tous ces animaux et la volaille, là-haut, dans le cottage, tous boitant à cause du coup de couteau d'une brute. Et j'étais boiteux moi-même, et muet comme eux, sans savoir que dire.

Sans le moindre bruit, le commissaire Alford entra par la porte de derrière avec quatre agents de police. Valmai tourna la tête, ses bras écartant encore les pans du peignoir, puis elle écarquilla les yeux et resta bouche bée. Ils se jetèrent sur elle. Elle commença à se débattre et à pousser des cris stridents, mais ils la maintinrent par un bras ou une jambe et elle sortit, la tête basse, les fesses nues.

— L'avez-vous reconnue, monsieur Morgan ? demanda le commissaire.

— C'est la femme connue sous le nom de Valmai John, dis-je.

— Son vrai nom est Dolours Colum, oui, plutôt, l'un de ses noms, dit-il. Cela vous ennuie-t-il de venir faire une déposition devant le juge ? Cela vaudrait mieux. Vous en auriez fini. Je veux la mettre au bloc !

Teleri apporta des vêtements dans un sac à provisions.

Elle était calme, mais un peu pâle ; je lui baisai la main.

— Je reviendrai vite, dis-je. Demandez à Rhodrick et aux hommes de ne pas partir avant mon retour. Je ne veux pas que vous restiez seule ici. Entendu ?

Je montai dans la voiture de police ; le brigadier m'emmena dans le promenoir du tribunal, d'où le greffier me conduisit chez le juge, M. Soper Reynolds. A l'extérieur, ce pouvait être un gentil petit homme replet, mais, derrière cette longue table luisante, tout entouré de livres rouges placés dans les vitrines le long des murs, un portrait de la reine dans son dos, il était vraiment quelqu'un d'autre. Il ne fit pas un sourire. J'eus quelque idée de la force de la loi.

Lorsque j'eus répondu à toutes les questions, que tout eut été consigné et que j'eus signé en divers endroits, M. Soper Reynolds se renversa sur son siège et croisa les genoux.

— Nous avons là un problème, dit-il. J'ai toujours aimé l'Irlande et les Irlandais, leurs poètes, leurs musiciens, leurs intellectuels, et les gens ordinaires y sont vraiment merveilleux. Ce qui leur est arrivé est enfermé dans le cœur de Satan lui-même. Ils tuent leurs propres compatriotes. Les *leurs*. Peu importe qu'ils soient catholiques ou protestants, ou quoi que ce soit d'autre. Les biens qu'ils détruisent sont *irlandais*. Mais je suis désolé lorsque quelqu'un qu'ils menacent est *gallois*. Vous, par exemple, monsieur Morgan. Et je réfléchis au moyen de vous protéger dans l'avenir. Parce que, d'après ce que nous savons, vous en aurez besoin !

— Voilà qui me surprend vraiment, dis-je. Pourquoi aurais-je besoin d'être protégé ? De *quoi* ?

— Mais de ceux-là, de ceux qui servent la même cause que cette femme. Ils sont sans scrupules et sans honneur ; ils n'ont aucune considération pour la vie humaine. S'ils sont capables de tuer les leurs, ils vous tueront sans hésiter. Sans hésiter. Comment donc vous protéger ?

— Pourquoi aurais-je besoin de protection ? dis-je. Je suis parfaitement capable de me protéger moi-même.

Il regarda son stylo, puis tourna les yeux vers moi.

— Monsieur Morgan, je ne crois pas que vous mesuriez bien quelle folie nous essayons de prévenir, ou de circonvenir. Nous nous trouvons devant des ennemis implacables et rusés. Ils sont grassement payés de l'extérieur. Que pouvons-nous faire, sinon nous défendre ? Et comment ? *Comment* nous défendrons-nous ?

— Eh bien, Votre Honneur, dis-je, nous ferons de notre mieux.

— Mais votre mieux, et le mien, et celui de tout le monde est insuffisant, dit-il. Le rat arrive toujours à traverser les obstacles. Et ces gens bassement rusés sont des rats. Ils se disent guérilleros et terroristes, mais ils devraient se qualifier de rats. Des *rats* !

— Ils retournent dans leur trou, n'est-ce pas ?

— Quel que soit le trou dans lequel ils se cachent, nous tenterons de nous assurer qu'ils n'en sortiront pas pour vous dévorer, dit-il en souriant. Un garde veillera sur vous jour et nuit jusqu'à ce que nous soyons plus ou moins assurés que vous n'en avez plus besoin. Je doute que vous le remarquiez. Nous essayons de faire les choses discrètement, n'est-ce pas ? Monsieur Morgan, rentrez chez vous et ne vous tourmentez pas. On veille sur vous, et attentivement. Dieu soit avec vous !

Je rentrai donc, mais je pensais à Teleri.

Je ne craignais pas pour moi-même, mais pour elle. Elle était seule dans la maison pendant des heures. Elle dormait au premier étage, mais du côté opposé à ma chambre. N'importe qui, de la façade de derrière, pouvait entreprendre ce qu'il voulait ; je n'entendrais pas un son. Je demandai donc au chauffeur de me déposer au tournant et remontai l'allée, m'efforçant de penser que j'étais mort et regardant avec des yeux neufs.

Quel grand et beau domaine c'était ! J'étais fier de penser qu'il était mien et qu'une brave fille avait mis là tout son cœur. Et cela se reflétait dans les pelouses vertes, dans le bétail laitier qui se déplaçait en bas, près de la rivière, dans les moutons paissant le long de la montée, dans les oies qui mordillaient les massettes, dans les canards qui barbotaient dans la mare, dans la volaille, plus haute en couleur que la cour de la reine de Saba, dans tous les arbres au magnifique feuillage, dans chaque fleur qui rivalisait de beauté pour cueillir l'éloge.

Mais l'endroit était éloigné de tout et solitaire.

Solitaire.

Le bouton d'alarme pouvait faire venir une voiture de police en quelques minutes.

Une balle pouvait être tirée en un instant et un rat regagner son trou l'instant d'après.

Teleri était seule pendant des heures dans la journée.

Je serais responsable.

J'entrai dans la salle spacieuse où reluisaient, bien astiqués, les meubles et l'argenterie, et téléphonai à Douglas.

— Je veux ici trois hommes dans la journée et trois la nuit, dis-je. Des hommes sur lesquels je puisse compter. Ils auront des chiens et des fusils. Mais ils doivent être parfaits. Ils auront un contrat de six mois au moins, de bons gages qui seront fixés par vous, ainsi que la nourriture et la boisson. Ça va ?

— Remettez-vous-en à moi, dit-il. Je vais recruter quelques militaires retraités de l'armée royale des fusiliers gallois. Personne ne s'y frottera. Quand les voulez-vous ?

— Maintenant. Ce soir !

A six heures et demie, les trois premiers sonnaient à la porte. Je leur donnai des fusils et des cartouches et, à la façon dont ils carressèrent leur arme, je plaignais celui qui serait à portée de leur tir. Nous allâmes jusqu'aux cachettes que Rhodrick avait aménagées dans des tas de foin pour qu'ils fussent à l'abri du vent et chacun d'eux prit avec lui deux chiens. Après une bonne assiettée de steak et de foie, ceux-ci étaient nos amis pour la vie. Les autres chiens restèrent en liberté, pour jouer les éclaireurs.

Teleri entra avec la table roulante. Je la priai de s'asseoir pour verser le thé, parce que rien n'est plus agréable à un homme que d'avoir une gentille fille pour emplir sa tasse. Le thé n'en est que meilleur.

Je lui dis ce à quoi il fallait s'attendre.

— Eh bien oui, dit-elle calmement, tant pis. Nous avons tous connu ça depuis longtemps. Rhodrick ne dort que d'un œil, là-bas, avec un fusil chargé. Nous nous tracasserons quand le moment sera venu, ne pensez-vous pas ?

J'aurais pu lui baiser les pieds et les genoux.

— N'avez-vous pas peur ? lui demandai-je.

— Peur, non. Je suis seulement écœurée à l'idée qu'il me faudrait les voir. Alors je crierai. Cela vous est-il égal ?

— Criez, mais de façon que j'entende. J'arriverai tout de suite.

Au cours de ce week-end, Sam et Ella me prirent au passage, et nous nous rendîmes dans la maison de santé où Lys avait été internée par le juge pour une période indéterminée jusqu'à sa comparution devant le tribunal. Teleri, Mme Rhodrick et quelques autres personnes partirent dans les bois pour cueillir des champignons.

Mais je regretterai toujours d'être venu là.

Nous l'aperçûmes au bas d'une pente, vêtue de la robe bleue de l'hôpital. Le docteur l'appela. Elle se détourna pour nous regarder ; les doigts écartés, les yeux écarquillés, la bouche grande ouverte pour crier, mais d'où ne sortait aucun son, puis elle se mit à courir éperdument vers les arbres.

— Ça, c'est fâcheux, dit le docteur. Il faudra au moins deux heures au personnel pour la retrouver. Elle est très rusée. Elle leur donne parfois du fil à retordre !

— Qu'est-ce qui ne va pas chez elle ? demanda Sam. Je l'ai toujours trouvée très intelligente. Du moins l'était-elle. Comment en est-elle arrivée là ?

— Il semble que ce soit une déficience héréditaire, dit le docteur. Nous n'en savons pas assez là-dessus. Vous pouvez laisser ces paquets dans la loge du portier. On les lui donnera.

Au retour, notre humeur fut sombre. Nous n'eûmes même pas envie de prendre une tasse de thé dans l'un des hôtels et, quand nous arrivâmes à Plas Sûs, les Hooper préférèrent rentrer chez eux.

— Ce fut très pénible pour moi, dit Sam. Nous avons beaucoup travaillé ensemble. Elle était parfois embêtante et j'ai perdu patience plus d'une fois. Maintenant, je commence à comprendre. J'en suis vraiment navré. Je pourrais en pleurer !

— Une si charmante fille ! dit Ella. Tant de capacités ! Et où cela vous mène-t-il ?

Mais je me souvins de Mr Anstruther ; je me posais des questions à son sujet. Je téléphonai à Douglas.

— Je vois ce que vous voulez dire, déclara-t-il. Hooper a un tas de chauffeurs irlandais. Bien entendu, la police a l'œil sur eux. Je vais lui faire savoir que tous les matériaux de construction que vous avez achetés doivent retourner dans votre propriété et j'enverrai un homme pour les vérifier. Ce sera du temps de gagné. Pour tous les contrats qu'elle a signés, je veillerai à ce qu'elle reçoive ce qui lui revient, quel que soit celui qui reprend le contrat. Sam est un malin. Le saviez-vous ?

— Je suis perplexe. Pourquoi donc pensez-vous que je vous aie appelé ?

Teleri entra avec le plateau, me versa une bonne rasade de whisky, reposa la bouteille et attendit.

— Merci, dis-je. Qu'y a-t-il, maintenant ?

— Monsieur Morgan, j'ai trouvé deux braves filles, dit-elle sans détour. Elles viennent des fermes voisines, celle qui est de l'autre côté de la colline et celle qui est en bas, sur la route. Tout ce qu'il y a à faire ici, elles peuvent le faire. S'il me faut rentrer chez moi, elles se chargeront de la maison et cela ne fera aucune différence. Pour cuisiner, ou faire le beurre, ou le fromage, ou la caillebasse, ou pour faire du pain et des gâteaux, eh bien, elles sont parfaites. J'aimerais les amener ici. Elles pourraient m'aider à appeler au secours. A nous trois, ce serait merveilleux, n'est-il pas vrai ?

Je voyais et sentais sa solitude.

Nous échangeâmes un sourire.

— Engagez-les, dis-je. Emmenez-les jusqu'au bureau de M. Gough demain matin. Rhodrick vous conduira dans la jeep. Équipez-les en vêtements et en souliers. Oui, chargez-vous d'elles, voulez-vous ? Et quand rentrerez-vous chez vous ?

— Je ne sais pas, monsieur Morgan, dit-elle d'un air sérieux. Je n'ai rien à faire là-bas de plus qu'ici. Pas autant, en réalité. Quant à un travail, je trouverais mieux ici. J'aime cet endroit. Mais j'aime Gaiman. Là-bas, c'est la paix. Je crois que nous avons tous besoin de paix, n'est-ce pas ?

— Oui, dis-je. N'y a-t-il pas de paix ici ?

— Ces hommes qui se promènent avec des fusils. La police qui ne cesse de défiler. Les chiens. Nous ne sommes pas en paix.

— Ils nous gardent, dis-je. Je suis désolé que cela vous tourmente.

— C'est moi qui me tourmente pour vous, dit-elle, non pour moi. J'aurai donc les deux jeunes filles avec moi, n'est-ce pas, monsieur Morgan ?

— Les deux. Donnez-leur les chambres voisines de la vôtre.

— Oui, et nous serons prêtes à bondir. Je n'attends que le moment où quelque idiot se risquera à entrer. Il sera vraiment bien accueilli !

Je vis les deux filles et je fus convaincu. Les jeunes filles sont, certes, différentes aujourd'hui. Elles s'habillent de façon différente, mais les yeux et les sourires ne changent pas. Si elles portent des souliers avec des talons pareils à ceux des chaussures pour pieds bots, quelle importance ? Elles les aiment, les portent et restent les mêmes braves filles, et l'on n'y perd absolument rien.

Betwys et Nest, la première, fille d'un fermier de la colline, la deuxième, d'un fermier au pied de la montée, se ressemblaient étonnamment : fortement charpentées, des bras musclés comme ceux d'un homme et respirant la santé.

Avant la fin de la journée, les deux pères vinrent me voir et tous deux me plurent avec leur visage ridé d'hommes voués à la charrue et leurs mains de géants. Je leur dis que leurs femmes seraient les bienvenues quand elles viendraient voir où vivaient leurs filles. Teleri leur servit du thé dans l'étable. Je fus alors appelé au téléphone.

— Oncle Huw ? dit Blodwen d'une voix aussi claire que si elle était près de moi. Je prends l'avion pour New York, puis je rentre. Tout s'est merveilleusement passé, mais je suis terriblement fatiguée et j'ai besoin d'idées nouvelles. Mon cottage est-il habitable ?

— Écoute-moi bien, Blodwen. Nous ne savons si et quand les Anglais vont immerger les terres, vois-tu ? Laissons donc les si et les mais à ce sujet. J'ai acquis un cottage bien meublé, avec eau chaude et froide et une belle cuisine. Tu pourrais y séjourner et je trouverai une brave fille qui s'occupera de toi. Dis-moi seulement quand tu seras là. Il n'y aura aucune difficulté.

— Je souhaiterais connaître plus de gens comme toi, dit-elle. Je téléphonerai de Paris.

— Où es-tu maintenant ?

— A San Francisco. Cela fait trois minutes, me dit-on. J'entends le signal. Un gros baiser !

Je demandai à Teleri d'emmener les deux filles jusqu'au cottage, sur la hauteur, pour y mettre tout en ordre. Quand je m'y rendis, plus tard dans la journée, j'aurais pu y rester. Mais un message de Plas Sûs m'obligea à descendre pour parler à deux hommes qui voulaient me voir.

— Je suis Meic Gruffydd, secrétaire de l'Association des anciens camarades du Régiment royal des fusiliers gallois, dit l'un d'eux. Et voici Jim James, de la Légion anglaise.

— Légion anglaise *royale,* s'il vous plaît, dit vivement Jim James.

— C'est exact, dit Meic Gruffydd, de cette sacrée Légion anglaise royale, donc ? Continuez, mon vieux. Et vous êtes junior du sacré N.A.A.F.I., n'est-ce pas ?

— Qu'est-ce que le N.A.A.F.I. ? lui demandai-je.

— Dieu seul le sait, dit Meic Gruffydd. C'est quelque chose qu'ils ont ici, sans aucun doute. Les Anglais sont capables de tout.

— Ça n'a rien à voir avec ces sacrés Anglais, dit Jim James. Nous avons notre propre filiale. Nous ne dépendons pas d'eux.

— En êtes-vous bien sûr ? dit Meic.

— Ah, pour l'amour du ciel ! s'écria Jim. Quand avons-nous fait partie de ces gens-là ?

— Qu'est-ce que ce N.A.A.F.I. ? dis-je.

— Oh, dit Meic, je ne sais pas très très bien. C'est, je crois, une histoire de cantines. On y vend du thé, des cigarettes, et un sandwich par-ci, par-là. Mais, monsieur Morgan, voilà pourquoi nous sommes venus. Vous avez toujours été bon pour nous, surtout pour les enfants. Ne pensez pas que nous ne sommes pas tous de votre côté. Nous le sommes. Surtout les femmes. Si quelque chose vous arrivait, nous serions dans de beaux draps ! Ici, vous n'êtes pas n'importe qui. Nous devons donc faire beaucoup plus attention, n'est-ce pas ?

— Venons-en au fait, dit Jim James. Nous sommes là pour *quoi* ?

— Très bien, pas besoin de crier, dit Meic. Nous avons un tas de volontaires, monsieur Morgan, appartenant aux Fusiliers et aux Légionnaires. Tous sont des tireurs d'élite et tous ont obtenu l'insigne des deux fusils croisés.

— Tous feront deux heures de faction et rentreront chez eux, dit Jim James. Mais nous aimerions savoir si les gars qui s'en vont peuvent avoir la jeep. Oui, à pied, le chemin est long à cette heure de la nuit, n'est-ce pas ?

— Ils auront les deux jeeps, dis-je. Et merci à vous tous !

— De rien, sir, dit Meic. Pour vous, nous ferions n'importe quoi.

Je pensais que nous aurions beaucoup de bruit avec tous ces hommes parcourant la ferme. De fait, si nous les entendions, ils ne faisaient que parler tranquillement, et quelques minutes. Les filles disaient qu'elles se retournaient dans leur lit et se rendormaient, sachant qu'elles étaient en sécurité, que tout allait bien et qu'il y avait, au-dehors, de braves types prêts à livrer bataille.

Dans la soirée du samedi suivant, Blodwen arriva dans une voiture bourrée de bagages. Elle se laissa tomber dans un fauteuil ; elle était si fatiguée qu'elle me fit de la peine.

— Je suis allée partout, dit-elle, renversant la tête en arrière et regardant le plafond. Je ne suis jamais entrée dans une maison comme celle-ci. Je sais que tu m'accueilleras ici. Mais j'ai une faveur à te demander. Gwynaldrod. Aurai-je jamais l'occasion d'y séjourner ? Dans la maison de ma Mama ?

— Je n'en suis pas certain, ma petite, dis-je. Non, vraiment pas. Ce sont des rustres, à Westminster, qui en décideront. C'est une question de vote.

— Sommes-nous si impuissants ? *si* impuissants ?

— Oui, les derniers des impuissants. Depuis le temps des Romains. Nous sommes un peuple oublié. La plupart d'entre nous avons même oublié qui nous sommes. Si nous n'y prenons garde, nous serons anglais irrémédiablement.

— Je suis en partie anglaise, dit-elle, mais je me *sens* galloise. C'est pourquoi j'ai tant envie de Gwynaldrod. Serons-nous dédommagés ?

— On nommera une commission royale. Ils feront une estimation et paieront. Mais combien pour un village abandonné ? Je doute que nous ayons grand-chose.

Elle mit la main sur sa bouche ; je sentis que les larmes n'étaient pas loin.

— Voilà un rêve qui s'évanouit, murmura-t-elle. A quoi bon se marier dans un endroit qui va être immergé ? Ce ne peut pas être le fondement d'un bon mariage. Un mariage civil suffit. Mais pas pour Jon. C'est un catholique romain très strict. Moi, je ne suis stricte en rien. Je souhaiterais l'être. Nous voulons avoir des enfants. Voilà une chose à laquelle je tiens !

Comme l'éclat d'un couteau dans la lumière, l'idée me traversa l'esprit et j'entendis le « *oui ! oui !* » de Sûs. Et ce fut une certitude.

– Écoute, dis-je. Cette maison conviendra admirablement pour un mariage. Je me suis fait un ami du prêtre d'ici. Aucune difficulté. Attends !

Je pris la jeep et descendis jusqu'à l'église. Le père Herlihy avait une réunion dans la sacristie. J'attendis qu'elle fût terminée et il vint à moi les bras tendus.

– J'ai reçu votre chèque si généreux. C'est plus que suffisant pour le toit ; ce sera une aide merveilleuse pour d'autres activités. Que puis-je faire pour vous ?

Je le lui dis. Il n'y avait pas le moindre problème. La maison serait repeinte, bénite, une ou deux prières, et tout irait bien. Je rentrai le dire à Blodwen, qui se mit à pleurer, et nous restâmes assis pendant deux heures à inscrire le nom des invités. Elle téléphona pour être réveillée de bonne heure afin d'attraper le train de Londres et mettre Jon au courant.

Il était tard lorsqu'elle monta se coucher. Teleri vint m'apporter du whisky chaud et du cassis ; je lui racontai notre projet. Elle se détourna à demi et regarda par la fenêtre. La lune, derrière les nuages, faisait un ciel tout rose.

– Je ne savais pas que l'église pouvait être transportée dans une maison, dit-elle. Est-ce normal ?

– Si le prêtre le pense, quel mal y a-t-il à ça ? dis-je. Des maisons, il y en a de par le monde, mais non des églises. Et il faut bien que les gens se marient, n'est-ce pas ? Et maintenant, voilà ce que je vais faire ici. Je vais appeler la fleuriste et lui demander de faire de ce long mur un écran de feuilles et de fleurs fraîches, du parquet au plafond. Le parquet sera recouvert d'un épais tapis de pétales de roses. Le bureau de mon cabinet de travail servira de table pour le service religieux. La Bible, c'est le prêtre qui l'apportera, avec les cierges et le reste. Mais, dans la maison, seulement des bougies. Pas de lumière électrique. Tout le monde sera invité, mais il y aura une demi-douzaine de personnes seulement dans la maison. Les autres auront l'étable et les tentes. L'assado sera grillé derrière les sentiers des dindons. Vous aurez une robe et des souliers neufs et m'aiderez dans la maison. Vous ne ferez rien au-dehors, sinon accueillir les invités. Vous ne servirez rien à l'intérieur. Vous veillerez seulement à ce que tout le monde soit à l'aise, n'est-ce pas ? Il nous faut assurer à Blodwen le plus *beau* mariage qui soit. Elle est venue à nous. Pouvons-nous faire moins que ce qu'il y a de mieux ?

— Non, vraiment, dit-elle en prenant le plateau. Ce sera tout, monsieur Morgan ?

— Oui, merci. Vous êtes merveilleuse, Teleri. Je ne sais ce que je ferais sans vous. *Nos da, chwi* * !

Elle hocha la tête et sortit ; il me sembla que la porte se refermait trop doucement, mais il me fallait penser à un tas de choses. Je me mis à établir une liste de tout ce que je voulais faire faire. Il était plus de quatre heures quand je montai me coucher, mais l'essentiel était consigné sur le papier et je n'avais jamais été aussi sûr de moi.

Je voulais que la fille d'Olwen eût un mariage dont elle se souviendrait, non seulement elle, mais tout le monde, alentour aussi bien qu'en Patagonie, où l'on dépense sans compter pourvu que les invités soient heureux toute la journée et puissent se la rappeler longtemps.

Le commissaire Alford vint dans l'après-midi du jour où parut, dans le journal local, l'annonce invitant au mariage tous les gens qui avaient des parents en Patagonie et tous mes amis dans le pays ou à l'extérieur.

— Il pourrait y avoir du grabuge, avec des centaines de personnes fourmillant partout, si c'est quelque chose comme la dernière fois. Alors, monsieur Morgan, il nous faut prendre des mesures. La circulation devra être surveillée, car ils pourraient mettre des bombes dans les voitures. Ils pourraient aposter là des fusiliers !

— Inutile de continuer, dis-je. Faites votre propre plan.

— J'interdirai la circulation sur une partie de la route qui mène ici et mettrai des piquets d'agents de police. J'aimerais avoir là une tente pour les policiers, d'où ils pourront surveiller qui vient ou s'en va. Êtes-vous d'accord ?

— Quelle vie désespérante ! m'écriai-je. Une jeune fille va se marier, c'est tout. Et voilà ce que ça déclenche !

* Bonne nuit.

— Il vous faut accepter les circonstances, monsieur Morgan. J'ai deux filles. Je pense à elles. Mais vous êtes sous la menace de gens sans conscience. La jeune femme et l'homme qu'elle va épouser ont une certaine notoriété. Dans cette région, j'ai des responsabilités. Ne voulez-vous pas m'aider ?

— Si. Faites ce que bon vous semble.

Dans les jours qui suivirent, je regardai la police mettre sur pied son dispositif. Rhodrick et ses hommes vaquaient à leurs occupations. Le traiteur dressait ses tables après le départ des fabricants de tentes. L'un faisait ceci, l'autre cela. Pendant ce temps, les poules pondaient des œufs, les vaches donnaient du lait, les dindons engraissaient, les canards pataugeaient dans la mare, les oies mordillaient les joncs. Et ce fut vraiment un grand jour quand les cygnes revinrent dans le lac. Je pouvais entendre Sûs. Elle aimait ces beaux cygnes au cou noir. C'est à cause d'elle que je les aimais.

Dans la maison, tout était calme. La fleuriste vint reconnaître les lieux et choisir le jour où elle commencerait son travail. Rhodrick amena les menuisiers pour faire l'écran de bois du mur fleuri. Les jeunes filles dans les hangars préparèrent les plantes en pot. Le père Herlihy vint jeter un coup d'œil et dire où il désirait que fussent mis certains objets. Et Teleri pourvoyait à tout.

Ce fut une douche froide quand Rhodrick vint m'apprendre ce qu'on racontait dans les cabarets : il y aurait tout alentour des étrangers qui posaient discrètement des questions sur Plas Sûs. Je lui dis d'aller voir Meic Gruffydd et Jim James pour que la chose fût répandue et la police avertie, et je leur envoyai assez d'argent pour leur permettre à tous de boire quelques verres.

Le jour du mariage approchait. La ferme offrait toujours la même image joyeuse. D'autres fleurs s'épanouissaient chaque jour. Les tentes étaient dressées, les tables prêtes, l'étable décorée, le bois entassé pour l'assado, le gibier suspendu. Un matin, Teleri entra pour le thé.

— Bonjour, monsieur Morgan, dit-elle.

Son ombre se détachait contre la lumière de la bougie ; je vis qu'elle était en costume national, avec le haut chapeau de soie et le bonnet de dentelle. Elle était très belle ainsi.

— C'est la veille du mariage, n'est-ce pas ? dit-elle. Il y aura du vilain avant que la journée ne soit finie.

Il y a de quoi réfléchir lorsque les paroles d'une brave fille vous harcèlent comme des guêpes.

Je regardai avec plus d'attention autour de moi. Le commissaire Alford avait en effet tout lieu de s'inquiéter à la vue de l'espace qui allait être livré à la foule. A l'exception des habitants de la localité connus de la police, ils ne pourraient distinguer les gens les uns des autres.

Mais lorsque j'en parlai à Meic et à Jim, ils ne furent pas de mon avis.

— Tout est en ordre, monsieur Morgan, dit Meic. Rien n'est laissé au hasard. D'ici, veuillez me dire combien de caches vous pouvez voir et où elles se trouvent.

— Je n'en vois aucune, dis-je.

— Seulement d'ici, on pourrait en voir quatorze. Il y en a trente-deux en tout. Il y aura des piquets de police tout le long de la route, on ne laissera pas les voitures venir jusqu'ici, ce sont des taxis locaux qui amèneront les invités et tout le monde sera questionné à l'entrée. Non, ils n'auront pas la moindre chance. Et si les gars leur mettent le grappin dessus, aucun juge n'aura jamais l'occasion de les voir.

— Ça, soyez-en sûr. Ils auront diablement vite fait de les occire et de les enterrer, dit Jim.

— Dans de la chaux vive, ajouta Meic. Il y en a toute une réserve dans le tournant. Dites aux jeunes filles de ne pas s'inquiéter, monsieur Morgan. C'est inutile !

Je n'avais jamais pensé à cela tout à fait de cette façon. A la sécurité de la maison, oui. A celle des jeunes filles, oui. Mais à leurs nerfs, non, ou pas exactement. Pourquoi faisons-nous tant d'histoires pour des briques, du mortier, peut-être pour des corps humains parce qu'ils peuvent se tenir debout et faire un peu de travail, sans jamais penser aux nerfs ou aux sentiments cachés ?

J'entrai dans la maison et trouvai Teleri dans l'office, en train de prélever la crème du lait dans des casseroles, mais dans sa robe de tous les jours. Elle dit qu'elle avait porté le costume national pour une photographie qu'elle enverrait chez elle, à Doblavon.

— Je croyais que c'était Gaiman ?

— Eh bien, c'est entre les deux. Plus près de Gaiman, je pense. Au temps des chevaux et des cabriolets, cela faisait une différence, mais pas avec une auto.

— Venez ici avec moi et asseyez-vous, dis-je en la prenant par la main et l'emmenant dans le cabinet de travail. Et répondez-moi franchement. Avez-vous peur ici ?

Elle baissa les yeux, tritura un bouton de sa robe, releva la tête et fit un signe d'acquiescement.

— Oui, j'ai peur. Ils ont encore fait sauter une pauvre petite maison. C'est dans le journal d'aujourd'hui. Il y a des dégâts terribles. Des gens sont tués tous les jours. Pourquoi ne peut-on empêcher ça ?

— Pouvez-vous empêcher les rats de rôder dans ces bâtiments ? Maintenant, écoutez. Après le mariage, quand tout sera rentré dans l'ordre, j'avais l'intention d'aller par avion à Buenos Aires et à Trelew, de séjourner à Maes Corwen, deux mois environ, puis d'aller aux Andes, d'y jeter un coup d'œil et de rentrer ici pour avoir un peu de tranquillité. Venez avec moi et vous pourrez rester dans votre famille.

Elle détourna de moi son regard et leva les yeux vers la fenêtre. Quel beau cou blanc elle avait, et quel joli menton ! C'était une fille vraiment charmante. Elle passa le bout de sa langue sur ses lèvres et se renversa dans le fauteuil.

— Monsieur Morgan, un tas de gens d'ici ont des parents au Chubut. Beaucoup d'entre eux ont écrit à ma famille. Je voulais laisser passer le mariage et rentrer. Puisque vous avez Betwys et Nest, vous ne pouvez trouver mieux !

— Pourquoi voulez-vous partir ? Je vous paierai le voyage et les frais de retour, puis un salaire mensuel. Venez avec moi. Tout est gratuit. Quelle différence cela fait-il ?

Elle se leva, mit une main sur sa bouche, courut presque jusqu'à la porte de la cuisine et, comme elle se retournait pour la fermer, je vis que son visage était angoissé.

Oui, c'était de l'angoisse.

Mais la sonnerie du téléphone retentit. Douglas m'annonça que Sam était en Écosse, en train de construire des plates-formes de forage, que sa femme emmènerait Ella à la noce et que les enfants iraient à un goûter avec son premier clerc, M. Prosser.

– Huw, dit-il, je ne crois pas que vous ayez besoin d'une autre page d'annonce pour demain. Ici, toutes les rues grouillent de monde. Des affiches invitent la population au bal public et au spectacle à la mairie demain soir. Le goûter des enfants est à trois heures. La noce est à six heures et l'assado à sept heures et demie. Pourquoi attirer davantage l'attention ? On peut lire les journaux qui enveloppent le poisson et les frites. Puis-je décommander la page ?

– Très bien, dis-je. Et toutes ces précautions pour quelques Irlandais ?

– Ces malfaiteurs ne sont *pas* irlandais, dit-il. Mon père était irlandais. Quelqu'un aurait menacé une femme, il l'aurait mis en pièces. Non, il se produit une épidémie de peste porcine. Aussi longtemps qu'on ne mènera pas de campagne pour exterminer les porcs – et il faudrait en massacrer des milliers – rien n'ira bien !

– Vous me paraissez vraiment assoiffé de sang, dis-je. Des milliers de gens massacrés ? En revenir au temps de Cromwell ? Ou aux Romains ? Avez-vous donc complètement oublié la Bible ?

– Écoutez, Huw. Nous avons la Bible pour la seule raison que les Romains nous ont donné une solide base de civilisation pendant plusieurs siècles. Les églises se sont édifiées là-dessus jusqu'à ce jour. La plupart des gens s'en moquent éperdument. La peste porcine s'en soucie-t-elle ? Bon, et maintenant, attendez. J'ai la tristesse de vous annoncer que Mlle Rowlands m'a demandé de mettre ses papiers en règle pour son départ par avion à Buenos Aires, samedi prochain. Le saviez-vous ?

– Pas aussi précisément.

— Quel dommage de la perdre ! A demain, n'est-ce pas ? Ah, oui. Désirez-vous une remplaçante ?

Je n'eus pas le cœur de répondre.

Je me mis à errer dans la ferme, maussade, les sourcils froncés, sentant le poids des ans. Comment la garder ? Ou que lui offrir ? Je me perdais en conjectures, sachant bien que si une telle jeune fille a pris une décision, rien ne l'en fera démordre.

Le personnel du traiteur transportait les provisions dans les tentes de service. Les menuisiers finissaient les tables et plaçaient les chaises. Rhodrick et ses hommes jetaient du sable à la pelle pour le cas où il tomberait de la pluie. La fleuriste terminait l'écran avec des feuillages, c'était vraiment très beau.

— Les fleurs sont dans la glace jusqu'à demain, dit cette brave jeune fille. Elles seront prêtes à midi et nous transporterons le tout dans la maison. Quel dommage que ce ne soit pas pour vous !

Je la regardai. Ses cheveux étaient retenus en un chignon. Elle avait du vert sur les paupières et une blouse café-au-lait.

— Pour moi ? demandai-je. Quoi donc pour moi ?

— Mais le mariage, bien entendu, dit-elle en riant, montrant de petites dents blanches. Pourquoi quelqu'un d'autre et non pas vous ?

La vérité sort de la bouche des enfants.

Affectant de ne pas me hâter, j'entrai dans la maison et appelai Teleri ; Betwys me dit qu'elle était allée faire des achats avec Nest et rentrerait dans deux heures.

Deux heures peuvent être toute une vie.

Je pris la Mari Fach, dont la peinture n'était pas encore sèche (on l'avait peinte en blanc pour amener la mariée du cottage sur la hauteur) et descendis la route comme si le diable était à mes trousses. Après avoir exploré toutes les boutiques de la ville, je la trouvai dans une allée du supermarché. Ses épaisses, longues et belles tresses brillaient. Bien à plat sur sa tête, elle portait une casquette d'homme : la mienne.

— Mlle Rowlands. Veuillez me pardonner cette interruption. Si vous deviez vous marier, vous faudrait-il demander l'autorisation de votre père... là-bas, à Gaiman, à Dolavon ou au Chubut ?

Elle me dévisagea, les yeux écarquillés, mais fronçant les sourcils.

— Certainement non. J'ai passé cet âge. Suis-je une enfant ?

— Mais ce n'est donc *plus* comme autrefois... disons... au temps de votre père ?

— Non. Et je suis assez vieille pour m'en souvenir. Mais lorsque nous sommes au monde, nous devons agir par nous-mêmes, n'est-il pas vrai ? Qu'est-ce que cela veut dire ?

Cette voix calme, au milieu du cliquetis des caisses enregistreuses, des gens qui parlaient, des bébés laissés dans leur voiture et qui pleuraient, me fit découvrir les pensées d'une jeune fille esseulée. Si ces bébés crient quand vous les regardez, ou vous font une grimace, ou vous adressent un sourire de commande, cela revient au même. Dans un endroit isolé, ils ont peur d'être seuls, tout comme beaucoup d'entre nous le sont si souvent. Et avec toutes ces violentes dénégations, ces poings agités, et, longtemps après, tous ces cris et ces luttes, nous sommes encore des petits garçons qui appellent leur Mama, tout en feignant le contraire.

C'est une belle chose que de glisser un bras autour de la taille fine et chaude d'une brave fille et de savoir avec une certitude plus grande que celle conférée par les sept sceaux de Salomon qu'elle a foi en vous.

— Teleri, êtes-vous catholique romaine ?

— Non, je ne suis rien du tout.

— Bien, moi non plus. Et nous sommes les meilleurs catholiques romains de tout le tas. Puis-je vous demander si vous épouseriez le pire d'entre eux ? Je revendique ce privilège. Pour le pire, personne ne peut se comparer à moi. Voulez-vous m'épouser, Teleri ?

Elle se rapprocha de moi. C'est merveilleux de sentir une jeune fille contre soi.

— Oui, dit-elle. Catholique romain, ou n'importe quoi d'autre, oui, mais il n'est pas nécessaire de le dire aux autres.

— C'est absolument nécessaire. Nous marierons-nous secrètement ?

— Il faudra que j'achète une robe. Mais où ?

— Vous en avez une. Celle que vous portiez ce matin. La porteriez-vous donc pour que des imbéciles prennent des photographies, et non pour moi ?

— Pour vous, je ferais n'importe quoi.

— Bien. Je vais voir le prêtre. Prenez soin de rentrer saine et sauve.

Je trouvai le père Herlihy dans l'église, en train de défaire des piles de livres. Une bande de filles et de garçons les transportaient jusqu'à la voiture.

— Nous nous préparons pour la noce, dit-il. Je serai là pour une répétition vers cinq heures. Ça ira ?

— Très bien. Je me demande si je peux vous poser une question.

Il hocha la tête.

— Je voudrais épouser Teleri Rowlands. Nous ne sommes pas catholiques. Elle est née en Patagonie, dans la colonie galloise. J'ai vécu là-bas pendant des années. J'ai été marié la première et la deuxième fois par un prêtre catholique romain. Je ne suis donc pas un étranger, n'est-ce pas ?

— Il est un peu tard pour parler de catéchisme, dit-il en souriant. Pouvez-vous me montrer les certificats ?

— Les deux. Et l'acte de naissance de mon fils. Il est mort avec sa Mama.

— Dois-je comprendre que les enfants qui naîtront de ce mariage seront élevés dans la foi de l'Église catholique romaine ? Si cela m'est déclaré clairement par vous et par la future épousée, alors, oui, je vous marierai !

— Soyez-en remercié, ainsi que Dieu.

— Voulez-vous un office dans la langue du pays ? En anglais ?

— Jamais de la vie ! Comme pour les deux autres. En latin, s'il vous plaît.

Il sourit.

— C'est plus beau, dis-je. D'accord. En *latin* !

Je rentrai avec une impatience fébrile ; j'arrivai à la maison juste après Teleri.

— Vous et les deux filles, mettez votre costume national, dis-je. Nous allons avoir une répétition pour demain. Allons, filez !

J'allai dans l'étable et trouvai la fleuriste et les jeunes filles au milieu des plantes.

— Mettez les fleurs en place ! hurlai-je.

Elles devaient penser que j'étais fou, et elles avaient raison.

— Un bouquet de noce, continuai-je, un pour la matrone d'honneur *, deux pour les demoiselles d'honneur, et des boutonnières d'œillets blancs pour le marié et le garçon d'honneur. Que tout soit prêt à quatre heures et demie !

J'appelai Rhodrick.

— Allez dire à Mme Rhodrick de se vêtir de son costume national et mettez vos vêtements du dimanche, dis-je. C'est la répétition pour demain.

Il disparut sans poser de questions. Je dis aux hommes de se tenir prêts à prendre un verre. J'entrai dans la maison pour en emplir un pour moi, puis montai prendre un bain et me changer ; car il n'y a rien de tel que de boire un bon verre dans un bain chaud, puis d'enfiler du linge propre. J'étais reconnaissant à Menai de m'avoir traité de vieux routinier car, ainsi, j'avais quelques costumes à la mode, dont un gris que je n'avais jamais porté et qui ferait merveilleusement l'affaire. J'étais en train de nouer une cravate lorsqu'on frappa à la porte. L'une des filles qui aidaient dans la maison dit que deux reporters demandaient la permission de prendre des photographies.

— Tout ce qu'ils veulent. Et qu'ils viennent ensuite prendre un verre. Et dites à Rhisiart, dans l'étable, de mettre quelques moutons sur les braises de façon qu'ils soient prêts pour sept heures. Nous serons une vingtaine ou une trentaine. Et qu'il fasse griller des saucisses. Et qu'il mette un tonneau en perce et veille à ce qu'il y ait assez de pain. Qu'il se dépêche !

— Mlle Teleri le lui a déjà dit, sir. Elle est maintenant là-bas.

---

* Femme mariée qui accompagne la fiancée à la cérémonie du mariage. (N. du T.)

– Ah ! bon. Ça va !

Au rez-de-chaussée, je vis que les acolytes avaient transformé mon bureau en un bel autel, tout blanc avec un liséré doré, des cierges et de petits supports pour les livres à chaque extrémité. Il y avait un crucifix doré sur une table, derrière, où l'écran de fleurs et de feuilles couvrait le mur de façon très heureuse. Teleri avait donné au père Herlihy l'accès du cabinet de toilette contigu à mon cabinet de travail. Je m'assis pour jouir du spectacle.

Il est étrange que nous nous cassions la tête pour rendre les choses plus jolies qu'elles ne l'étaient, sans jamais prendre une minute pour nous asseoir et jouir du décor, alors que nous nous asseyons avec empressement pour jouir d'une bonne tasse de thé.

Nous ne faisons jamais le meilleur usage de notre temps. Il m'apparut, me renversant alors sur mon siège, que je n'avais jamais essayé de savourer la beauté de Plas Sûs. J'avais vécu là comme un imbécile de locataire, jouissant de la cuisine et des draps propres.

Et rien de plus.

Pareilles à du muguet, de petites clochettes firent entendre un son argentin et les enfants de chœur entrèrent avec des cierges. Le sacristain portait la croix ; tous les enfants de chœur étaient vêtus d'un surplis rouge et blanc orné de dentelle. Un acolyte balançait l'encensoir, sans qu'il en sortît de fumée, puis venait le père Herlihy, vêtu d'une soutane blanche et d'un surplis de velours bleu, les mains jointes pour la prière. Mme Aeron Rhys plaqua doucement un accord sur le piano ; l'assistance se mit à chanter en latin, mais beaucoup se déplaçaient dans la salle pour éviter de se heurter aux meubles.

Teleri se tenait sur le seuil. J'allai jusqu'à elle et lui pris la main.

– C'est une répétition pour demain, lui murmurai-je. Nous serons le premier couple devant l'autel, n'est-il pas vrai ? Voulez-vous monter dans ma chambre et regarder dans le vieux coffret de cuir, dans le petit placard ? Vous y verrez la chaîne de montre en or et vous prendrez la bague qui s'y trouve enfilée. C'était celle de ma

Mama. La chaîne était à mon grand-père, mais je porte toujours celle que m'a donnée M. Gruffydd il y a des années. Je n'en ai jamais vu de plus belle. Voulez-vous me l'apporter ? Est-ce que tout va bien au-dehors ? L'assado ?

— Vous pouvez être tranquille, dit-elle.

Et je n'eus plus le moindre doute.

— Je vous apporterai la bague ici dans un instant, ajouta-t-elle.

J'aimais le mouvement de sa jupe tandis qu'elle traversait la pièce et montait l'escalier.

L'arrivée de voitures rompit le silence. Le père Herlihy ramena les enfants de chœur vers le cabinet de travail.

— Ils devront faire leur entrée comme il faut, sinon, ce sera un désastre, dit-il en me dépassant. Nous recommencerons deux ou trois fois de plus pour tout mettre au point. Si cela ne vous ennuie pas ?

— Si les choses ne sont pas parfaites, elles n'en valent pas la peine. Si la table et les chaises étaient déplacées, ils n'auraient pas à faire le tour, n'est-ce pas ?

— Ce sera beaucoup mieux, dit-il. Nous répéterons cela deux fois, puis nous serons prêts.

— L'office complet ? dis-je. Mais pas d'hymnes ?

Il me regarda.

— Ils ne connaissent que leurs hymnes à eux.

— L'office est en latin, dis-je. Cela nous est étranger, mais le latin est sacré pour nous.

— Très bien, dit-il. Pas de chants en anglais. Y a-t-il une hymne que vous préfériez ?

— L'hymne préférée de ma Mama. Elle est bien plus jolie telle que nous la chantons. *Mon Pasteur est le roi de l'amour.*

— Oui, dit-il, cela ira très bien.

Il continua l'office. Mme Aeron plaqua quelques accords ; nos voix s'élevèrent harmonieusement. Je n'avais pas su jusqu'alors que Teleri possédait une voix grave de contralto, que Betwys était un soprano lyrique, Rhodrick une basse profonde, et que tous les autres chantaient à rendre les anges honteux. Teleri me donna la bague, toujours en chantant, et Rhodrick faisait vibrer le parquet avec sa voix tout en déplaçant les meubles pour les ranger sur le côté.

On sonna à la porte. Teleri alla ouvrir. M. Soper Reynolds entra avec deux hommes portant chacun deux grands livres rouges. Quelques personnes les suivaient, tous des conseillers municipaux, je le savais, et les deux photographes avec leur appareil accroché au cou et des boîtes de fer-blanc. Rhodrick et les filles chantaient toujours en transportant les meubles. M. Soper Reynolds et les hommes déposèrent les gros livres rouges sur une autre table. Le père Herlihy, levant les yeux, vit l'espace libre.

Le chant latin s'éleva de nouveau. Tout le monde chantait encore, même M. Soper Reynolds qui avait une petite voix de ténor haut perchée : elle perçait comme une drille dans un mur de charbon ; on n'entendait que ce bruit, bien que cette petite cacophonie ne nous choque pas. Le père Herlihy me fit signe de venir devant l'autel.

Je pris la main de Teleri pour la poser sur mon bras. Nous fûmes un peu bousculés en traversant la foule. Il me sembla que l'assistance était plus nombreuse que prévue. Le père Herlihy n'y prêta aucune attention ; j'entendis sa calme voix prononcer des mots qui s'étaient indéfectiblement transmis à travers les âges, et dans notre langue, indéfectible, elle aussi, plus ancienne encore, les élevant, comme pour les déposer dans les voix de notre temps, oui, mais avec les harmonies et les mots d'une autre ère.

Une bousculade au fond de la salle, le brouhaha d'une conversation bruyante, qui perçait malgré les chants, ne dérangeaient pas le père Herlihy, qui ne leva les yeux de la Bible qu'au moment de s'agenouiller. J'avais envie de crier aux gens derrière nous de se mieux tenir. Teleri me pressa contre elle. C'était une joie de voir ses yeux gris s'éclairer du sourire de ceux qui renaissent à la vie et s'émerveillent.

La bousculade et le bruit s'accrurent. Je sentis qu'on me heurtait le dos. Je me retournai et vis un homme de haute taille ; un bas de soie, terminé par un nœud sur le sommet du crâne, couvrait son visage.

— Vous avez fait coffrer Dolours Colum, n'est-ce pas ? hurla-t-il. Voilà pour vous !

Mais, d'une forte secousse, Rhodrick le poussa de côté et lui fit perdre l'équilibre. Un coup partit ; des éclats volèrent des murs. Teleri se baissa, ôta son lourd soulier, infligea à l'homme un coup de son talon à bout d'acier. Les filles se jetèrent sur lui, lui donnant des coups de pied et l'égratignant. Un autre homme arriva alors avec un revolver, mais le père Herlihy lui barra le chemin et attira le canon vers sa poitrine.

— Oseriez-vous interrompre un service sacré, suppôts du diable ? hurla-t-il dans le bruit. Oseriez-vous tuer une personne sacrée ? Est-ce là ce que vous désirez ? Êtes-vous donc l'incarnation de tous les démons de l'enfer ?

— Ôtez-vous de là ! vociféra-t-il.

Je me retins de frapper ce deuxième homme de crainte qu'il ne pressât la détente.

Les filles le saisirent à temps, en l'attrapant par son veston. Rhodrick lui décocha un coup de pied derrière les genoux. Tandis qu'il s'affaissait, je lui assenai un coup sur la main qui tenait le revolver. De nouveau, le coup partit vers le plafond ; des feuilles et des fleurs de l'écran volèrent en une belle averse. L'homme tomba à terre. Les filles se précipitèrent sur lui, en poussant des cris. Rhodrick prit le revolver par le canon, frappa l'homme avec la crosse. Betwys lui arracha son bonnet.

Je le reconnus. C'était l'homme aux cheveux d'un blond-roux qui était venu un soir chercher Valmai et Kiri.

— Par ici, monsieur Morgan, s'il vous plaît ! cria M. Soper Reynolds au-dessus du tumulte. Ne vous occupez pas de cet individu. Tous les deux sont en de bonnes mains. Mettez votre signature ici et lisez cette déclaration.

J'étais encore étourdi ; d'étranges lumières passaient devant mes yeux. Je jetai un coup d'œil sur le document. Bien qu'il fût imprimé en petits caractères et tenu à contre-jour, je le signai et Teleri en fit autant. Le chef du secrétariat de la marie me prit le document des mains et le donna à Teleri. Nous restâmes debout tous deux pendant qu'elle le lisait, enfin, elle le lui rendit et m'embrassa devant tout le monde.

Bien, bien.

Voilà qui est charmant.

Je ne sais pas très bien ce que j'éprouvais, mais M. Soper Reynolds me dit :

— Ces deux-là auraient pu vous tuer ; d'autres aussi ! Il y avait en bas une voiture avec une bombe, qui aurait pu tout souffler ici. Ces deux hommes ont pu entrer parce que la police était en train de pousser la voiture au bas de la colline. Elle appartenait à ces deux individus. Ils avaient un laissez-passer de presse. Dieu seul sait comment ils ont pu se le procurer !

Puis il leva son stylo.

— Filez ! dit-il. L'autre mariage aura lieu demain, et il n'y aura pas d'histoire. Mais vous deux pouvez maintenant partir et vous estimer plus que chanceux. Disparaissez le temps de votre lune de miel. Il nous faut mettre tout en ordre ici, n'est-il pas vrai ?

— Une lune de miel ? dis-je.

— Eh bien, c'est l'habitude, déclara-t-il, faisant un signe de tête vers le registre. Cette cérémonie ne vaut-elle pas l'autre ? Après cet office, et avec ce certificat, vous voilà mari et femme. Signez là également. Ou refusez-vous ?

— Non, vraiment ! dis-je. Cela me fait gagner un jour.

— Ne partez pas encore. Attendez que la police nous donne le signal.

— Quel signal ?

— Eh bien, il faut savoir si la bombe va exploser ou non, dit M. Soper Reynolds en tendant le stylo à Teleri. Signez ici, madame Morgan. Je vous souhaite une vie heureuse et remplie de mille bonnes choses. Maintenant, Douglas Gough se charge de tout ici, je l'épaulerai sans aucun doute. Donc, partez et moquez-vous de ceux qui disent que vous êtes l'objet d'une malédiction !

— Une malédiction ? (Teleri me tint étroitement le bras.) Quelle malédiction ?

— Eh bien, celle de cette femme, en bas, dans la roulotte, celle causée par ce meurtre. A quoi sert de parler ? Le père Herlihy peut brûler de l'encens, allumer des cierges et prier. Moi, presbytérien, je peux prier sans encens et sans cierges. Mais pour quel résultat, en fin de compte ? Ce qui vient de se passer il y a quelques minutes, est-ce que cela ressemble à une bénédiction ?

— Je crois lorsque je vois, dis-je. Ces deux-là sont des gredins, non ?

— Des gredins et pis encore, dit-il. Ils auraient pu vous tuer tous les deux, et bien d'autres personnes. Pour quelle raison ? N'est-ce pas une malédiction ? Que se passe-t-il dans l'esprit des gens ? Que devient l'amour ? Et la charité ? La conscience existe-t-elle ? J'appartiens à la Cour. J'ai eu à prononcer des sentences contre des petits délinquants. Les pires d'entre eux sont des chérubins et des séraphins comparés à ceux-ci. Ils sont la lie de la création. J'ai toujours été un ami des Irlandais. Mais plus maintenant. Comment être l'ami de fous furieux ? Tous les Irlandais que je rencontre appartiennent à l'I.R.A. J'exagère ? Je les abandonne à un juge !

— Que penseriez-vous d'un verre de champagne ? Teleri et moi en prendrons un quand elle aura changé de robe et sera prête à partir. Teleri, où sont les verres ?

— Derrière vous, dit-elle. Avec du saumon fumé et d'autres bagatelles. Croyez-vous que j'aie oublié ?

— Quelle fille merveilleuse ! commençai-je à dire.

Mais, au même instant, le parquet trembla, les fenêtres faillirent reculer, la pièce s'emplit d'une lumière bleu pâle, qui vira au lilas, puis au rouge. Un cierge fut renversé. L'explosion sembla se prolonger ; le fracas vous brisait les tympans, roulait comme une vague, tandis que pleuvaient sur le toit des pierres et des débris de vitre venant des serres.

Je courus jusqu'à la porte de derrière et l'ouvris juste à temps pour voir des mottes de terre et des cailloux tomber en pluie noire tout alentour. J'attendis que l'air s'éclaircît. Au-delà des serres et des hangars, se trouvait l'entrepôt, en brique et couvert d'un toit de béton. Toutes les jeunes filles s'y trouvaient, grâce à Dieu. Elles étaient effrayées mais saines et sauves.

— Allons, dis-je, venez à la maison prendre un verre de champagne, puis vous resterez pour un assado. Je vais partir en voyage pour trois mois au moins. M. Rhodrick sera chargé de toutes mes affaires. Vous n'êtes pas inquiètes, n'est-ce pas ?

— Reviendront-ils avec d'autres bombes ? demanda Bethan du fond du hangar aux plantes à oignon. Je ne crois pas que mon papa me laissera travailler ici plus longtemps.

— Quand je serai parti, il n'arrivera plus rien, dis-je, puisque je ne serai plus là. La camionnette vous amènera de la ville et vous ramènera le soir. Cela ne durera pas longtemps et nous connaîtrons, espérons-le, un peu de paix.

— On ne peut avoir aucune confiance en eux, dit Sian, une grande jeune fille. Avant qu'on ne sache ce qui vous arrive, on a les jambes arrachées.

— Si mes frères pouvaient mettre la main sur eux, ils seraient en mauvaise posture, dit Eirwen, une petite jeune fille avec une petite voix. J'aime travailler ici, mais je n'ai aucune envie de passer le reste de mes jours sur des moignons.

— Allons, venez prendre un peu de champagne, dis-je, las et triste, sans savoir vraiment quoi dire. Vous avez accompli un beau travail. J'espère vous retrouver tous quand je serai de retour.

Elles me suivirent jusqu'à la maison. J'entrai pour passer un bras autour de la fine et chaude taille de Teleri, qui s'arrêta de verser du champagne pour emplir mon verre. Je lui pris la bouteille des mains pour emplir le sien. Sans la lâcher, je levai mon verre pour trinquer avec elle.

— A notre santé ! dis-je. Autant de baisers que de bulles. Vous êtes pour moi la seule femme au monde. Je n'en regarderai jamais d'autre. Je vous aime, Teleri, le savez-vous ?

— Que c'est gentil ! murmura-t-elle. Alors, dix baisers pour chaque bulle. Et tous les baisers multipliés par dix ! S'il y a eu une malédiction, je l'ai chassée avec un baiser. Comment s'annonce la noce de demain ?

— Mettez votre manteau. Vous achèterez des choses neuves à

Londres. Sortez par la porte de côté. Je vous rejoindrai dans la Mari Fach, dans cinq minutes. Blodwen et Jon seront mariés sans nous, en paix s'il plaît à Dieu.

Il y aurait beaucoup à dire sur le fait de commencer une vie nouvelle dans une jeep nuptiale peinte en blanc. J'avais récidivé après Lal. Je recommençais après Sûs, presque sans l'avoir voulu. Elles s'en étaient allées. Il n'est pas facile de se lever chaque matin, confronté au vide et d'évoquer les moments lointains, alors que des voix s'élèvent et que des formes passent dans l'ombre. Vos bras aspirent alors à étreindre quelqu'un, une créature pleine de chaleur et de tendresse, que personne d'autre ne pourrait remplacer, dont personne ne saurait approcher.

Mais qu'est-ce que l'amour ?

Je me le suis souvent demandé, mais sans jamais parvenir à une réponse satisfaisante, sinon celle-ci : si Lal avait vécu, je n'aurais jamais pu regarder Sûs, si incroyable que cela puisse paraître. Si Sûs n'était morte, j'eus été indifférent à Teleri. Pourtant, en toutes trois vibrait la même tendresse féminine. Chacune d'elles avait sa façon à elle de la manifester. Si ces façons étaient différentes, il ne m'appartenait ni de choisir ni de prononcer un seul mot pour accorder plus à l'une qu'à l'autre.

J'avais de la chance. Mais une femme nouvelle est une terre nouvelle. Il vous faut parcourir de longs milles avant de savoir où vous êtes, où elle est, en quels lieux l'accord règne entre vous. A présent, je devais me rendre dans un autre pays avec la femme qui était auprès de moi, et elle devait acquérir la même certitude que moi. Je savais au moins où elle était née, dans le silence de la vallée du Chubut, entre Dolavon et Gaiman, où les peupliers bordent de grandes avenues situées le long des voies navigables. Le calme bruissement des feuilles, de la brise dans les blés fait partie intégrante de la vie de ceux qui demeurent là. Il se reflète dans leurs yeux, dans leur voix, dans leur démarche même.

Je me sentais pourtant quelque peu étranger. Aucune de mes jolies compagnes, Lal et Sûs, n'avait tenu ma maison et ne m'avait appelé M. Morgan. J'avais été Huw dès le début.

Comment surmonter la difficulté. C'était un problème ; mais, après tout, nous avons une langue.

– Eh bien, madame Morgan, dis-je dans un vent d'ouest chargé de pluie, aimeriez-vous manger quelque chose ?

– Non, monsieur Morgan, dit-elle, le regard fixé sur la route. J'ai une bague en or, le cœur plein de joie. Qu'ai-je à faire de nourriture ?

– *Monsieur* Morgan, dis-je. Et que penseriez-vous d'un autre nom pour celui que vous avez épousé ?

– Ma grand-mère appela mon grand-père Rowlands jusqu'à leur mort, et ils moururent le même jour, dit-elle, les yeux regardant toujours la route. Y a-t-il du mal à cela ? Elle avait son nom, elle avait ses enfants. Alors ?

– Je vous appellerai Teleri. Vous m'appelerez Huw. Que vous m'aimiez ou non. Mais, lorsqu'on est marié, n'est-ce pas...

– Et qu'on est amoureux, Huw, dit-elle en souriant. J'ai été amoureuse, dès le moment où je vous ai connu. Je pense souvent quc je vous ai aimé depuis des siècles. J'ai eu bien souvent envie d'aller à vous, de vous entourer de mes bras, de presser votre tête contre moi, pour que se tourne vers moi le regard de vos yeux.

– Quel regard ?

– Le regard de celui qui est perdu et ne sait plus où il en est ni où il est, dit-elle, posant une main sur mon bras. Mais c'est bien fini, n'est-ce pas ? Je suis là. Je serai toujours là. Où vous serez, je serai. C'est entendu ?

– Oui. Je vous en suis vraiment reconnaissant. Je regrette d'avoir eu l'air d'un tel idiot.

– Mais non, vous teniez tous les gens d'ici dans le creux de la main. Mais pourquoi ces hommes voulaient-ils vous tuer ?

– Pour certains, c'est devenu une mode. Les pauvres Irlandais du Nord vivent dans un enfer terrestre. Rien à faire. Rien. Des hommes de petite intelligence. Ce sera la même chose ici, si nous n'y prenons garde.

– Qui empêchera une telle chose ? Les mères n'ont-elles pas peur pour leurs enfants ?

— Si, évidemment. Mais qu'importe à ces brutes ? De tels hommes tuent aussi les enfants. Les pères et les mères ? On les élimine d'une balle dans la peau. Les propriétés ? Elles sont à eux. Ils peuvent donc les faire sauter, pourquoi pas ? Le nom même de l'Irlande ils l'ont rendu puant. Il faudra des générations avant qu'il ne retrouve sa douceur. Cromwell est ressuscité. Mais de l'autre côté de la Grande-Bretagne. Satan a délégué ses maléfices à quelqu'un d'autre. Le mal est avec nous. Que dire de plus ?

— Il est bon que nous partions, dit-elle. Je ne serai heureuse que lorsque nous aurons gagné Dolavon. Je crois que l'Europe est devenue folle. Rien ne va plus. Il y a ici les gens riches et, très loin, les Indiens. Et qui se soucie des Indiens où que ce soit ?

— Nous *pourrions* améliorer notre sort, s'ils nous laissaient faire.

— Qui, *ils* ? demanda-t-elle, se tournant vers moi sans aménité. Ceux que mon grand-père a maudits ? Ceux dont le seul nom d'Anglais faisait verser des larmes à ma grand-mère ? *Icabod, Icabod, comment l'arc des puissants a-t-il été brisé* * ?

— Oui, mais ils ont tout de même quelques bonnes actions à leur actif.

— Oui, quand leurs proches s'en trouvent bien. Sinon, rien !

— On dirait que nous avons maintenant dans la famille un tison ardent, dis-je.

— Né ainsi et fortifié tout le temps pendant lequel je suis restée ici, dit-elle. Nous parlons, mais agir n'est pas en notre pouvoir. Dans le Chubut, c'est la même chose. C'est ainsi qu'ils font de nous ce qui leur plaît. En fin de compte, ils ont tout pris. Et pour nous, il ne reste rien !

— Attendez, dis-je. Quel tableau noir nous sommes en train de brosser !

— Si quelque chose vous arrivait, je resterais Mme Huw Morgan, dit-elle, levant la tête sans quitter la route des yeux. Je serais triste et fière. Et que se passe-t-il pour Gwynaldrod ?

---

* Bible (Samuel I, liv. 21). (N. du T.)

— S'ils en décident ainsi, Gwynaldrod sera immergé. La décision appartient à Londres.

— Il n'y a donc rien à faire ? dit Teleri, tandis que la pluie se mettait à tomber à verse. Seulement des mots et rien d'autre ?

— Dites à la pluie de s'arrêter, lui répondis-je.

Mais la pluie embrumait maintenant la lande ; la bruyère devenait selon les endroits mauve, violette, ou d'un violet pâle. Les ajoncs étaient d'un jaune décoloré ; les rocs étaient devenus gris avec le temps. Je vis un écriteau au sommet de la colline, là où la route s'incurvait pour descendre, cette même route que je n'avais pas voulu longer, cette route sur laquelle je me trouvais, avec ces camions venant en sens inverse, des camions derrière moi, des voitures dans les intervalles et nul endroit où tourner. Voilà où j'étais.

Il me fallait descendre dans la Vallée, ce que j'évoquais depuis si longtemps comme la Vallée, non pas la vallée de l'ombre, mais le lieu même de la mort, de ceux qui étaient morts, et enterrés de nouveau, et de vivants qui attendaient seulement que les déchets devant eux, au-dessus d'eux, tout autour d'eux, vinssent à tomber pour les engloutir, comme cela était arrivé aux enfants d'Aberfan.

Ô, Aberfan, les voix de tes enfants s'élèvent à jamais de cette école qui les a éduqués et les a enterrés, mais, tout le long du jour, ils pleurent dans leur cœur. Seule la nuit leur est bonne et leur apporte sommeil et silence, mais les petits enfants ne sont plus *.

Il y a un ami
Pour les petits enfants
Au-delà
Du brillant ciel bleu.

Nous entrâmes dans la Vallée par la route du bas. Je reconnus la Vallée en repérant la maison de Mme Tom Harries, en haut, sur la terrasse, et la chapelle construite dans la déclivité. Le facteur retirait

*Il est fait ici allusion à une terrible catastrophe qui eut lieu il y a un certain nombre d'années à Aberfan, où une avalanche de déchets engloutit une école et causa la mort de nombreux enfants très jeunes. (N. du T.)

des lettres de la boîte postale pour les mettre dans la camionnette rouge ; quand j'arrêtai la jeep, il chantait en harmonie avec le chœur de la chapelle, qui répétait à l'intérieur, à la place même où mon bon père et mes frères s'étaient souvent tenus pour chanter. Alors l'écho de leurs chants leur était renvoyé de l'autre côté de la Vallée. Mais cela avait cessé lorsque j'étais encore enfant, avec l'entassement continu des déchets qui avaient barré la route à l'écho et nous avaient chassés de là.

Mais les déchets avaient disparu.

Disparu.

La montagne, derrière notre maison, avait disparu.

La voie ferrée, la voie de garage, les déblais avaient disparu.

Les déchets eux-mêmes avaient disparu.

Je descendis doucement, le moteur coupé, jusqu'à la camionnette du facteur, l'écoutant chanter d'une admirable voix de ténor, une phrase du chœur en contre-chant, seulement pour écouter sa voix revenir en écho. De nouveau, j'étais avec mon bon père et mes frères et les entendais chanter avec Dai Bando, un baryton à la voix métallique, Cyfartha, un ténor léger, Ellis, le facteur, un autre baryton, et M. Gruffydd, une basse, et moi, un soprano d'une plus grande étendue de voix que tous les autres. Les voix nous revenaient de l'autre côté, cristallines. Tous se réunissaient sur les terrasses pour écouter.

Mais les terrasses étaient toutes enterrées.

La plupart de ceux qui écoutaient alors étaient enterrés.

Deux fois enterrés. Une fois dans la terre, et de nouveau sous les déchets.

Quels phénomènes nous sommes !

J'attendis que le facteur eut repris son souffle.

— Excusez-moi, dis-je. Je connais cet endroit. Mais il y a là un peu de changement, n'est-ce pas ?

— Un peu ? répondit le brave garçon dont les boucles descendaient au-dessous des oreilles. On a enlevé un million de tonnes de rebuts avec des bulldozers. Tout a été transformé. Voyez, la rivière coule au beau milieu, claire comme du verre. On y trouve de la truite. L'année prochaine, le saumon y bondira. Du changement ? Grand Dieu, c'est un autre monde ! Et l'herbe pousse, et des arbres ont été plantés. Il n'y avait pas un seul arbre. Et maintenant, regardez, il y en a des milliers. Ils sont petits, mais donnez-leur cinq ans. Eh bien, n'est-ce pas un sacré miracle ?

— Oui. Et comment savez-vous qu'il y a de la truite dans la rivière ?

— Mais, grand Dieu, parce que j'en ai pris. Je les attrape à la main. Oui, dans les cascades entre deux rocs. Et il y a des étangs. Beaux et clairs. Je crois que nous ne savons pas toutes les richesses que nous avons.

— Seulement un peu de ce qu'avaient nos pères. Mais il leur a fallu tout abandonner.

— C'est vrai. Pour vivre, n'est-ce pas ? Maintenant, au revoir. Je vais être en retard, on ne me le pardonnerait pas.

Mais je contemplai la vallée, pris la main de Teleri et déposai un baiser sur son alliance.

— Regardez bien, dis-je. Je suis né ici. Ma Mama et mon Papa sont là-dessous, sous deux cents pieds de roc. Quel sentiment puis-je éprouver ? C'est pourquoi je n'ai jamais voulu venir ici. Ils ont vécu et ont été traités comme des esclaves. Ils ne l'ont jamais été, mais voilà comment ils étaient traités. Il n'y a pas que les Noirs qui aient été des esclaves. D'autres ont supporté d'être des esclaves pour avoir de quoi nourrir une famille. Maintenant, nous allons partir. Nous attraperons un train à Cardiff pour aller à Londres. De là, nous prendrons l'avion pour Buenos Aires, puis nous irons à Trelew. D'accord ?

— Oui. Et souvenez-vous, Huw, que, dans ma famille, à cause de la dernière inondation, tous sont dans l'Atlantique. Nous n'avons pas de cimetière. Seulement la mer.

— Eh bien, dis-je, quelle importance ? Quand nous sommes morts, nous sommes morts. Quelle merveille y a-t-il à être sous une dalle de pierre ? Avez-vous envie d'être dans un cimetière, dans une terre précieuse ? Voyez tous ceux qui sont ici. Ils reposent dans le silence. Ils sont en paix. Personne ne les connaît. Personne ne connaît ces milliers, ces dizaines de milliers, ces millions d'être aimés et honorés qui ont existé, et où sont-ils ? Tous ajoutent aux richesses de cette petite boule sur laquelle nous sommes. N'est-ce pas vrai ?

– Oui. Je serai vraiment heureuse quand nous atteindrons Buenos Aires. Je saurai alors que nous sommes presque chez nous. Je veux faire pour vous un assado spécial. A notre manière. C'est entendu ?

Dans sa voix, j'entendais l'amour, et j'entendais l'amour que j'avais connu dans la Vallée, mais ce n'était pas là la Vallée que j'avais toujours connue, avec les versants, les déchets, les montagnes s'élevant pour détruire l'école, le cimetière, les jardins, les maisons, les gens.

Ce n'était pas la Vallée que j'avais connue.

D'autres cerveaux, une autre vallée était née. Non celle que mon père avait autrefois parcourue, et non, assurément, la Vallée que j'avais connue, mais une autre, plus propre, plus heureuse, plus verte que toute autre depuis le temps de mon grand-père ; non pas celle qu'il avait connue, mais, pour nous, gens des villes modernes, agréable, bien plus belle que celle dont nous avions gardé le souvenir.

Qu'elle était verte, alors, ma Vallée ! Mais, maintenant, plus verte encore est ma Vallée. Grâces en soient rendues au Seigneur Dieu et à ses ouvriers, qu'ils soient poètes ou ingénieurs ; je puis entendre, à travers le roc, chanter ces petits enfants dans les profondeurs. Oui, une belle hymne pour les temps à venir. Nous reverrons le vent d'ouest ployer l'herbe haute, les jonquilles fleurir sur la montagne, et le rossignol – *O, Ceinwen* * *!* – chanter de nouveau.

Nous Te louons, Seigneur Dieu.

Amen.

A la fin de mai 1974
Depuis la maison
D'Hermione et de Clifford Evans
à Cloddiau près de Welshpool
Ty Cofion !

---

* Personnage de *Qu'elle était verte, ma vallée !* (N. du T.)

L'impression de ce livre
a été réalisée sur les presses
des Imprimeries Aubin
à Poitiers/Ligugé

pour les Editions Belfond

Achevé d'imprimer le 7 juin 1977
N° dimpression L 9876.
Dépôt légal 2e trimestre 1977.

Imprimé en France